이 책이 무엇을 말하는지 아는
다비드에게

새해

Neujahr

율리 체
지음 · 이기숙 옮김

그러나

다리가 아프다. 잘 쓰지 않아 이름도 잊은 근육이 있는 아래쪽 부위다. 페달을 밟을 때마다 발가락이 운동화 안감에 부딪힌다. 사이클링화가 아니라 조깅화다. 싸구려 사이클링 바지는 피부가 쓸리지 않게 막아주는 데는 역부족이다. 헤닝은 먹을 물을 가져오지 않았다. 자전거가 너무 무겁다.

그 대신 기온은 완벽에 가깝다. 태양이 하늘에 하얗게 떠 있지만 뜨겁진 않다. 지금 바람이 들지 않는 그늘에서 접이의자에 누워 있었다면 더웠을 거다. 반대로 바닷가를 따라 달렸다면 아마 재킷을 걸쳤을 거다.

사이클링은 휴식 그 자체다. 헤닝은 자전거를 탈 때 활력을 되찾는다. 자전거에 앉아 있으면 자신과 하나가 된다. 사이클링은 직장과 가족 사이에 난 기다란 숲길이다. 아이들은 두 살과

네 살이다.

바람이 부는 덕에 땀은 나지 않는다. 오늘은 바람이 거세다. 솔직히 너무 거세다. 아침을 먹을 때 벌써 테레자가 불평을 늘어놓기 시작했다. 아내는 걸핏하면 날씨를 놓고 투덜거린다. 악의가 있어서 그러는 건 아닌데도 헤닝은 아내의 불평을 듣다 보면 짜증이 난다. 너무 더워. 너무 추워. 너무 습해. 너무 건조해. 오늘은 바람이 너무 불어. 아이들을 데리고 밖에 못 나가겠어. 하루 종일 집에 있어야 해. 날씨가 이러니 햇빛을 쐬러 못 나가겠어. 이곳으로 휴가를 오자고 고집을 부린 건 헤닝이었다. 여기에 오지 않았다면 괴팅겐에 있는 널따란 집에 앉아 크리스마스를 편하고 아늑하게 보낼 수도 있었다. 아니면 친구 집을 방문하거나 휴양지인 센터파크에 가서 숙소를 빌렸을 거다. 그러나 헤닝은 갑자기 란사로테 섬[●]에 가고 싶었다. 그는 매일 저녁 인터넷을 검색하며 검은 해변을 덮치는 하얀 물거품, 야자수와 화산, 종유석 동굴 내부처럼 보이는 풍경 사진을 구경했다. 평균 기온이 적힌 표까지 공부한 뒤 검색에서 얻은 자료들을 아내에게 보냈다. 그는 특히 임대로 나와 있는 하얀 별장 사진들을 클릭했다. 밤이면 밤마다 하나씩 차례로 구경하다 보니 갈수록 잠자리에 드는 시각이 늦어졌다. 이제 그만 검색을 중단하고 자

● 란사로테(Lanzarote) 섬 : 스페인에 속하는 섬으로, 북대서양에 있는 카나리아 제도의 동쪽 끝에 있다.

러 가야겠다 하다가도 어느새 다음 번 광고를 열고 있었다. 특정한 집이라도 찾듯이 그는 중독된 사람처럼 탐욕스럽게 사진들을 구경했다.

지금 그 별장들이 저기에 있다. 도로에서 한참 떨어진 곳에, 들판에 드문드문 서 있다. 멀리서 보면 하얀 이끼가 검은 바닥에 딱 들러붙은 모양새다. 중간쯤 가서 보면 크기가 제각각인 주사위들을 배열해놓은 것 같다. 그러다 옆을 천천히 지나가면 입이 떡 벌어지는 호화 별장 아시엔다가 눈에 한가득 들어온다. 별장은 대부분 비탈을 따라 조성되었다. 땅은 계단식으로 층이 졌고, 철문이 달린 하얀 담장이 별장을 에워쌌다. 본채 건물들 앞에 있는 정원은 인위적으로 야생처럼 보이게 가꿔놓았다. 키 큰 야자수, 별나게 생긴 선인장, 무성하게 자란 부겐빌레아●가 있다. 출입구에 있는 차들은 대부분 렌터카다. 각양각색의 테라스가 서로 다른 방향으로 나 있다. 사방으로 파노라마처럼 펼쳐진 풍경과 전망과 지평선, 그리고 화산과 하늘과 바다가 보인다. 헤닝은 옆을 지나가면서 별장들을 눈으로 훑는다. 저기에서 사는 기분은 어떨까 생각한다. 행복일까, 승리감일까, 당당함일까.

테레자에게 묻지도 않고 그는 결국 가족과 함께 묵을 휴양지 숙소를 빌렸다. 2주 동안 태양을 즐기며 크리스마스를 지내고

● 높이 4~5미터의 덩굴성 관목. 남아메리카가 원산지이며, 4~11월에 꽃이 핀다. 꽃의 색은 흰색, 빨강색, 분홍색, 노란색 등 다양하다.

새해를 맞이할 집이다. 호화 별장이 아니라 형편에 맞게 아파트형 펜션을 골랐다. 양옆에 나란히 붙은 집들이 모두 똑같이 생겼다. 집마다 바람막이를 설치한 테라스와 작은 정원이 딸려 있다. 무척 예쁘긴 한데 정말 작다. 비췻빛의 공용 수영장은 관리가 잘되어 있다. 수영하기에는 대체로 물이 너무 차다.

독일은 영상 1도에 진눈깨비가 온다는군. 오늘 아침 헤닝은 테레자의 끊임없는 불평불만에 대고 이렇게 말했다.

1월 1일, 1월 1일. 페달을 밟을 때마다 그는 마음속으로 이 노래 가사를 읊조린다. 바람이 앞에서 세차게 불어온다. 오르막길이다. 헤닝은 느릿느릿 앞으로 나아간다. 그는 자전거를 잘못 빌렸다. 타이어가 지나치게 두껍고 프레임은 너무 무겁다. 덕분에 주변에 있는 집들을 구경할 시간이 넉넉하다. 그는 저택 내부가 어떻게 생겼는지 안다. 인터넷에서 본 사진들이 머릿속에 남아 있다. 타일을 깐 바닥과 개방형 벽난로. 벽에 자연석을 붙인 욕실. 모기장이 하늘하늘 나부끼는 더블베드. 한가운데에서 야자수가 자라는 안뜰. 바다가 보이는 앞쪽과 산이 파노라마로 펼쳐진 집 뒤쪽. 침실 네 개와 욕실 세 개. 밝은 색 리넨 바지와 나풀거리는 블라우스를 입고 웃음 짓는 아내. 웬만하면 말썽 안 부리고 자기들끼리 노는 행복한 아이들. 강하고 책임감 있고 가족에게 다정하면서도 내면은 독립적이고 언제나 침착하기 그지없는 남편. 그런 남편이 접이의자에 누워 그날의 첫 칵테일을 오후 이른 시간에 마신다. 담장은 두껍고 창문은 작다.

저런 저택을 빌렸다면 임대료가 일주일에 1,800유로는 되었을 거다. 아파트형 펜션은 하루에 60유로다. 헤닝 가족이 묵고 있는 펜션 침실에는 폭이 140센티미터인 침대가 있다. 그가 보기에 사실 너무 좁다. 또 다른 방에는 어린이 침대와 아기 침대가 있고, 물휴지와 베이비오일과 여분의 기저귀를 포함해 모든 게 완벽히 갖춰진 기저귀 교환대까지 딸려 있다. 거실 서가엔 다른 휴가객들이 두고 간 스릴러물이 꽂혀 있다. 몇 권만 독일어로 된 책이고 대부분은 영어로 쓰인 소설이다. 부엌은 개방형이다. 식탁은 커다란 미닫이 유리문 뒤쪽 바깥에 있다. 정원에는 바비큐장과 벽돌을 쌓아 만든 벤치가 있다. 저녁에 아이들이 자면 아내와 함께 앉아 와인을 마시는 곳이다. 한쪽 옆집에는 젊은이들이 묵고 있다. 하루 종일 밖에 나갔다가 잠만 자러 들어온다. 다른 쪽 옆집에는 예순이 넘은 영국인 부부가 묵고 있다. 헤닝과 테레자처럼 조용조용히 지낸다. 지금까지 아이들이 시끄럽다고 불평한 적도 없다.

우리는 정말 운이 좋아. 대박 친 거야. 비비는 첫날 밤부터 잠도 잘 잤잖아. 사실 집에 있을 때보다 더 잘 자. 테레자와 헤닝이 매번 부르짖는 말이다. 펜션도 아주 멋있다고 서로 맞장구를 치며 확신에 차 있다. 그건 사실이다. 오늘부터 세차게 불기 시작한 바람만 빼면 날씨도 기가 막히게 좋다. 헤닝 가족은 벌써 몇 차례 해변에 나갔다 왔다. 그새 테레자는 여기에 온 걸 잘한 일로 생각한다. 처음에는 반대했다. 헤닝은 아내를 깜짝 놀라게 해주려고 이곳을 몰래 예약한 것처럼 굴었지만, 사실은 아내의 반대를 피해보려는 속셈이었다. 하지만 테레자는 그 일로 남편을 책망하지 않았다. 성격상 그렇지 하지 못한다. 그럴 땐 오히려 입을 꾹 다물고 상대방이 실수했다는 느낌을 갖게 한다. 왜 카나리아 제도지? 너무 스트레스 받잖아. 너무 비싸네. 머리가 조금 어떻게 된 거 같아. 테레자는 여간해서 생각을 잘 바꾸지 않는다. 그러나 지금 그녀는 여기에 있는 게 좋다. 단지 바람만 견디기 힘들 뿐.

렌터카는 대여료가 일주일에 135유로다. 자전거는 하루에 28유로다. '오이로슈파'라는 슈퍼마켓에서 처음 장을 볼 때 그들은 300유로가 넘는 돈을 썼다. 음식점에 가서 아이 둘과 어른 두 명이 음료수까지 각자 하나씩 시켜 먹으면 계산서 금액이 30~50유로 정도 나온다. 항공권은 저렴했다. 그래도 헤닝은 아이들이 어른 가격에 육박하는 돈을 내야 한다는 사실에 격분했다. 그는 왜 자신이 늘 이렇게 모든 가격을 꼼꼼히 따지는지 스스로도 모른다. 굶어 죽게 생긴 것도 아닌데 말이다. 그런데도 그의 머릿속에서는 늘 계산기가 돌아간다. 테레자가 알면 우습다고 할 게 틀림없다. 하지만 그로서는 어쩔 도리가 없다. 헤닝은 물건의 가치를, 더 엄밀히 말하면 물건의 가격을 매번 확인한다. 세상에서 마지막 남은 질서 체계가 돈이라고 생각해서일 것이다.

1월 1일, 1월 1일.

헤닝 외에 자전거를 타고 돌아다니는 사람이 거의 없다. 정확히 말하면, 헤닝은 여태 자전거 탄 사람을 한 명도 보지 못했다. 바람에 발목이 잡혀 집에 들어앉아 있나 보다. 아니면 잠을 자며 숙취를 떨쳐내는지도 모른다. 아이가 없거나 그보다 잘나가는 남자들일 거다.

자전거 가게 직원은 헤닝에게 무슨 용도로 탈 거냐고 물었다. 여기저기 돌아다닐 거라고 대답했다. 직원은 타이어 홈이 적당히 파이고 에어 서스펜션●이 장착된 날렵한 산악자전거를 추천했다. 그거면 모래투성이 비포장도로도 달릴 수 있다고 했다.

집에 있을 때 헤닝은 운동을 하지 않는다. 그럴 시간이 없다. 옛날에는 주말마다 자전거를 탔다. 하루에 100킬로미터 이상 달린 적도 많았다. 란사로테는 자전거의 섬이다. 인터넷에 그렇게 적혀 있다. 도로가 잘 깔려 있다. 비탈은 가파르다. 전문 사이클 선수들도 이곳에 와서 연습한다. 헤닝은 휴가 때 한두 번쯤 자전거를 타면 좋겠다고 생각했다. 너무 멀지 않은 거리를 느긋하게 말이다. 그런데 지금 가족과 함께 이곳에 온 지 벌써 일주일이 지났는데도 자전거는 아직 한 번도 타지 않았다. 오늘까지도.

그 생각은 즉흥적으로 떠올랐다. 아침을 먹은 뒤 헤닝은 펜션 앞으로 나와 아탈라야 화산을 바라보았다. 산은 신비롭게 말없이 대서양을 굽어보고 있었다. 문득 그는 저기를 올라가야겠다

● 압축 공기의 탄력성을 이용하여 차체의 무게를 받쳐주는 장치. 노면으로부터의 진동이 차에 전달되는 것을 막아준다.

고 생각했다. 해발 고도 500미터 높이에 페메스라는 산악 마을이 있다. 널찍하고 완만한 오르막길이 이어지다가 끝에 가서 가파른 커브 길이 나온다. 멀어 보이지 않았다. 헤닝은 뒤에 있는 펜션에 대고 소리쳤다. "잠깐 자전거로 한 바퀴 돌고 올게. 금방 올 거야." 그러곤 대답도 기다리지 않고 문을 닫았다.

1월 1일, 1월 1일. 자전거를 탈 때 좋은 건 페달만 밟으면 된다는 거다. 그 이상은 필요 없다. 자전거는 잘 나간다. 느리지만 순조롭다. 통증이 있는 넓적다리만 빼면 몸 상태는 최고다.

란사로테 섬에 온 지 겨우 일주일밖에 안 되었다는 게 믿어지지 않는다. 크리스마스가 벌써 오래전에 지난 것 같은 느낌이다. 어쨌거나 크리스마스이브는 아주 근사하게 보냈다. 4년 전부터 크리스마스는 늘 근사하게 보냈는데, 그 '근사하다'는 말은 아이들의 입장에서 근사하다는 뜻이다. 테레자는 크리스마스트리를 사겠다고 고집을 피웠다. 이곳에 도착하자마자 이렇다 할 식물도 없는 섬에서 가문비나무를 찾아내겠다며 몇 시간이나 렌터카를 몰고 근방을 돌아다녔다. 그동안 헤닝은 요나스와 비비와 함께 펜션에 앉아 있었다. 그리고 레고 상자나 브리오 장난감 기차나 봉제 동물 인형이 옆에 없으면 아이들과 보내는 휴가가 얼마나 진이 빠지는지 절감했다.

헤닝의 상상 속에는 이곳 펜션에 딸린 작은 정원 같은 곳에 완전히 만족하는 아이들이 있다. 잔디 대신 검은 자갈이 깔린 이곳 정원에서 아이들이 몇 시간이고 잘 놀았으면 좋겠다. 그러나 비비와 요나스는 그러지 않는다. 이따금 그는 아내와 자신이 뭔가 잘못하고 있는 게 아닌가 생각한다. 요나스는 툭하면 이렇게 묻는다. "이제 우리 뭐 해?" 심지어 비비는 이런 말까지 한다. "심심해." 오빠 요나스한테 배운 말이다.

테레자는 아이들이 아직 어려서 혼자 놀지 못하는 거라고 말한다. 지인들의 또래 아이들도 끊임없이 오락거리를 만들어줘야 한단다. 그러나 헤닝은 아버지가 되고 싶지 엔터테이너나 놀이친구 노릇을 할 마음은 없다. 그런 점에서 일반적인 양육 방식은 뭔가 잘못되었다고 느낀다. 어렸을 적에 헤닝과 여동생은 어머니에게 함께 놀아주겠냐고 물어볼 생각은 절대로 하지 못했다. 그때 이후로 달라진 세상을 그는 이해하기 어려웠다.

결국 테레자는 섬 어디에도 크리스마스트리가 없다는 걸 알았다. 어느 독일인 화훼업자가 독일 이주민들을 위해 선주문을 받고 배로 수입한 몇 그루밖에 없다는 게 정확한 실상이었다. 하는 수 없이 테레자는 소형 플라스틱 나무를 사 왔다. 벌써 나무에 크리스마스 장식까지 붙인 뒤 차 트렁크에 숨겨놓았다. 나중에 아이들에게 아기 예수가 가져온 거라고 말하기 위해서다. 비비와 요나스가 태어난 뒤부터 테레자는 해마다 이 쇼를 빠뜨리지 않는다. 비밀스럽게 굴고, 아기 예수를 끌어다 붙이고, 선물을 준비한다. 아마 테레자는 히말라야 한복판에서도 크리스마스트리를 마련하고 아이들이 보지 못하게 숨길 거다. 헤닝은 아내의 이런 고집스러움에 가끔 짜증이 나지만, 여기엔 근본적으로 자신의 질투심이 한몫한다는 걸 잘 안다. 우선 테레자는 원하는 것을 얻을 때까지 고군분투하는 사람이다. 옛날 테레자의 집에도 아기 예수가 가져왔다는 크리스마스트리가 있었다. 거실에서 촛불과 알록달록한 구슬로 장식된 트리를 처음 보았던 순간은 그녀의 어린 시절에서 가장 아름다운 추억 중 하나다.

헤닝과 여동생 루나는 그런 크리스마스트리를 누려본 적이 거의 없다. 쇼핑을 할 때면 스트레스를 받곤 하던 어머니는 어쩌다 크리스마스트리를 마련할라치면 키가 가장 작고 볼품없는 전나무를 골라 짐이 넘치는 차 트렁크에 쑤셔 박았다. 어머니는 시간만이 아니라 돈도 늘 부족했다. 아버지는 헤닝이 네다섯 살 무렵, 그러니까 지금 요나스 나이쯤 됐을 때 가족을 버렸다. 어린 시절을 돌아보면 헤닝에게 떠오르는 건 어머니와 루나와 자기 자신뿐이다. 아버지 베르너의 모습은 보이지 않는다. 어머니의 표현대로, 베르너가 '새 인생을 시작'하기 전 헤닝 자신의 어린 날은 기억에 남아 있지 않다.

그가 아는 한, 인간의 기억은 보통 다섯 살이나 여섯 살이 돼서야 시작된다. 언젠가 그는 출판사에서 인간의 기억을 다룬 책을 편집한 적이 있다. 거기엔 어릴 적 기억이 사실은 사진이나 남한테서 들은 이야기를 바탕으로 생성되는 경우가 많다고 적혀 있었다. 심지어 성인에게 조작된 과거 사진을 보여주면 기억을 만들어낼 수도 있다고 했다. 그렇게 하면 일어나지도 않은 일을 떠올린다는 것이다.

헤닝은 그게 두렵다. 차라리 아무것도 기억나지 않는 게 좋다. 사실 네 식구를 찍은 사진이 몇 장 있기는 있다. 아름다운 어머니, 금발의 헤닝, 활짝 웃고 있는 검은 콧수염의 베르너, 그리고 중간에 어린 루나가 서 있는 사진이다. 루나는 치아가 빠지면서 생긴 큼지막한 빈 공간 때문에 무척이나 넉살이 좋아 보인다. 그러나 헤닝은 콧수염 난 베르너가 아버지라는 것도 기억나지 않을뿐더러, 루나가 무엇 때문에 그렇게 일찍 앞니 두 개가 빠졌는지도 생각나지 않는다. 물론 세발자전거를 타다 넘어졌다는 이야기는 수도 없이 들었다.

어머니의 크리스마스트리는 테레자가 준비한 것과 달리 아기 예수와는 털끝만큼도 관계가 없었다. 그건 어머니가 스스로 마음 편해지자고 산 나무였다. 헤닝과 여동생 루나는 그 휘어진 잔가지에도 아랑곳하지 않고, 아니 어쩌면 그 때문에 크리스마스트리를 좋아했다. 헤닝은 이제 그 생각은 하고 싶지 않다. 마음 같아서는 앞으로도 평생 크리스마스트리 따위는 보고 싶지 않다.

그래도 그는 펜션에서 크리스마스이브를 보낼 때 테레자의 집요함에 고마운 마음이 들었다. 아이들은 싸구려로 장식된 플라스틱 크리스마스트리 앞에 서서 반짝반짝 빛나는 눈으로 줄에 달린 꼬마전구를 바라보며 알록달록한 장식 구슬을 손가락으로 톡톡 건드렸다. 요나스는 특히 플라스틱 가지에 매달린, 해적 두건을 쓴 꼬마 눈사람을 좋아했고, 비비는 모자를 쓴 아기 새를 귀여워했다. 헤닝은 그 옆에 서서 적어도 요나스가 언젠가는 이 순간을 추억하게 될지, 이번 휴가의 세세한 부분 중 하나라도 기억에 남아 있을지 궁금해했다.

산을 감싸고 있는 피부에 주름이 지고 그곳에 그림자가 드리워져 있다. 밤이 그곳에 매복해 있다가 매일 저녁 섬에 들이닥칠 기회만 노리는 것 같다. 여섯 시 무렵이 되면 골짜기에서 서서히 어둠이 피어오르고 짧은 시간 내에 섬을 뒤덮는다. 낮에는 시야가 맑고, 산은 윤곽이 뚜렷하고, 색깔은 영상을 편집한 것처럼 강렬하다. 헤닝은 이끼로 덮인 달 표면 같은 이곳에 선 자신이 비현실적으로 느껴진다. 그의 자전거도 그 자신도 이곳엔 어울리지 않아 보인다. 여행 안내서에서 그는 여기서 마지막으로 일어난 화산 폭발에 대해 읽었다. 겨우 300년 전의 일이다. 당시 티만파야 화산은 섬의 3분의 1을 용암으로 쓸어버렸다. 섬에 사는 식물과 동물을 완전히 집어삼키고, 이 일대 전체를 화산재와 거기에서 나온 찌꺼기로 뒤덮었다. 독성 증기가 피어올랐고, 소금물이 솟아나는 간헐 온천이 생겼고, 암석이 화산 바깥으로 내던져졌다. 남은 건 지질학적으로 원점에서 시작하는 0의 시간이었다. 얼굴도 없고 역사도 없는 무언의 광물학적인 시작점이었다.

란사로테 섬을 싫어하는 사람도 많지만 우상처럼 떠받들고 좋아하는 이들도 있다고 여행 안내서에는 적혀 있다. 헤닝은 자신이 어느 쪽에 속하는지 아직 모른다.

지금 이 순간 그는 처음으로 오롯이 혼자, 그리고 섬과 단둘이 있다. 여태까지는 두 아이에게 어울리는 계획을 짜서 하루하루를 보냈다. 놀이터에 가서 놀고, 바닷가에 나가고, 해적 박물관을 찾아가고, 낙타를 탔다. 아이스크림을 사 먹고, 미니 자동차를 타러 가고, 동물원에 놀러 가고, 또 아이스크림을 사 먹었다. 아이들을 데리고 집에서 하루 온종일을 보내는 걸 누가 배겨낼 수 있을까? 아이들과 함께 보내는 휴가는 평소보다 삶이 힘겨워지는 사건이다. 한 시도 편할 때가 없다. 헤닝과 테레자는 온 힘을 다해 난장판과 지루함과 불쾌한 기분을 차단할 방어벽을 쌓는다. 여행 안내서에서 '가족 오락거리'라고 적힌 놀이 정보를 찾아 읽고, 슈퍼마켓 진열대에서 특정한 소시지 종류를 찾아 헤매고, 텔레비전에서는 어린이 프로그램을 찾아본다. 작아도 아주 작은 렌터카 트렁크에 유모차를 접어서 넣는 법을 배우고, 아이들 카시트의 안전띠를 가지고 씨름하고, 스페인 사람들이 아이들에게 친절하다고 입이 닳도록 얘기하고, 모든 레스토랑에 이케아 유아 의자가 구비되어 있으며 놀이터엔 유난히 아빠들이 많이 눈에 띈다는 말도 한다. 직장은 더는 휴식의 적이 아니라, 아이들의 끝없는 참견에서 벗어나는 방어 전략이라는 것도 이미 알고 있다. 직장에 가면 휴가에서 받은 스트레스에서 회복된다.

"그것도 한때야." 테레자가 가장 좋아하는 말 중 하나다. 헤닝은 이렇게 되받는다. "그것도 뻔한 말이야." 둘 다 맞는 말이라는 게 슬프다.

헤닝 부부는 12월 31일 밤도 식구들끼리 재미나게 보내려고

'라스 올라스' 호텔에서 내놓은 땡처리 상품 중에서 제야 메뉴를 예약했다. 오후 6시에 시작해 네 코스가 나오는 첫 번째 시간대의 저녁 식사였다. 종료 시간은 저녁 8시 30분이었다. 9시에는 다음 손님들이 들어오기 때문이다. 구차하긴 했지만 그렇게 해도 일상 리듬이 두 시간 남짓 뒤로 밀리는 거라 아이들에게는 최선이었다.

'라스 올라스' 호텔 레스토랑은 어디를 둘러보아도 끝이 안 보일 정도로 넓었다. 8인용 테이블이 다닥다닥 붙어 있었다. 대량 생산과 대량 공정의 냄새가 났다. 헤닝 부부는 호텔의 서비스가 좀 더 화려하고 성대할 것으로 기대했었다. 메뉴는 일인당 100유로였다. 그래도 아이들은 무료였다.

테레자는 곧 주어진 상황을 최대한 활용해 즐기기 시작했다. 주어진 상황을 활용해 즐긴다는 건 뭔가가 바람직하게 돌아가지 않을 때 그녀가 가동하는 프로그램이다. 테레자는 아이들을 데리고 로비를 어슬렁거리며 스와로브스키● 장식품들이 달린 크리스마스트리를 구경하기로 했다. 그사이 헤닝은 예약한 자리를 찾아가 아내가 올 때까지 모든 걸 준비해놓아야 했다. 유아용 의자를 가져오고, 물휴지를 준비하고, 유리잔 대신 직접 챙겨온 플라스틱 컵을 올려놓는 일이었다.

● 오스트리아의 크리스털 제품 제조업체. 크리스털 조각품, 보석류, 실내 장식물, 샹들리에 등을 생산한다.

레스토랑에 들어간 순간 헤닝은 아직 한 번도 타본 적 없는 크루즈 선에 올라탄 느낌이 들었다. 테이블에는 이미 손님들이 거의 다 자리를 잡고 앉아 새로 온 사람들을 기대 가득한 눈으로 바라보거나, 이미 외우다시피 한 메뉴를 열심히 들여다보고 있었다. 헤닝은 모르는 사람들과 합석하는 게 불편했다. 남들과 함께 있는 자리에서 아이들을 통제하는 건 필사적인 의무가 되어버린다. 헤닝은 테이블 번호 27번을 찾다가 마침내 분수 옆에 있는 테이블에 이르렀다. 분수 바닥에서 잉어 몇 마리가 헤엄을 쳤다. 적어도 15분 동안은 숨을 돌릴 수 있겠다고 생각했다. 그러나 각양각색의 접시와 식사용구, 유리잔과 접어놓은 냅킨으로 구성된 테이블 세팅을 보니 별로 기운이 나지 않았다. 아이들 손이 닿지 않게 안전하게 단속해야 하는 그릇들이었다. 하지만 유아용 의자가 벌써 준비돼 있는 걸 보고 다시 기분이 나아졌다.

테이블 맞은편에 앉아 있던 중년 부부가 몸을 일으켜 헤닝에게 손을 내밀고 독일어로 연말 인사를 건넨 뒤 통성명을 했다. 헤닝은 그들의 이름을 알아듣지 못했다. 아내와 아이들이 곧 올 거라고 하자 중년 부부가 말했다. "잘됐군요!" 반어적인 어감은 없었다.

헤닝은 느긋하게 있기로 마음먹었다. 그럴 만한 이유는 얼마든지 있었다. 휴가는 가능한 범위 내에서 만족스러웠다. 아니, 그야말로 완벽했다. 햇빛과 공기와 홀가분함이 어우러진 이 특별한 분위기는 공항에서부터 느껴졌다. 스페인 사람들은 친절했다. 아이들과 함께 있으면 어디서든 환영받는 기분이 들었다. 뭔가 처신을 잘못하고 있다는 느낌은 그 누구한테서도 받지 않았다. '스트레스'라는 말이 생겨나기 이전인 것 같았다.

간밤에 '그것'이 또 나타났다. '라스 올라스' 호텔 레스토랑에 있을 때는 아직 그 낌새를 느끼지 못했다. 27번 테이블에서 테레자와 아이들을 기다리는 동안 헤닝은 '그것'이 등장하지 않았던 지난 일주일을 되돌아보았다. 평범하게 잠자고, 평범한 문젯거리만 해결하고, 평범한 즐거움을 맛보며 평범한 일상이 이어지던 일주일이었다. 지난 2년을 헤아려보면 가장 오래도록 방해받지 않았던 시간이었다. 요 며칠 헤닝은 '그것'을 생각하지 말자고 매번 스스로에게 금지령을 내렸다. 생각만으로도 '그것'을 마음속 동굴에서 끌어낼 것 같았으니까. 그러면서도 줄곧 '그것'에 대해 생각했다. 놀랍게도 '그것'은 구멍 속에 틀어박혀 있었다. 나오려다 되돌아가고, 숨어서 기다리고, 꾸벅꾸벅 졸면서 그를 전혀 괴롭히지 않았다. 헤닝은 '그것'이 나타나지 않았다고 해서 기뻐하지도 않기로 했다. 희망의 싹이 보이면 '그것'은 더욱 광포하게 덤벼들었기 때문이다. 그러나 사람들로 넘쳐나고 열기로 가득한 이곳 '라스 올라스' 호텔 레스토랑에서 그는 조심스럽게 행복의 순간을 누리기로 했다. 그렇게 하지 못할 이유가 없지 않은가? 기분이 좋았다. 자신은 사람들 틈에 앉아 있는 평범한 인간이었다. 미치광이가 아니었다.

독일에서 온 중년 부부는 마르틴 슐츠가 태어난 도시인 뷔르

젤렌 출신이었다. 그들은 현재 사민당 대표인 마르틴 슐츠가 서적상을 할 때부터 그를 알고 지냈다고 했다. 헤닝은 고개를 끄덕이고 맞장구치는 소리를 내면서도 테레자와 아이들이 오는지 계속 주시했다. 크리스마스트리 구경도 서서히 끝날 때가 되었다. 마침내 그는 좀 떨어진 곳에 아내와 아이들이 있는 것을 발견했다. 테레자는 사람들이 모두 자리를 잡고 앉은 테이블 옆에 서서 웃고 있었다. 거기엔 비비와 요나스 또래의 아이들도 두 명 있었다. 네 아이가 옹기종기 머리를 맞대고 있었는데, 함께 장난감을 구경하는 듯했다. 누르면 삐익 소리가 나는 기니피그 인형을 비비가 보여주는 모양이었다. 크리스마스 선물로 받은 뒤 온갖 곳에 가지고 다니면서 큰 인기를 끈 인형이었다. 불현듯 헤닝은 자신이 아이들을 더할 수 없이 사랑한다는 걸 느꼈다. 때론 처절한 고문이라고 생각될 정도로 그는 아이들을 사랑했다.

테레자는 손으로 입을 가리고 소리 내어 웃었다. 레스토랑 실내를 가로질러 그가 있는 곳까지 들릴 만큼 큰 소리였다. 멀리서 보면 아내의 키 작은 모습이 유난히 도드라져 보일 때가 있다. 마치 오랜 세월 그걸 몰랐거나 잊고 지낸 듯이 말이다. 테레자는 키가 160센티미터가 채 안 되는데도 활력이 넘친다. 헤닝은 아내가 예쁜지 또는 그럭저럭 괜찮게 생겼는지 잘 몰라서 뭐라고 할 말이 없다. 아내는 갈색 머리를 짧게 잘랐고 체격은 다부지고 단단하다. 상대방에게 발산하는 에너지가 엄청나다. 그래서 누구나 그녀에게서 뭔가 특별한 매력을 발견하는가 보다. 남자들만이 아니라 여자들도 테레자와 가까워지려 하고 당장 자신들의 인생사를 털어놓기 시작한다. 헤닝은 전염성 있는 아내의 웃음을 가장 좋아한다. 비록 그녀가 헤닝 자신을 놀리며 웃더라도 말이다. 요즘 들어 아내의 뺨이 조금 수척해지기 시작한다. 오래전부터 그녀를 알던 사람이 아니면 알아채지 못하는 변화다. 이건 그녀가 허리는 굵어도 나이가 들면 뚱뚱해지지 않고 마를 거라는 징후라고 헤닝은 해석한다. 그로서는 어느 쪽이 좋은지 모른다. 헤닝은 일반적으로 나이 든 여자를 좋아하지 않는다. 하지만 언젠가는 그도 나이 든 여자와 살게 될 거다. 나이 든 남자는 더더욱 좋아하지 않는다. 그럼에도 그 역시 언젠가는 나이 든 남자가 될 거다.

이런 생각에 잠겨 있을 때 '그것'이 헤닝에게 촉수를 뻗었다. 그는 서둘러 주의를 다른 데로 돌렸다. 종업원이 샴페인 잔이 가득 담긴 둥근 쟁반을 들고 테이블로 다가왔다. 헤닝은 잔을 집어 들었다. 중년 부부도 각자 하나씩 집어 들었다. 헤닝은 중년 부부의 이름을 카트린과 카를헨으로 짓기로 했다. 그들은 헤닝을 위해 건배했다. 샴페인을 쭉 들이켜자 이내 취기가 느껴졌다. 평소 그는 술을 별로 마시지 않는다. 특히 이른 저녁 시간대에 이렇게 빠른 속도로 마신 적은 없었다. 그는 종업원에게 한 잔 더 가져다 달라고 부탁하려고 손가락을 들어 올렸다. 두 번째 잔도 단숨에 비웠다. 이젠 레스토랑 분위기가 아까보다 덜 싸구려 같았다. 이후 그들은 패키지 관광객으로 가득한 패키지 호텔에서 패키지 메뉴를 먹었다. 그게 뭐 어떻단 말인가? 카트린과 카를헨은 친절했다. 실내 장식도 봐줄 만했다. 아마 나중에 춤을 출 기회가 잠깐 있을 테고 아이들을 위해 마술사가 나올지도 모른다. 이제 서서히 테레자가 올 때쯤 됐다고 생각하는 순간, 그녀가 아이들을 데리고 다가왔다. 테레자는 옛날부터 아는 사람인 양 카트린과 카를헨에게 요란하게 인사를 건넸다. 그러곤 이내 '너'를 위해 건배했다. 이렇게 서로 말을 놓는 게 편할뿐더러 이곳 섬에서는 흔한 일이었다. 첫 번째 요리로 가리비가 나왔다. 정말 맛이 좋았다. 아이들은 저마다 빵 한 조각을 집어 들고 테이블 밑으로 사라졌다. 헤닝이 아이들에게 얌전히 있으라고 주의를 주려 하자 테레자가 말했다. "내버려둬." 그러곤 헤닝의 팔에 손을 올려놓았다.

저녁 식사 분위기는 기대했던 것보다 괜찮았다. 음식도 맛있었다. 비비와 요나스는 얼굴을 보기가 힘들 만큼 돌아다녔다. 두 아이는 자꾸 24번 테이블에 있는 아이들에게로 건너갔다. 저희끼리 무척 친해진 모양이었다. 테레자는 일정한 간격을 두고 아이들을 데리러 갔다. 그러면서 갈 때마다 한참 동안 그쪽 테이블 손님들과 수다를 떨었다. 그새 헤닝이 알게 된 바로는 프랑스 사람들이었다. 평소 습관과는 정반대로 헤닝은 그냥 자리에 앉아 샴페인을 마시며 다음 요리를 기다리기로 했다. 그는 가볍게 오른 취기를 만끽했고, 카트린과 카를헨이 불평한 음악을 즐겁게 들었다. 「레몬 트리(Lemon Tree)」와 「컴 애즈 유 아(Come As

You Are)」 같은 90년대 인기곡들이었다. 나오는 곡마다 모두 따라 부를 수 있는 노래들이었고 사실 그러고 싶기도 했다.

카트린과 카를헨은 정치 이야기를 했다. 그들은 매체에서 정보가 아니라 분위기를 읽어내는 부류의 사람들이었다. 그들 부부는 국내 여행이 나락으로 떨어지고 있다는 독일인들의 의견에 동조했다. 아직도 새로운 정부는 들어서지 않은 데다가, 브렉시트●와 트럼프와 '독일을 위한 대안(AfD)' 정당 같은 문제들만 산적했다고 했다. 카트린은 세상이 근본적으로 달라졌고, 완전히 새로운 시대가 독일을 향해 다가오고 있으며, 포퓰리스트●●와 소셜 미디어를 보면 진실은 전혀 중요하지 않다는, 누구나 다 하는 말만 되풀이했다. 그리고 지난해보다 더 나은 2018년을 위해 건배하자고 했다. 헤닝은 '탈(脫)진실'이니 '시대적 전환'이니 하는 말을 들으면 한없이 거슬렸지만 그녀의 말에 장단을 맞춰 주었다.

어쨌거나 카트린과 카를헨은 아이들을 미소로 대했다. 그리고 헤닝과 똑같이 빠른 속도로 샴페인을 마신 뒤 테레자에게 직업이 뭐냐고 물었다. 그러더니 곧장 최고의 절세 비법을 놓고 열띤 대화가 시작되었다.

● 브렉시트(Brexit) : 영국이 유럽 연합에서 탈퇴함을 이르는 말.
●● 포퓰리스트(populist) : 일반 대중의 인기에 영합하여 일을 추진하는 사람. 주로 대중의 인기를 등에 업고 권력을 유지하려는 정치인을 이른다.

시간이 흐르면서 헤닝은 자신이 크루즈 선에 타고 있지 않다는 사실을 자꾸 잊어버렸다. 밝은 조명이 비추는 홀이 밤을 가르며 잔잔한 검은 바다를 항해하는 것 같았다. 아홉 시가 되기 전 자리가 끝나갈 무렵에는 자정이 세 번이나 지난 느낌이 들었다. 테레자는 24번 테이블에서 많은 시간을 보냈다. 자신들의 자리인 27번 테이블에서보다 어쩌면 더 많은 시간을 보냈을 거다. 가서 아이들을 데려오는 대신 그녀는 손에 탄산수 잔을 들고 그곳에 오래도록 서서 프랑스어로 대화를 나누었다.

1월 1일, 1월 1일.

플라야 블랑카[●]에서부터 지형은 처음엔 완만한 오르막이다. 헤닝이 맞서 싸워야 하는 상대는 특히 바람이다. 바람은 중력보다 강하고, 때론 돌풍이 되어 그를 옆으로 몇 미터나 밀어내고, 무조건 되돌려보내려 한다. 헤닝은 되돌아가지 않는다. 맥박이 빨라지는 탓에 그는 기어를 저단으로 바꾸고, 바뀐 속도에 자신의 리듬을 맞춘다. 페달이 돌아가는 박자에 맞춰 호흡하면서 폐내부의 공기를 남김없이 비우는 데 집중한다. 한 번 밟을 때 들이마시고 두 번 밟을 때 내뱉는다. 힘의 고른 분배가 중요하다. 숨이 차거나 땀을 흘리는 건 좋지 않다. 속도는 중요하지 않다. 헤닝은 무조건 산에 오르기로 결심했다. 시간은 아무래도 상관

● 플라야 블랑카(Playa Blanca) : 스페인어로 '하얀 해변'이란 뜻. 란사로테 섬 남쪽에 있으며 관광의 중심지다.

없었다. 오늘은 페메스에 오르기 좋은 날이다. 간밤이 엉망진창으로 지나갔어도 푹 쉰 기분이다. 1월 1일. 도전하기에 안성맞춤인 날. 헤닝은 곧 새해에 대고 마음속 말을 다 풀어낼 것이다.

작년 한 해는 그에게 호의를 베풀지 않았다. 물론 만사가 꽤 순조롭기는 했다. 누가 중병에 걸리지도 않았고 죽지도 않았다. 하지만 헤닝은 늘 파국이 임박했다는 느낌 속에서 살았다. '그것'은 어느새 밤은 물론이고 환한 대낮에도 엄습한다. 공격을 받는 중간에도 그는 다음 공격에 대한 두려움과 씨름한다. 그것 말고도 일과 아이들 사이에서 자신의 자리를 찾아내기가 쉽지 않다. 그의 삶은 도피와 같다. 아무것도 끝까지 완성할 수 없고, 그 무엇도 제대로 할 시간이 없다.

헤닝과 테레자는 한나절만 일한다. 육아와 일은 둘이 나누어 책임진다. 그들에겐 중요한 문제다. 부부는 고용주에게 말해 이 생활 방식을 관철하려고 이런저런 일들을 감수했다. 살짝 좌파 성향이 있고 주로 실용서를 출간하는 헤닝의 출판사보다는 테레자가 일하는 회계 사무소가 더 협조적으로 나왔다. 심지어 출판사 대표는 해고를 들먹이며 헤닝을 에둘러 위협했고, 헤닝이 일거리를 집으로 갖고 가서 처리하겠다고 약속하자 겨우 태도가 누그러졌다. "일은 전일제로, 돈은 반일제로." 테레자가 남편의 직장을 규정하는 말이다. 여하튼 헤닝은 이렇게 하루하루를 살아내는 일에 온전히 협력한다. '배분'은 마법의 단어다. 가끔 그는 이른 아침이나 밤늦게 원고를 들여다보며 앉아 있지만, 이젠 예전처럼 집중해서 책을 편집하지 못한다는 느낌에 시달린다. 다행히 그에게 항의해온 작가는 아직까지 아무도 없다.

중요한 건 헤닝 부부가 그들 부모처럼 살지 않는다는 거다. 헤닝의 어머니는 한 부모로 자식들을 키우며 몸이 부서져라 일했다. 테레자의 어머니도 남편이 일하러 간 사이에 아이들을 혼자 책임졌다. 헤닝과 테레자는 처음부터 부모와 다르게 살기로 단단히 결심했다. 시대에 맞게 살기로 했다. 연중무휴 대신 일과 여가를 50대 50으로 나누기로 했다.

요나스가 태어난 직후 헤닝 부부가 살고 있던 괴팅겐의 방 네 개짜리 집의 집주인은 건물 꼭대기 층을 확장했다. 코딱지만 한 부엌과 샤워실과 방 한 개로 구성된 대학생용 소형 아파트 여섯 채가 만들어졌다. 지붕이 경사진 탓에 방은 크기가 줄어들었다. 헤닝과 테레자는 그 미니 아파트 한 채를 홈 오피스로 쓰기 위해 추가로 세를 냈다. 헤닝은 그곳에 있을 때가 좋다. 비좁은 공간, 소박한 카펫이 깔린 바닥, 텅 빈 냉장고, 부엌에 있는 필터 커피 기계, 이 모든 게 대학 시절을 기억나게 한다. 어머니 집에서 나와 독립하는 데 성공한 까닭에 앞으론 모든 게 다 잘 풀릴 거라 믿었던 시절이었다.

물론 홈 오피스를 사용하는 쪽은 주로 테레자다. 돈은 그녀가 더 많이 버니까 헤닝은 자신이 집안일을 좀 더 많이 하는 게 당연하다고 여긴다. 그가 받은 느낌으로는 테레자도 그렇게 기대하는 눈치다. 출판사에서 오전 근무를 마치면 헤닝은 유치원에서 비비와 요나스를 데려오고, 점심을 만들어주고, 딸 비비를 재우고, 요나스와 한 시간 동안 레고 놀이를 한다. 그다음엔 아이들을 데리고 놀이터에 나간다. 오후 늦게 테레자가 홈 오피스에서 내려오면, 헤닝은 대개 아이들과 함께 장을 보거나 벌써 저녁을 준비하기 시작한다. 주말에는 헤닝이 몇 시간이나마 혼자 자유롭게 보낼 수 있도록 대부분 테레자가 한나절 동안 아이들을 맡겠다고 제안한다. 그러면 헤닝은 어차피 자신도 할 일이 있다고 말하기도 하고, 네 식구가 뭔가를 함께 하는 것도 좋겠다고 말하기도 한다. 그러곤 비비의 기저귀 가방을 챙겨 차를 몰고 함께 야생 동물 공원으로 향한다.

사실 헤닝은 아이들과 시간을 보내는 일에 이미 익숙해질 대로 익숙해졌다. 아이들이 종종 힘들게 하고 귀찮게 굴어도 그는 혼자서는 뭘 하고 지내야 할지 전혀 모른다. 자전거 타기, 독서, 음악 감상, 친구 만나기 등, 오랫동안 하지 않았던 일들이 수두룩하다. 그러나 새해에는 달라져야 한다. 이제부터는 무슨 일이 있어도 일주일에 최소한 세 번은 자전거를 탈 작정이다. 테레자도 도와줄 거다. 자신이 드디어 뭔가를 다시 '한다'면 아내도 반가워할 거다. 모든 건 배분의 문제라고 그녀는 늘 말해왔다.

'한다'라는 단어는 테레자에게 중요한 말이다. '뭔가를 한다'는 건 그녀가 생각하기에 성공한 인생에 속한다. "우리도 뭔가를 좀 해야지." 이 말은 뭐든지 다 의미할 수 있다. 봄맞이 대청소, 휴가 계획 짜기, 친구들을 저녁에 초대하기, 식구끼리 어디를 방문하기, 재정 계획 세우기처럼 함께 뭔가를 도모하는 일이다. 그러나 '한다'라는 단어는 헤닝의 귀엔 대부분 위협으로 들린다. 그가 가장 좋아하는 말은 '굴러간다'라는 단어다. 결국 인생에서는 언제 어디서나 뭔가가 잘 굴러가는지 아닌지가 중요하다. 모든 게 잘 굴러간다면 굳이 해야 할 일은 아무것도 없다.

테레자와 헤닝은 부부로서 상당히 잘 굴러간다. 가사 분담은 공평하게 돌아간다. 헤닝은 아이들과 최선을 다해 잘 지낸다. 비록 예전처럼 잘나가지는 못하지만, 직장에서도 만족스럽다. 지금 절실히 필요한 스트레스 해소를 위해 앞으로는 자전거 타기도 잘 굴러갈 거다. 이게 헤닝의 새해 목표다. 사실 그는 이번 휴가 기간에 서서히 운동을 시작하고, 인터넷에서 적당한 주행 구간을 물색하고, 정성 들여 워밍업을 하고, 중간에 물을 많이 마시기로 결심했다. 하지만 휴가 기간 내내 지금까지 단 한 번도 자전거 일주를 할 기회가 없었다. 오늘은 1월 1일이다. 자신의 다짐이 진심이라는 걸 새해에게 보여줄 적절한 때다.

이젠 양심의 가책도 떨쳐버려야 한다. 특별히 자전거까지 빌렸으니 제발 뭐라도 좀 '하라'고 테레자가 며칠 전부터 노래를 불렀지만, 헤닝은 아내에게만 아이들을 맡기고 온 게 마음이 불편하다. 그렇게 해서 아내에게 뭔가 빚을 졌다는 걸 잘 안다. 다시 공평하게 균형을 맞추려면 테레자를 위해 또는 가족을 위해 덤으로 뭔가를 해야 할 것 같다. 하지만 이미 자신의 자유 시간을 몽땅 아이들과 보낸 마당에 꼭 그렇게 해야 할까? 앞으로 일주일에 세 번 자전거를 타게 된다면 그의 부채는 계속 늘어나 쌓일 거다. 더는 갚을 길이 없는 근무 태만이다. 헤닝은 자전거 타기는 이미 계산이 끝난 문제라고, 말하자면 그가 평소에 테레자보다 더 많은 시간을 가사와 육아에 투자한 데 대한 보상이라고 스스로 위로하려 애쓴다. 하지만 그건 말이 안 된다. 자신이 육아에 더 힘을 쏟는 건 테레자의 더 높은 수입으로 상쇄된다. 그건 그도 잘 알고 있다. 자신과 아내는 동일선상에 서 있다. 자전거 타기는 덤으로 주어지는 거다.

고개를 들면 눈앞에 갈색 장벽처럼 서 있는 아하체스 산맥이 보인다. 아탈라야 산꼭대기와 피코 레돈도라는 이름의 구릉 사이의 산등성이 고갯길에 레스토랑 두 채가 웅크리고 있다. 이곳 대부분 건물들처럼 하얀색으로 칠을 했다. 절벽 위로 우뚝 솟은 전망대가 딸려 있고, 전경이 다 보이는 유리창은 이따금 햇빛을 받아 번쩍인다. 헤닝은 루비콘 평원을 거의 다 지나왔다. 몇 킬로미터만 더 가면 협곡을 따라 도로 안내 표지가 이어지기 시작한다. 거기서부터 지형은 페달을 밟을 때마다 점점 경사가 심해질 거다. 헤닝의 눈에 마침내 도로가 암벽과 만나는 지점이 보인다. 180도로 꺾여 지그재그로 길게 나 있는 도로는 마지막 남은 극한 경사 구간을 지나 산마루까지 이어진다. 반짝이는 햇빛 속에서 암벽은 비현실적인 느낌을 준다. 폐쇄된 거대한 성문 같다. 왠지 꿈에 나올 것 같다. 왠지 자전거로는 절대로 넘을 수 없는 곳 같다.

혜닝은 얼른 다른 데로 시선을 돌린다. 가파른 오르막길은 앞으로 한참이나 더 남았다. 그는 자전거 스포츠를 즐기는 많은 사람들이 이 구간을 좋아한다는 걸 여행 안내서에서 읽었다. 그러니 비록 다른 이들이 연습은 더 많이 하고 장비도 잘 갖추었겠지만 그 역시 이곳을 문제없이 오를 수 있다. 여하튼 지레 겁먹을 필요는 없다. 기분을 바꾸려고 혜닝은 하얀 차선에 집중한다. 타이어는 나지막하게 쉭쉭 소리를 내며 차선을 따라간다. 그러는 동안 그는 다시 어제 저녁 일을 생각한다.

푸에르토 델 카르멘에 있는 '라스 올라스' 호텔에서 플라야 블랑카에 있는 숙소로 돌아오는 데는 45분이 걸렸다. 차 안에서 아이들은 「숨 가쁜 밤을 지나」를 불렀다. 어젯밤 만찬 자리에서 연주된 노래였다. 그걸 요나스가 부르니 '슝가뽕 밤을 지나'로 들렸다. 혜닝과 테레자는 그게 재미있어서 발음을 교정해주지 않았다. 둘은 어둠 속에서 빙긋 웃었다. 테레자가 어두운 섬을 운전해 가는 동안 혜닝은 그녀의 넓적다리에 손을 올려놓았다. 샴페인으로 올랐던 취기는 벌써 사라졌지만 그는 현실의 삶에서 분리된 듯, 그를 괴롭히는 모든 것에서 떨어져 나온 듯, 여전히 야릇한 해방감을 느꼈다. 자기 자신으로부터 몸을 숨길 수 있는 공간을 찾아낸 기분이었다. 밤에는 화산들이 더 비현실적으로 보였다. 환하게 빛나는 검은 하늘을 배경으로 화산은 어두컴컴한 그림자를 드리워놓았다. 판타지 영화의 세트장을 지나는 느낌이었다. 달이 하늘을 보고 누워 있었다. 잘라놓은 손톱처럼 호리

호리했다. 헤아릴 수 없이 많은 별들이 밝게 빛났다. 한 해의 마지막 날이었다. 헤닝은 자신이 행복하다고 생각했다. 그는 아이들을 사랑했다. 하필 한 해의 마지막 날에 24번 테이블로 가서 프랑스 남자와 신나게 시시덕거린 아내도 사랑했다.

펜션으로 돌아온 뒤 헤닝과 테레자는 아이들을 침대에 눕히고 테라스에 나와 앉았다. 공기가 차가워져 담요로 몸을 감쌌다. 그리고 샴페인을 사 오는 걸 잊어버려서 레드 와인을 마셨다. 전화벨이 울렸다. 그 순간 테레자는 눈동자를 굴리며 집 안으로 들어갔다. 둘 다 그게 동생 루나의 전화라는 걸 알고 있었다. 독일은 이곳보다 한 시간 빨라 밤 열두 시가 지나고 새해가 되었다. 헤닝은 루나가 정확히 자정에 자신을 생각해준 게 기뻤다. 생일에 가장 먼저 축하해주는 사람도 늘 루나였다.

"오빠, 새해 복 많이 받아!"

들어보니 취한 목소리였다. 루나는 혀짤배기소리를 냈다. 거의 비비와 맞먹을 정도로 심각했다. 헤닝의 가슴이 미어졌다.

"새해 복 많이 받아라. 지금 어디니?"

루나는 당연히 파티에 있었다. 뒤에서 시끄러운 음악과 사람들 소리가 뒤엉켜 들렸다. 루나는 가끔씩 킥킥거리며 뭔가를 졸라대는 사람을 밀어냈다. 춤을 추자거나 폭죽을 쏘자거나 함께 자자는 것일 게다.

"라이프치히지 어디겠어. 오빠네가 있는 그곳은 날씨가 어때?"

헤닝은 날씨 이야기를 한 뒤, 목구멍까지 올라오는 질문을 하지 않으려고 무진 애를 썼다. 파티에 또 누가 있니? 집엔 어떻게 갈 거야? 오늘 밤은 어디에서 자? 2분 뒤 테레자가 와인병을 가지고 돌아와 헤닝의 잔을 채워주었다. 루나와의 통화를 끝내라는 신호였다.

테레자는 여전히 루나를 좋아하지 않는다. 둘은 동갑이지만 사는 방식은 정반대다. 테레자는 직업이 있고, 남편이 있고, 자식이 둘 있고, 완벽하게 갖춰진 집도 있다. 루나는 그중 단 하나도 갖고 있지 못하다. 대신 식이 장애가 있고, 글을 쓰는 데 어려움을 겪고 있다. 그럼에도 헤닝은 아내가 루나를 질투한다는 생각이 가끔 든다. 루나는 조금 신비스러운 데가 있다. 어두운 비밀을 안고 사는 사람처럼 뭔가 마법에 걸린 듯한 구석이 있다. 키는 크고, 머리는 길고 검은 곱슬머리에 늘 조금쯤 헝클어진 모습이고, 목소리는 사람을 만나 대화할 때마다 그 순간을 영화의 한 장면으로 돌변시키는 특징이 있다.

루나는 작가가 되고 싶어 한다. 사람들을 보면 늘 그 이야기를 늘어놓는다. 자신이 구상 중인 이야기에 대해 들려주는데, 신비롭고, 음산하면서도 매혹적이고, 애처로운 등장인물과 의외의 반전이 들어간 현대적 동화처럼 들린다. 하지만 안타깝게도 그걸 종이에 옮겨놓지 못한다. 그래도 헤닝은 동생에게 재능이 있다고 확신한다. 그녀는 항상 남들이 무슨 생각을 하는지 안다. 때론 다음엔 무슨 일이 일어날지도 안다. 루나는 끊임없이 남자를 갈아치운다. 사는 집과 도시도 자주 옮긴다. 아르바이트를 하다가 그 일로 글쓰기를 못 하게 되어 견딜 수 없어지면 다시 글을 쓰기 시작한다. 그리고 또 완전히 무일푼이 되어 자신은 진정한 작가가 아니라고 굳게 믿어버린다. 헤닝과 루나는 전화 통화를 자주 한다. 루나가 현재 자기 삶에 닥친 위기에 대해 이야기하면, 헤닝은 좀 더 본인에게 집중하는 게 좋다고 말해준다. 루나는 오빠에게 잠잘 곳이나 돈을 적잖이 요구한다. 건물 꼭대기 층에 홈 오피스를 얻은 뒤부터 헤닝은 루나에게 가끔 그곳에서 며칠씩 머물게 한다.

루나가 도움을 청할 때마다 테레자는 완강히 반대한다. 그녀는 몇 시간씩 앉아 루나를 욕하고 비난한다. 루나는 처지가 딱한 게 아니라 책임감이 없고 게으르다는 것이다. 애들처럼 늘 온 세상이 자기를 돌봐주기를 바란다고 한다. 그리고 그런 식으로 상황을 모면한다고 한다. 그녀와 처지가 비슷한 다른 사람들은 책임을 다하기 위해 안 하는 일이 없는데, 루나는 동화 속 공주놀이를 한다고 한다. 그렇게 잘난 것도 없으면서 요란 떨지 말고, 남의 등에 빨대 꽂지 말고, 제발 좀 철이 들라고 한다.

루나 이야기를 할 때면 테레자는 루나가 그렇게 된 게 헤닝 탓인 양 그를 화난 표정으로 쏘아본다. 헤닝도 루나가 달라지기를 바라지만 마음만큼 되지 않는다. 그는 테레자를 설득해 매번 동생이 홈 오피스에서 지낼 수 있게 한다. 그가 아내에게 맞서 강경하게 나가는 유일한 지점이 루나다.

"나는 테레자를 이해할 수 있어." 오빠로부터 테레자가 언짢아한다는 이야기를 들을 때마다 루나는 이렇게 말한다. "한번 생각해봐. 오빠하고 내가 어떤 사이인지. 우리 둘 문제에서 테레자는 제삼자잖아."

"오빠하고 내가 어떤 사이인지." 헤닝은 루나의 이 말이 무슨 뜻인지 당연히 안다. 그건 계약이고 맹세다. 어머니는 늘 바빴다. 어머니는 밥상 위에 먹을 것을 마련하고 가족이 잠잘 곳을 챙겨주었다. 그 이상을 해주는 건 힘에 부쳤다. 헤닝은 어린 동생을 신경 써서 돌보았다. 남매는 처음부터 한마음이었다.

"이제 전화 끊어야겠다." 헤닝이 전화기에 대고 말했다.

옆에는 테레자가 테라스에 서 있었다. 그녀는 둘이 마실 와인잔을 가장자리까지 가득 채우고 어둠 속을 응시했다.

"나도." 루나가 말했다. 뒤에서 들리는 말소리가 더 커졌다. 누가 다시 그녀의 이름을 불렀다. "또 전화할게. 오빠 집에서 며칠 지내야 할지도 몰라."

"잘 지내라."

"잘 지내, 오빠."

"루나가 안부 전해달래." 통화가 끝난 뒤 헤닝이 테레자에게 말했다. 두 사람은 한동안 말없이 앉아 있었다. 그러다 헤닝이 섬의 역사에 대해 이야기하기 시작했다. 그다음엔 출판사를 위해 섭외하고 싶은 실용서 작가 이야기를 꺼냈다. 마침내 테레자도 연초에 회계 사무소에서 새로 근무할 파트너에 대해 이야기했다.

란사로테 섬에서도 자정이 되었다. 헤닝과 테레자는 일어나 와인 잔을 들고 건배한 뒤 서로 껴안고 새해 인사를 주고받았다. 두 사람은 팔짱을 끼고 하늘을 올려다보며 떨어지지 않는 별똥별을 기다렸다.

침대에 가서 누운 순간 헤닝은 아내와 잠자리를 하고 싶었다. 그 프랑스 남자를 생각하니 그러고 싶은 마음이 생겼다. 프랑스 남자는 24번 테이블에 앉았던 가족의 일원이 아니었다. 거기에 있던 아이들도 그의 아이들이 아니었다. 아마 친구로 연말 만찬 자리에 초대받은 모양이었다. 그가 테레자의 가슴을 응시하던 모습은 멀리서도 헤닝의 눈에 들어왔다.

테레자는 돌아누웠다. 피곤하고 너무 술기운이 오르는 것 같다고 했다. 헤닝은 지금 이 순간 '그것'이 올지도 모른다고 생각했으나 그도 이내 잠이 들었다. 그러나 오랜 잠 건 아니었다.

헤닝은 고개를 쳐든다. 뭔가 달라졌다. 자동차가 옆으로 너무 바짝 붙어서 지나간다. 자전거를 거의 스칠 뻔했지만 헤닝은 정신이 다른 데 가 있어서 놀라지 않는다. 풍경은 변함이 없고, 암벽은 아까보다 조금 더 가까이 다가왔다. 도로 옆에 검은 돌부스러기와 별 모양의 다육 식물들이 있다. 갑자기 냄새가 난다. 강렬하면서도 약간 달콤한 냄새. 조금 떨어진 곳에 꿈의 저택이 하나 더 있다. 담장 위로 부겐빌레아가 흐드러지게 피어 넘실댄다. 저 꽃향기가 여기까지 건너온 걸까? 킁킁거리며 냄새를 맡다 보니 현기증이 난다. 폐가 터질 것 같다. 이산화 탄소가 너무 많이 남아 있다. 과량의 이산화 탄소는 불안감을 유발하고 그로

인해 다시 미친 듯이 숨을 들이마시게 된다. '그것'이 엄습한 뒤부터 헤닝은 과호흡의 악순환에 시달리고 있다. 지금 막 호흡을 통제하려는 순간, 벼락처럼 그의 의식을 때리며 떠오르는 게 있다. 어머니의 욕실 풍경이다.

욕실엔 주먹만 한 돌멩이들이 사방에 놓여 있었다. 둥글게 연마된 돌인데 새까맸다. 저녁이면 어머니는 돌멩이에게, 물고기, 해마, 전갈 등 갖가지 동물을 색색의 점만 찍어서 그렸다. 보고 있으면 무척 예뻤지만, 헤닝과 루나에게 그걸 만지는 건 금기였다. 눈으로만 봐야 했다. 어머니는 돌멩이들을 수공예품 시장에서, 나중에는 인터넷에서 팔아 가외로 돈을 조금 벌었다.

어머니가 없을 때 헤닝과 루나는 욕실로 몰래 들어가 어머니의 금지에도 불구하고 그 보물들을 가지고 놀았다. 나중에 돌멩이들을 원래 순서대로 똑같이 되돌려놓지는 못했을 거다. 돌 네 개는 세면대 옆에, 큰 것 두 개는 샤워 부스에, 나머지는 욕실 구석 여기저기에 갖다 놓았지만, 어머니는 아무것도 눈치채지 못했거나 알고도 모르는 척했다. 욕실은 어머니의 신성한 장소였다. 벽에는 그림들이 걸려 있었다. 아이들이 그린 그림도 있었는데, 접착테이프로 타일에 붙여놓았다. 세면대 옆에는 의자가 하나 있었다. 어머니는 거기에 앉아 책을 읽거나 할 일이 없으면 그냥 천장을 올려다보았다. 그런 일은 자주 있었다.

헤닝은 어머니가 그림을 그려 넣은 그 매끈한 돌들이 어디에서 났는지 한 번도 궁금해하지 않았다. 지금 생각하니 그 검정색 돌들은 란사로테 섬에서 가져온 것 같다. 하지만 그가 충격을 받은 이유는 다른 데 있다. 향기다. 강렬하고 달콤한 향기. 어머니의 욕실에서도 지금과 똑같은 향내가 났다. 헤닝은 그때 그 냄새가 어디에서 나왔는지도 안다. 향수는 아니었다. 샤워 비누도 아니었다. 둥그런 갈색 유리 용기에 든 피부 크림에서 나는 향내였다. 여동생은 가끔 어머니가 특별히 보고 싶을 때면 뚜껑을 열고 크림 냄새를 맡았다. 헤닝의 눈앞에 그 크림의 상표가 보인다. 빨간색 테두리가 쳐지고 그 안에 이런 글자가 적혀 있었다. '라 베예차 아틀란티카(La Belleza Atlántica)●'. 당시 헤닝에게 이 단어들은 어느 해적 섬이나 머나먼 은하계 이름처럼 신비스러워 보였다. 더욱이 상표에는 별 모양의 잎이 달린 다육 식물 그림이 작게 그려져 있었다. 상표 하단 가장자리에 적혔던 글자도 떠오른다. '에초 엔 카나리아스(Hecho en Canarias)●●'.

헤닝은 호흡에 집중한다. 내쉬고, 내쉬고, 내쉬고, 들이마시기. 배 근육에 힘을 주고 마지막 남은 공기를 폐에서 쥐어짜낸다. 그는 다른 것을 생각하는 편이 낫다는 걸 깨닫는다.

1월 1일, 1월 1일.

'그것'이 나타날 때 생각을 통제하려는 건 거의 최악의 방법이다. 마음 훈련이 뭔가 쓸모가 있는지조차도 헤닝은 잘 모른다.

● 스페인어로 '아름다운 대서양'이라는 뜻.
●● 스페인어로 '카나리아 제도에서 만들어진'이라는 뜻.

엉뚱한 생각을 피해보려 할 때마다 그는 늘 쫓기는 노루처럼 자신의 머릿속을 질주한다. 근본적으로는 모든 게 '그것'을 소환할 수 있다. 어머니 욕실도 그중 하나다. 욕실은 헤닝과 루나 때문에 어머니가 느끼는 절망적인 무력감을 상징하는 곳이다. 그들은 그저 살아 있는 것만으로도 어머니의 고통에 책임이 있었다. 그런데 어머니는 헤닝과 루나가 그 누구보다 사랑한 사람이었다. '그것'이 눈을 뜬다.

헤닝은 비비와 요나스, 그리고 두 아이의 예쁜 얼굴을 떠올린다. 그러다 이내 아이들이 언제라도 병이 나거나 사고를 당할 수 있고, 그러면 모든 게 무너진다는 생각이 든다. '그것'이 냄새를 맡는다.

헤닝은 자신이 감사히 여기는 직장에 대해 생각한다. 아이들이 태어나기 전까지 늘 즐겁게 일하던 곳이었다. 지금 그의 눈앞엔 무엇보다 산더미처럼 쌓여가는 일이 보인다. 출판계의 동향을 따라잡느라 야근까지 해도 늘 시간이 부족해서 미뤄두고 있던 일이다. 그는 늘 뒤처져 비틀비틀 따라간다. '받은 편지함'에는 수많은 메일이 들어와 있고, 책상에는 너무 많은 원고가 쌓여 있다. 출판사 대표와 하는 회의는 어찌나 많은지, 안 그래도 모자란 시간을 빼앗는다. 휴가가 끝나면 상황은 더 심각해질 거다. 2주 동안 밀린 업무를 만회하기란 불가능하다. '그것'이 기지개를 켠다.

앞으로 꼭 해야 하는 일들이나 하고 싶은 일들을 생각하는 것도 위험하다. 가령 자전거를 더 타고, 어머니에게 더 자주 전화를 드리고, 다시 소설책을 읽고, 짐으로 넘쳐나는 창고를 정리해야겠다는 생각들 말이다. '그것'이 뛰어오를 준비를 한다.

객관적으로 보면 자신의 상황이 그리 나쁘지 않다는 생각이야말로 위험하다! 남들은 형편이 더 어렵지만 그래도 헤닝보다 잘 적응하며 살아간다. 어쩌면 그는 근본적으로 뭔가 실수를 하고 있는지도 모른다. 남들이 가지고 있는 능력이 그에겐 없는지도 모른다. 그는 그게 뭔지조차 모른다.

이따금 헤닝은 자신의 인생이 뭔가 아귀가 안 맞는다는 생각을 한다. 이 세상 뒤편에는 또 다른 세계가 있고, 거기에서는 모든 게 다른 의미를 지니고 있을 것 같다. 그럴 때면 그는 아이들을 바라본다. 아이들 안에 뭔가 사악한 것, 악마적인 것, 초자연적인 것이 살고 있다는 느낌을 받는다. 천진난만한 표정 뒤에 숨어 미친 듯이 히죽히죽 웃는 추한 얼굴이 보인다. 아니면 아이들이 어느 날 갑자기 눈 깜짝할 새에, 마치 존재하지 않았던 것처럼, 흔적도 없이 사라질지 모른다. 헤닝이 절망에 빠져 아이들이 어디에 있냐고 물으면, 테레자는 아무것도 기억하지 못하고 그저 헤닝이 미쳤다고 생각할 거다. '그것'이 뛰어오른다.

1월 1일. 1월 1일.

헤닝은 박차를 가한다. 더 힘차게 페달을 밟는다. 그러면서 숨은 억지로 편안하게 쉬려고 애쓴다.

꼭 2년 전 '그것'이 처음 나타났을 때 헤닝은 그게 위장 장애

이거나 자신이 무엇에 감염된 줄 알았다. 그날이 선명히 기억난다. 2016년 2월 2일이었다. 태어난 지 3개월 된 비비는 고래고래 소리를 지르며 울었다. 특히 밤이 되면 더 심했다. 요나스는 유치원에 가지 않겠다며 아침마다 지긋지긋하게 떼를 썼다. 직장에서는 출판사 프로그램에 이미 예고해놓았으나 완성되지 않은 기획물의 작가와 싸웠다. 테레자는 육아 휴직 중이었고, 수유하느라 스트레스를 받아 저기압이었다.

오후에 몇 분 쉴 틈이 생겼다. 비비는 드디어 잠이 들고 테레자는 요나스를 데리고 수영하러 갔다. 헤닝은 거실 소파에 누워 아무도 투덜대지 않고 소리도 지르지 않는 순간들을 즐겼다. 하지만 언제라도 다시 방해받을 수 있다는 생각에 괴로웠다. 그는 절박했다. 적어도 반 시간만이라도 긴장을 풀어야 했다. 가장 좋은 건 잠깐 눈을 붙이고 쉬는 거였다. 마음속에서 이런 목소리가 아우성쳤다. 더는 못 하겠어.

편안히 있으려고 노력할수록 심장은 더 빨리 뛰었다. 뭔가 흥분되는 일이 곧 벌어질 듯 명치 부위가 근질거렸다. 공개적으로 남들 앞에 설 때나, 힘겨운 저자 면담을 앞두었을 때나, 곧 비행기 여행을 떠날 때처럼 가슴이 두근댔다. 배 속에서 꾸르륵 소리가 나기 시작했을 때는 병에 걸린 거라고 믿었다. 그럴 줄 알았어. 하지만 다음 순간 이런 생각이 들었다. 왜 하필 내게 이런 일이…….. 그 망할 놈의 유치원에서 망할 놈의 병균이 옮아온 거야. 당장 화장실에 가야 했다. 그는 욕실로 달려갔다. 면역 체계가 망가지고, 스트레스를 이겨내지 못하고, 테레자와 아이들을 충분히 돌보지 못한 자신에 대해 증오가 솟구쳤다. 헤닝은 위장염으로 쓰러지는 자신을 상상했다. 침대에 누워 있는 동안 테레자 혼자 모든 일을 도맡아 하며 점점 분노하는 모습, 요나스와 비비가 끊임없이 칭얼거리고 우는 광경, 그러다 결국 온 식구가 감염되어 토사물을 닦고 침대보를 갈고 약국으로 달려갈 사람조차 남지 않게 되는 상황을 상상했다.

헤닝은 화장실에 갔다가 다시 소파로 돌아왔다. 원래는 차를 한잔 끓여 마실 생각이었는데 그럴 기운이 없었다. 소파에 눕자 귀에서 삐 소리가 나기 시작했다. 이명이네. 이건 평생을 가는 건데. 이런 생각을 하는 와중에 처음으로 오싹하는 전율이 파도처럼 밀려들었다. 팔이 가렵기 시작했다. 추운 곳에 있다가 따뜻한 실내로 들어왔을 때처럼 피부에 군데군데 통증이 생겼다. 입은 바짝 마르고 목구멍은 좁아져 아무것도 삼킬 수 없었다. 숨이 막힐 것 같았다. 그는 벌떡 일어나 창문을 열었다.

곧 심장이 불규칙하게 뛰기 시작했다. 심장이 사납게 두근거리다 갑자기 잠잠해지고, 몇 번 팔딱거리더니 아까처럼 또 맹렬한 속도로 뛰다가 다시 잠잠해졌다.

헤닝은 자신에게 무슨 일이 일어난 건지 알 수 없었다. 이 사태가 당장 멈춰야 한다는 것만 알았다. 견디기 힘들었다. 그는 거실에서 빙빙 돌며 뛰어다녔다. 머리칼을 쥐어뜯고 손바닥으로 머리를 쳤다. 어느덧 심장이 정상 속도로 돌아왔다. 그는 안도의 한숨을 쉬었다. 비비가 소리 지르며 울기 시작했다. 주의가 다른 데로 쏠린 것을 다행으로 여기며 그는 아기를 들쳐 안고 집 안을 돌아다니며 "쉿, 쉿." 소리를 냈다. 그 소리로 마음의 안정을 찾은 건 다름 아닌 헤닝 자신이었다.

이 발작에 대해 헤닝은 테레자에게 아무 말도 하지 않았다. 그는 심장 전문의를 찾아갔다. 의사는 심전도 검사와 초음파 검사를 하고는 모든 게 정상이라고 했다. 부정맥은 많은 사람들에게 이따금 발생하지만 대부분은 눈치채지 못한다고 했다. 원인은 선천적 기질, 스트레스, 소화 불량 등 다양하다고 했다. 검사에서 아무것도 나온 게 없는 이상 불안해할 필요가 없으니 집에 가서 편히 지내라고 했다. 그리고 스트레스를 관리하는 게 좋겠다고 했다.

헤닝으로서는 상상할 수 있는 최악의 진단이었다. 병이 난 게 아니라면 고쳐야 할 것도 없지 않은가.

그날 이후 '그것'은 아무 때나 제멋대로 찾아왔다. 고통은 횡격막이 화끈거리는 증상과 함께 시작된다. 무대 공포증과 비행 공포증이 뒤섞인 느낌이다. 심장이 사정없이 날뛰다가 불규칙적으로 뛰기 시작한다. 몸과 마음이 통제 불능에 빠진다. 가끔 '그것'이 한밤중에 그를 깨울 때가 있다. 헤닝은 잠자리에서 일어난다. 숨이 쉬어지질 않아 당장 화장실로 달려가 소리를 지르든가 머리를 벽에 대고 찧고 싶지만, 식구들을 깨우지 않으려고 이내 그만둔다. 그 대신 현관과 거실과 부엌을 돌아다닌다. 심장이 진정될 때까지. '그것'이 움켜쥔 손을 풀고 반 시간가량 마음의 안정을 선물할 때까지. 그러면 또다시 살아남았다는 비루한 행복감이 몰려온다.

발작과 발작 사이에는 발작에 대한 두려움이 그를 괴롭힌다. 그 두려움 때문에 뭔가 다른 것을 제대로 인지하기가 힘들다. 헤닝의 인생은 마음이 심각한 상태, 아주 심각한 상태, 그럭저럭 괜찮은 상태가 연달아 이어지는 상황이 되어버렸다. 화창한 날씨와 직장에서의 성공은 이제 그와는 상관없는 일들이다. 모든 게 무대 위의 세팅이다. 헤닝은 가끔 아내와 아이들을 바라본다. 그들을 사랑한다는 걸 알면서도 아무 느낌이 없다. 그의 불안감을 키우는 건 주로 아이들이다. 아이들의 연약함과 부족함, 아이들의 요구가 두려움을 증폭시킨다. 정신 병원에 들어가면 더는 아이들을 위해 살 수 없다는 상상도 두렵다. 최악은 이젠 예전처럼 평온하게 생각이라는 걸 할 수 없다는 것, 혼자서 몇 시간, 아니 몇 분이나마 어떤 면에서도 위협받지 않고 편히 생각할 수 없다는 것이다.

이상하게도 다른 이들은 헤닝을 봐도 그 증상들을 전혀 눈치채지 못한다. 그들은 헤닝과 완전히 정상적으로 대화하고, 얼굴을 쳐다보고, 질문하고, 그가 웃을 만한 농담도 건넨다. 그러는 동안 그는 속으로 정신을 차리려 애쓰고, 오직 '그것'을 깨우지 않기 위해 호흡을 조절하는 데만 집중한다. 그런 발작에 대한 두려움이 생겨도 그의 일상은 문제없이 굴러간다. 하지만 두려움은 일상을 지옥으로 만든다. 그는 자기만의 연옥에 갇혀 혼자 살아간다.

몇 개월이 흐르는 동안 헤닝은 '그것'이 저절로 사라지지 않는다는 걸 알았다. 그동안 안 해본 일이 없었다. '그것'을 받아들여보았다. '그것'에 맞서 싸우지도 않았다. 자율 훈련법과 근육 이완법도 시도했다. 술도 마시지 않고, 탄수화물도 섭취하지 않고, 단것도 먹지 않았다. 그래도 '그것'은 꿈쩍도 하지 않았다. 결국 헤닝은 테레자에게 모든 걸 털어놓았다. 그녀는 '번아웃'이니 정신과 의사에게 가보라고 권했다.

헤닝은 정신과에 갈 마음이 없다. 심장 전문의를 떠올리기만 해도 '그것'이 고개를 쳐든다. 그 대신 인터넷을 찾아보았다. 스트레스 장애, 스트레스 증후군, 극도의 피로감 같은 낱말이 나온다. 거기에 적힌 원인들이 죄다 자신에게 들어맞는 것 같다. 하지만 그건 테레자, 직장 동료, 여동생 루나, 어머니 등, 그가 아는 다른 사람들 모두에게도 해당되는 사항이다. 그는 관련 웹 사이트를 뒤져 공부했다. 공황 발작과 범불안 장애라고 나왔다. 거기서 읽은 거의 모든 내용이 그가 아는 것들이고, 그가 시달리고 있는 고통을 정확히 묘사한다. 다만 그 증상들이 왜 하필 자신을 덮쳤는지 도저히 알 길이 없다. 헤닝은 늘 이런 생각을 한다. 나는 잘 살고 있어! 세상 대부분 사람들보다 더 잘 살고 있어. 그는 스트레스 장애를 겪을 이유가 없다. 결혼 생활은 순탄하고, 두 아이는 건강하고, 집과 홈 오피스가 있고, 심각한 돈 걱정도 없다. 적어도 1년에 한 번은 가족들과 휴가도 떠난다. 그에겐 직업도 있다. 비비는 차츰 가장 힘든 연령대에서 벗어나는 중이고, 요나스는 어린 여동생에게 적응했다. 둘 다 유치원에 다닌다. 다른 아이들보다 더 자주 아프지는 않다. 어쩌면 보통 아이들보다 조금 더 애를 먹이기는 하지만, 그건 지능이 높은 탓이라고 헤닝과 테레자는 굳게 믿고 있다.

'그것'이 나타날 타당한 이유가 없다. 헤닝의 내면에 도사리고 있다는 것만 제외하면, '그것'은 헤닝과 무관한 존재다. 동물이나 기생충이나 외계인이 곧 그의 복벽을 뚫고 나올지 모른다. 옛날에는 그걸 악령이라고 불렀을 거다. 그 시절이었다면 헤닝을 상대로 퇴마 의식을 벌였을 거다.

자전거 타기가 도움이 된다. 자전거를 타면 불안감이 배에서 다리로 내려가 거기에서 소실되는 느낌이다. 헤닝의 심장은 정상적으로 뛴다. '그것'은 후퇴해 다시 잠을 자려고 누웠다. 헤닝은 남은 생을 자전거 위에서 보내고 싶다. 그는 생각한다. 지금 이 순간 나는 완전히 정상이야. 자전거를 타면서 휴가를 보내고, 바람과 싸우고, 장엄한 풍경을 보고 활력을 얻는 사람이야. 태곳적의 남자, 인류 이전의 사람이야. 과거를 잊고 새해맞이 일주를 하는 남자야.

차 한 대가 또 옆을 질주하는 순간 헤닝은 향수 냄새를 맡는다. 들큼한 싸구려 냄새. 다음 자동차에서는 애프터셰이브 냄새를 풍긴다. 또 한 대에서는 담배 연기 냄새가, 그다음 차에서는 남자들의 땀 냄새가 난다. 지나가는 차에 탄 사람들의 냄새를 맡을 수 있다는 걸 헤닝은 여태 알지 못했다. 별 모양의 식물이 그의 몸에 뭔가를 열어놓은 듯했다. 코와 뇌를 연결하는 통로, 세상을 채우고 있는 모든 것들이 흘러드는 통로를.

눈앞에 보이기도 전에 헤닝은 얼룩무늬 염소 떼의 냄새를 맡는다. 목양견이 지키는 염소들이 유유히 돌부스러기 비탈길을 서성이며 여기저기서 나무 그루터기를 갉아먹는다. 먹을 수 있게 생긴 식물이 아니다. 염소 몇 마리는 새끼를 배서 몸집이 앞뒤보다 좌우로 더 퍼져 보인다. 배가 양옆구리로 무지막지하게 튀어나와 걸을 때마다 볼품없는 짐 꾸러미처럼 기우뚱거린다.

헤닝이 시선을 다른 데로 돌리려는 찰나, 염소지기의 모습이 눈에 들어온다. 입고 있는 검은 옷이 거의 배경에 녹아들었다. 남자는 도로에서 멀찌감치 떨어져서 염소 떼 한가운데에 서 있다. 염소들 위로 덩그러니 솟아 있는 모습이 허허벌판에 박아놓은 말뚝 같다. 염소지기는 검은 모자를 쓰고, 눈만 빼꼼 내놓은 채 수건으로 얼굴을 가렸다. 먼지와 바람을 막으려면 당연히 저래야겠지. 헤닝은 생각한다. 그래도 뭔가 이상하다. 남자가 헤닝을 쳐다본다. 멀리 떨어진 탓에 헤닝에겐 염소지기의 눈 부위가 보이지 않는다. 남자는 주시해야 할 염소 떼가 천천히 앞으로 이동하는데도 완전히 헤닝 쪽으로 몸을 돌린 채 미동도 하지 않는다. 헤닝이 바람을 헤치고 비탈길을 힘겹게 올라가며 남자로부터 멀어지는 동안, 그는 헤닝을 말없이 바라본다. 그가 두 다리를 움직이지 않고 몸을 돌리는 것 같다. 놀이동산 유령의 집에 나오는 인형 같다. 이상한 건 또 있다. 염소 떼에선 아주 작은 소리조차 들려오지 않는다. 매애 하는 염소 울음소리도, 개 짖는 소리도 없다. 바람이 부는 방향 때문일 거다. 헤닝이 500미터를 더 간 뒤 뒤돌아보니 염소지기는 여전히 거기에 서 있다. 염소 떼는 없다. 개들과 함께 저 멀리 이동했다.

헤닝은 다시 어제 일을 생각한다. '라스 올라스' 호텔 만찬은 저녁 8시 40분에 끝났다. 접시들을 가져갔다. 꽤 오래전부터 술잔에도 더는 술을 채워주지 않았다. 다음 시간대 만찬을 준비하기 위해 곧 첫 시간대 손님들에게 나가달라고 요구할 거다. 마무리로 음악이 한 번 더 나왔다. 헤닝은 속으로 좋아하는 노래 중하나가 나온 걸 알았다. 지난 몇 년간 여름마다 유행한 「아이 시에우 치 페구(Ai se eu te pego)」●였다. 자신이 이 노래를 무척 좋아한다는 게 조금 멋쩍었다. 노래는 뭔가 도발적인 데가 있었는데 그의 마음을 꼭 사로잡았다. 노래를 처음 들었을 당시 그는당장 유튜브 동영상을 찾아보았다. 가수는 작은 클럽의 무대에서서 신나는 아이처럼 노래했다. 사내아이가 라디오에서 나오는음악에 맞춰 노래하고 춤을 추면서 대스타들의 동작을 따라 하는 것 같았다. 아이 시 에우 치 페구. 아, 너를 만질 수 있다면.

● 2008년에 발표된 브라질 대중가요. 선풍적인 인기를 끌어 영어로 번역된 노래도 나왔다.

어쨌거나 섹스에 관한 노래였다. 노래를 부른 청년은 유쾌하고 천진난만하게 무대에 서서 여자 관객들의 환호를 받고 있었다.

헤닝이 자꾸만 유튜브 동영상을 돌려본 건 그 관객들 때문이었다. 관객들은 사실상 거의 여자뿐이었다. 그것도 여느 평범한 여자들이 아니었다. 무대 앞에서는 미인 중의 미인들이 모여 춤을 추었다. 피부가 검거나 하얗고, 날씬하거나 통통하고, 귀엽거나 치명적이고, 당차거나 우아했다. 여자들은 예쁘기만 한 게 아니었다. 말 붙이기도 쉽고 친절해 보여서 늘 주변에 있는 여자들 같았다. 다만 얼굴과 몸매가 모델급이라는 게 달랐다. 그들의 쾌활한 표정, 콘서트를 즐기는 모습, 천진난만하게 춤추고 가수에게 손 키스를 보내는 장면은 아무리 봐도 싫증이 나지 않았다. 아, 너를 만질 수만 있다면.

이 세상 여느 평범한 클럽에, 어쩌면 포르투갈의 리스본에, 그렇게 많은 미녀들이 모여 있었다니, 정말 믿기 힘든 우연이었다!

며칠 동안이나 헤닝의 머릿속에서 그 노래가 맴돌았다. 그는 일하면서도 계속 유튜브를 틀고 동영상을 들여다보았다. 그러다 어느 순간 관객들이 캐스팅된 사람들이라는 데에 생각이 미쳤다. 관객 전부는 아닐지라도 앞의 열 줄은 캐스팅된 여자들일 터였다. 그들은 콘서트 손님들이 아니라 모델들이었다. 아마 유럽 전역에서 모집해서 데리고 왔을 거다. 헤닝은 왜 이걸 깨닫는 데 몇 날 며칠이나 걸렸는지 이해할 수 없었다. 깨달음은 실망감을 안겨주었고 그만큼 그의 흥분도 가라앉았다.

'라스 올라스' 호텔에서 노래의 첫 소절이 나오자 헤닝은 저절로 미소를 지었다. 사바두 나 발라다(Sabado Na Balada)[•]. 그때 난데없이 아이들이 들이닥쳐 그의 손을 잡아끌기 시작했다. 아이들은 춤을 추는 무대로 가자고 했다. 무대라고 해봐야 테이블들 중간에 있는 조금 널찍한 공간이었다. 이미 관광객 서너 명이 그곳에서 손뼉을 치고 발을 구르며 박자에 맞춰 몸을 흔들고 있었다.

헤닝은 남의 웃음거리가 되고 싶지 않았지만, 아이들이 자신에게 달려온 게 기분 좋았다. 평소 아이들은 뭔가 바라는 게 있으면 테레자에게 달려간다. 어디를 다쳤거나 아프거나 졸리거나 배가 고프면 테레자만 찾는다. 쓰다듬어달라고 할 때도, 뭘 찾을 때도, 놀다가 뭘 해야 좋을지 모를 때도 테레자에게 간다. 그러면 아내는 이렇게 말한다. "아빠가 있잖아. 아빠도 손발이 있는데 왜 아빠한테 물어보지 않니?" 그러곤 아이들이 자신을 먼저 찾는 게 헤닝 탓인 양 그에게 짜증 섞인 눈길을 보낸다.

몇 해 전 헤닝은 편집자로서 아동서를 담당한 적이 있다. 그 책의 성공이 지금까지 그의 자리를 보전해주고 있다. 책 제목은 『만들어진 자아』다. 아이들이 환경에 의해, 다시 말해 부모의 영향을 받아 특정 역할에 떠밀려 들어가고 그걸 평생 동안 학습하

[•] 「아이 시 에우 치 페구(Ai se eu te pego)」의 한 소절로 '토요일의 클럽에서'라는 뜻이다.

며 유지한다는 내용이다.

작가와 함께 원고를 놓고 작업할 당시 헤닝에겐 아직 아이가 없었다. 작가도 아이가 없었지만 그것 때문에 헤닝이나 출판사 대표가 책 내용에 의구심을 품지는 않았다. 어쨌든 작가는 신경 생리학과 사회학을 전공한 사람이었다. 어느덧 책 판매량이 모든 면에서 그들이 옳았다는 것을 보여주었다.

지금 헤닝은 그 책이 완전히 헛소리라는 걸 안다. 아이들은 아이들이다. 헤닝이나 테레자가 전통적인 성 역할 모델을 따르지 않는데도 요나스는 아주 어린 시절부터 장난감 굴삭기를, 비비는 인형을 가지고 논다. 울 때는 엄마를 찾는다. 비비와 요나스는 현대적인 양성평등 원칙에는 관심이 없다. 아이들이 엄마를 찾는 건 그 사람이 엄마여서다. 『만들어진 자아』와 같은 책의 희생물이 되는 건 헤닝의 숙명이다. 부모의 행동이 자식의 존재에 영향을 미친다면, 요나스와 비비가 요구 사항을 가지고 테레자를 귀찮게 구는 건 헤닝 책임이다. 그래서 테레자는 짜증을 내고 때론 며칠씩 폭발 직전까지 간다. 아이들의 엄마 의존성의 이면에는 아빠 역할을 다할 의향이 없는 헤닝의 태도가 보이기 때문이다.

그러나 헤닝은 아빠 역할을 다할 의향이 있다. 그러고 싶다. 그렇다고 믿는다. 아이들이 아빠를 찾지 않는 건 그의 탓이 아니다.

하지만 어제 저녁 아이들은 '그'를 무대로 잡아끌었고, 그는 기꺼이 아이들을 따라갔다. 그는 몸을 조금 굽힌 채 아이들의 고사리 같은 손을 잡고 리듬과 따로 노는 아이들의 율동에 끌려 다녔다. 다른 아이들도 제 부모와 함께 똑같이 행동했다. 헤닝은 노래도 불렀다. 아이 시 에우 치 페구, 아이 시 에우 치 페구. 그의 입에서 낯선 말이 나오자 비비가 눈을 똥그랗게 떴다. 헤닝은 비비를 번쩍 들어 올려 위에서 빙빙 돌렸다. 다음엔 요나스 차례였다. 두 아이는 환호성을 질렀다. 즐거운 시간이었다.

그가 춤추는 남녀 한 쌍을 보기 전까지는. 헤닝은 몇 초 뒤에야 테레자를 알아보았다. 처음엔 그저 남녀 한 쌍이 있었을 뿐이었다. 몸이 퍼즐 조각처럼 서로 밀착된 상태였다. 머리가 두 개에 다리는 넷 달린 존재였다. 여자의 오른손을 남자의 왼손이 감아쥐었고, 두 팔은 탱고를 출 때처럼 쭉 뻗고 있었다.

남녀는 무대에 있던 몇 안 되는 사람들을 양옆으로 갈랐다. 반평생을 이 순간을 위해 연습한 사람들처럼 그들은 스텝이 완벽하게 맞물렸다. 아이 시 에우 치 페구는 누가 봐도 완벽한 댄스곡이었다. 손님 몇 명은 가만히 서서 남녀를 바라보며 손뼉을 쳤다. 춤출 자리를 내어주는 사람도 있었다. 프랑스 남자는 다시는 놓지 않겠다는 듯 테레자를 꼭 껴안았다. 그러다 갑자기 그녀를 밀어낸 뒤 팔 밑에서 빙빙 돌리다 다시 끌어당겼다. 테레자는 고개를 뒤로 젖히고 웃었다. 음악까지 압도하는 큰 웃음소리였다.

헤닝도 아이들도 그대로 서 있었다. 요나스가 물었다. "저 남자 누구야?" 비비는 금방이라도 울 것처럼 보였다. 헤닝은 비비의 놀란 얼굴을 보고 방금 무슨 일이 일어났는지 알아차렸다. 헤닝은 아무 느낌이 없었다. 마음속에서 뭔가가 죽어버린 듯 질투도 화도 나지 않았다. 그때 그 뭔가에서 차가운 것이 올라왔다. 그리고 차가운 기운이 올라올 때 벌어졌던 틈이 닫혔다. 헤닝과 아이들은 노래가 끝나기 전에 27번 테이블로 돌아갔다. 헤닝은 자리를 정리하고 소지품을 챙기기 시작했다. 이어 카트린과 카를헨에게 작별 인사를 했다.

"즐거웠습니다." 헤닝이 말했다.

테레자가 테이블로 돌아와 헤닝의 팔에 팔짱을 꼈다. 웃음소리는 여전했고 땀을 조금 흘렸다.

"그 남자가 춤을 잘 추더라고요." 테레자는 이렇게 말하고 카트린과 카를헨이 홀에서 나가기 전 그들에게 손을 흔들어 인사했다.

1월 1일, 1월 1일.

헤닝이 다시 앞을 바라본 순간 암벽이 성큼 다가와 있다. 시간과 속력에 견주면 지나치게 가까운 곳에 있다. 그가 쳐다보지 않은 새에 장난치기 좋아하는 거인이 산을 밀어놓기라도 한 것 같다. 빛으로 인한 착시일지 모른다. 그는 지금 협곡이 시작되는 지점에 있다. 몇 킬로미터만 더 가면 도로가 암벽과 만난다. 헤닝은 두려웠다. 신경증적인 두려움이 아니다. 진짜로 두려웠다. 산에 대한 두려움. 넘어설 수 있을지 알지 못하는 상태에서 마주한 뭔가 위험한 것에 대한 두려움이다.

벌써 여기서부터 길이 상당히 가팔라진다. 도로 양옆으로 별 모양의 식물들이 휙휙 사라지고, 돌부스러기 비탈길은 바위투성이 바닥으로 바뀐다. 헤닝은 변속 레버를 조작한다. 원래는 다 올라갈 때까지 저단 기어를 쓰지 않을 계획이었다. 나중에 힘에 부쳐 견딜 수 없을 때를 대비해 힘을 비축하기 위해서다. 그러나 쓰러지지 않으려면 지금 당장 저단으로 내려야 한다. 그는 앞에 있는 체인링을 바꾼다. 8단, 7단, 6단, 5단을 거쳐 4단으로 내리자 페달을 밟기가 수월해진다. 속도는 보행 속도로 느려졌다. 안장에서 일어나 거의 선 채로 올라간다.

중요한 건 속도가 아니라 끝까지 갈 수 있느냐다. 다리가 아파 휴식이 필요하지만, 본격적으로 가파른 오르막이 시작되기 전까지는 휴식을 미룰 생각이다. 바람만 아니라면 얼마나 좋을까. 바람만 없다면 이런 건 문제도 되지 않는다. 입이 마르고 목이 칼칼해 호흡할 때마다 고통스럽다. 물을 가지고 오지 않다니, 한심하다. 신발도 한심하다. 발가락은 망치로 잔인하게 두들겨 맞은 느낌이다. 넓적다리 사이의 아픈 부위는 벌써 감각이 거의 없다.

침착하자. 헤닝은 생각한다. 맞서 싸우지 말고, 화내지 말고, 항상 전방 2미터만 주시하자. 차분하게 페달을 밟자. 할 수 있다고 생각하자. 1미터씩 계속 극복할 수 있다고 생각하자. 1미터씩 차근차근 올라가다 보면 산도 오를 수 있으니까.

들이쉬고 내쉬고 내쉰다. 들이쉬고 내쉬고 내쉰다.

헤닝은 호흡 횟수를 늘린다. 한 번 밟으며 들이마시고 두 번 밟으며 내쉬면서 폐 속을 남김없이 비우는 일에 한층 집중한다. 이렇게 빠른 속도로 호흡하면 강한 힘으로 숨을 내뱉어야 한다. 치아 사이로 쉭쉭 소리가 난다.

다른 걸 생각하자. 산은 생각하지 말자.

펜션 테라스에서 함께 레드 와인을 마시고 새해를 위해 건배한 뒤, 헤닝과 테레자는 곧 잠자리에 들 준비를 하기 위해 욕실로 갔다. 아이들이 아침 여섯 시면 일어나 움직이기 시작하는 터라 부부가 더 늦게까지 깨어 있어봐야 좋을 게 없다. 테레자는 이를 닦으며 프랑스 남자 이야기를 꺼냈다. 헤닝은 아내가 왜 그러는지 이유를 알 수 없었다. 아마 그를 괴롭히고 싶었나 보다. 또는 한순간의 시시덕거림을 한 번 더 반추하는 게 즐거웠던 모양이다. 그러나 헤닝은 완전히 무덤덤했다. 테레자는 아는 사람 아무한테나 이야기하듯 그에게 이야기했다. 헤닝은 듣기만 했다. 그런 그의 귀에 대고 테레자는 조금 전에 겪었던 일을 쏟아냈다.

테레자가 24번 테이블에 서서 수다를 떠는 동안 프랑스 남자는 계속 그녀를 주시했다. 그는 꾸어다 놓은 보릿자루처럼 테이블에 앉아 다른 사람들과는 한마디도 대화하지 않았고, 테레자가 홀에 있는 유일한 사람인 양 오직 그녀에게만 시선을 고정했다. 이윽고 남자가 눈이 별처럼 생겼다고 말을 걸자 테레자는 당신 눈은 엑스레이 기계를 닮았다고 대꾸했다. 그 말에 둘 다 눈물이 나도록 웃었다. 서먹서먹했던 분위기가 사라지고 두 사람은 재미나게 대화를 나누었다. 물론 프랑스어를 사용했다. 테레자가 프랑스어를 잘해서가 아니었다. 다만 그런 일에 거리낌이 없어서였다. 그녀는 의사소통은 의지의 문제라고 본다. 어쨌든 유럽에서는 그렇다고 생각한다. 테레자는 가능하면 외국어를 많이 쓰는 편이다. 어미에 집착하고, 표현 전체가 해당 나라 언어에 어울리게 보이게끔 발음한다. 그게 또 잘 먹혀든다. 란사로테 섬의 스페인 사람들도 그녀의 말을 알아듣는다. 헤닝은 의사소통의 실패에 대한 두려움이 있다. 외국에 가면 자신이 하찮아지는 느낌이고 뭘 어찌해야 좋을지도 모른다. 그래서 영어를 쓸 필요가 없는 상황이 되면 마음이 편하다. 반면에 테레자는 늘 상황과 직접 맞부딪혀 누구에게나 거리낌 없이 말을 건다. 그러곤 자신이 모든 걸 도맡아 하게 만든다고 헤닝을 원망한다.

여하튼 그 순간부터 프랑스 남자가 테레자에게 무엇을 원하는지가 확실해졌다. 잠자리를 하자는 게 아니었다. 그는 춤을 추고 싶었던 거다. 테레자는 매번 싫다고 거절하는 게 재미있었다. 그날 저녁 내내 프랑스 남자는 눈길과 제스처와 말로 테레자를 쫓아다녔다. 테레자가 아이들이 잘 있나 보려고 테이블로 오면 남자는 당장 그녀를 대화 속으로 끌어들였다.

"그 남자는 나를 끈질기게 스토킹했어." 테레자가 웃으며 말했다.

"결국 그자가 이겼잖아." 헤닝이 말했다.

"멋있었어." 테레자는 치약을 세면대에 뱉었다. "멋진 노래였어. 우린 완벽하게 어울렸고. 그런 경험은 평생 처음이었어."

"왜 나한테 그 얘기를 하는 건데?" 헤닝이 물었다.

"당신은 내 남편이니까." 테레자가 말했다. "당신한테 아무것도 숨기고 싶지 않으니까."

헤닝은 그녀가 자신에게 무엇을 숨기고 싶지 않다는 건지 알 수 없었다. 그가 아는 건 '그것'이 꿈틀대고 있다는 것뿐이었다. 침대에서 헤닝은 테레자의 엉덩이에 손을 올려놓았다. 하지만 그녀는 돌아누웠다.

피곤해. 술을 너무 많이 마셨어.

바람이 더욱 강해진다. 올라가는 동안 바람이 계속 앞에서 불어온다. 여전히 중력보다 바람이 더 강적이다. 지금보다 더 거세지지는 않을 거라고 생각할 때마다 돌풍이 몰아쳐 그를 때리고 잠시 멈춰 세우는 통에 거의 쓰러지기 직전이다. 이제 그는 앞바퀴와 도로만 주시한다. 근골격계에만 집중한다. 계속 몸을 살피고 근육 하나하나가 경직되지 않게 긴장을 푼다. 그러는 동안 앞으로 전진할 때 정말로 필요한 근육 부위가 어디인지, 어느 곳을 이완시켜야 하는지 느낌으로 알아챈다. 왼쪽 다리로 연속 세 번 힘차게 페달을 밟은 다음, 오른쪽 다리로도 똑같이 밟아서 다른 쪽 다리를 잠시 쉬게 한다. 바람은 뭔가 유형의 존재처럼 헤닝을 밀어붙인다. 무슨 일이 있어도 그가 이 산에 오르는 걸 막으려는 살아 있는 생물체 같다.

간밤은 끔찍했다. 지난 2년간 헤닝은 끔찍한 밤을 수없이 많이 겪었지만, 간밤은 공포 순위에서 단연 최상위를 차지한다. '그것이 새벽 2시에 헤닝을 깨웠다. 이게 그토록 고통스러웠던 건 그가 마음을 놓기 시작해서였을 것이다. 란사로테 섬에선 아무 일도 일어나지 않을 거라고 바보처럼 희망을 품어서였을 것이다.

그게 어떤 느낌이든, 그 느낌이 얼마나 격렬하든, 공황 발작으로는 죽지 않는다는 걸 헤닝은 인터넷에서 누차 읽었다. 그건 신체의 비상사태지만 영구적 손상은 입히지 않는다고 했다. 하지만 이걸 안다고 해서 도움이 되는 건 아니다. 헤닝은 이 밤을 살아서 넘기지 못할 거라고 확신했다. 그의 심장이 저지른 일은 불규칙한 박동과는 무관했다. 도리어 간질 발작과 비슷했다. 헤닝은 펜션에 딸린 작은 정원을 빙빙 돌며 뛰었다. 위에는 별의 장막이 장엄하게 펼쳐져 있었고, 그 위로 그와 테레자가 헛되이 기다렸던 별똥별이 환한 선을 그으며 빠르게 움직였다. 헤닝은 우주를 향해 도와달라고 말없이 소리쳤다. 자신을 괴롭히는, 가슴을 옥죄는 끈을 풀어 꺼내달라고 외쳤다. 헤닝은 구급차를 부르려 했다. 하지만 병원에 실려 가도 의사들이 아무것도 알아내지 못하리라는 걸 알았다. 심장이 다시 정상으로 돌아왔을 때 그는 검은 자갈 위에 쓰러져 행복에 겨워 울었다.

다시 침대에 누워 있다가 새벽 다섯 시경 예상 외로 잠이 들었다. 하지만 오래잖아 테레자의 휴대폰 벨 소리가 잠을 깨웠다. 장인 장모가 시차를 생각하지 못하고 새해 인사를 하기 위해 건 전화였다. 그는 눈을 감고 누워서 테레자의 부루퉁한 대답을 들었다. 장인 장모가 하는 말도 들렸다. 장인 롤프와 장모 마를리스는 목소리라도 키워서 장거리를 극복해야 한다는 듯이 언제나 큰 소리로 전화기에 대고 말한다. 그들은 자주 휴대폰을 앞에 두고 나란히 앉아서 스피커 기능을 켜놓는다. 그들이 가진 스마트폰의 비밀 중 최소한 한 가지는 알아낸 슬로 어답터●의 열정으로 말이다. 그들은 이메일 주소 RoMa4952@web.de도 공유하고, 두 사람 이름의 첫 음절을 합치면 몇 년 전부터 그들이 살고 있는 도시 이름이 된다는 걸 자랑스럽게 여긴다.

"바람이 계속 불어요." 테레자가 전화기에 대고 투덜댔다. "아이들 데리고 거의 밖에 나가지를 못해요. 숙소는 아주 예쁘고 좋은데, 솔직히 너무 작아요. 경치도 뭐랄까 멋있기는 하지만 상당히 적응이 필요해요."

부모에게서 전화가 걸려오면 테레자의 강박적 낙관주의는 잠시 쉬어간다. 주어진 상황에서 최선을 '다하는 것'도 그만둔다. 그 대신 아주 사소한 일에도 불평을 늘어놓는다.

헤닝은 어머니와 전화할 때면 늘 자신이 얼마나 잘 지내고 있는지 이야기한다. 직장에서, 가족들과, 테레자와, 그리고 휴가지에서도 문제없다고 말한다. 모든 게 완벽히 '굴러간다'고 보고한다. 살면서 그는 두 번 다시 어머니에게 자신의 존재로 짐을 지

● 슬로 어답터(Slow adopter) : 새로운 제품 정보를 남들보다 먼저 접하고 구매하는 소비자를 뜻하는 얼리 어답터(Early adopter)에 대비되는 말. 새로운 경험과 서비스에 서서히 관심을 가지는 소비자를 일컫는다.

우지 않을 생각이다. 전화 통화를 할 때조차 그렇게 하지 않을 것이다.

장인 장모는 테레자에게 즐거운 연말을 보냈는지 묻고는 로마의 길거리에서, 특히 자신들이 사는 곳 근처인 트릴루사 광장에서 벌어진 파티에 대해 보고했다. 테레자는 아이 두 명을 데리고서는 제대로 놀 수 없다고 떨떠름하게 대답했다. 헤닝은 눈을 뜨고 아내의 괴로워하는 눈빛을 보았다. 전화해준 장인과 장모가 고마웠다. 테레자가 통화하는 동안 그 옆에 누워 있는 자신은 정말 믿기 힘들 정도로 정상이었다. 더구나 장인과 장모 때문에 짜증 나는 일이 있을 때면 그와 테레자는 언제나 한마음이 되었다.

여느 때와 다름없이 장인 장모는 이구동성으로 테레자를 딱하게 여기며 상황 개선을 위한 조언을 하기 시작했다. 바람이 너무 불면 괜찮은 박물관에라도 가라고 했다. 베이비시터라도 구할 수 있으면 불러서 부부가 즐기라고 했다. 집이 너무 좁으면 옆에 있는 숙소를 하나 더 빌리라고 했다. 조언이 황당해질수록 테레자는 더 화가 났다. "그럼 안녕히 계세요." 테레자는 이렇게 말하고 전화를 끊었다.

헤닝과 테레자는 한동안 침대에 누워 롤프와 마를리스를 흉보았다. 그들의 자기중심성과 세상 물정 모르는 순진함과 눈치 없음에 푸념을 늘어놓았다. 함께 롤프와 마를리스를 욕하니 기분이 좋았다. 간밤에 별다른 일이라고는 없었던 것처럼 지극히 평범한 아침이었다. 얼마 후 요나스가 침실로 들어왔다. 비비는 울타리가 쳐진 아기 침대에서 울기 시작했다. 헤닝이 일어서려는 순간 무릎에서 힘이 풀렸다. 잠시 침대 모서리에 앉아 있어야 했다.

"왜 그래?" 테레자가 물었다.

"그냥 조금 어지러워서." 그가 대답했다.

그의 자전거 핸들은 드롭바[●]가 아니다. 헤닝에게 절실히 필요한 건 등과 팔에서 나오는 힘이다. 적어도 바람 받는 면적을 조금이라도 줄이기 위해 그는 상체를 핸들 쪽으로 숙이고, 손잡이에 팔꿈치를 대고, 두 손으로는 핸들바 중간 연결 부분을 감싸 쥔다. 자세는 불편하지만 효과는 있다. 새로운 근육들이 활동을 개시하고 바람으로부터 받는 압력이 조금 약해진다. 지금 헤닝의 얼굴은 곧장 아스팔트를 향해 있다. 작은 구멍이 많은 도로 표면이 보인다. 바람에 밀려 비탈길 아래로 내려온 작은 돌멩이들. 회오리바람. 건너편으로 이동하는 도로 위의 개미 한 마리. 한번은 도마뱀이 앞바퀴 바로 앞에서 휙 지나간다. 등이 녹색으로 번쩍인다. 갈라파고스 괴물의 축소 모형처럼 생겼다. 도마뱀은 50센티미터를 더 가다가 가만히 앉아 있다. 헤닝 같은 사람은 저한테 아무 짓도 안 할 거라고 자신하는 것처럼.

헤닝은 방향을 잃지 않으려고 갓길에 의지해 달린다. 구부정한 자세 탓에 산이 보이지 않아 기분이 좋다. 산이 보이지 않으

● 손잡이 끝이 아래쪽으로 타원형으로 굽은 핸들.

니 순간에만 신경 쓰면 된다. 아무리 속도가 느려도 앞으로 가고 있다는 사실이 중요하다. 그는 새 리듬을 찾아낸다. 들이쉬고 내쉬고 내쉬고, 들이쉬고 내쉬고 내쉰다. 4단 기어는 잘 굴러가고 있고 속도는 안정적이다. 다시 생각이 이어진다. 장인 롤프와 장모 마를리스. 떠올리기 좋은 대상이다. 두 사람에 대해서는 살얼음판을 걷는다는 느낌 없이 많은 것을 생각할 수 있다.

장인 장모는 손주들을 '베이비시팅' 해주려고 1년에 한두 번 괴팅겐에 온다. '베이비시팅'이란 말은 그들이 직접 쓴 표현이다. 하노버 공항으로 마중을 나가 함께 집으로 오면 그들은 딸 집 부엌에서 서성거린다. 가만히 앉아 있기에는 마음이 너무 들떠 있기 때문이다. 그러면서 뭘 갖고 싶으냐고 미리 아이들에게 묻지도 않고 사 온 선물 이야기를 한다. 무슨 금속 장난감 자동차와 로마의 멋진 수공예품 가게에서 산 펠트 동물 인형이다. 장인 장모는 자기도취에 빠져 선물이 아이들 마음에 들지 않는 걸 눈치채지 못한다. 그리고 커피와 케이크가 식탁에 나올 때야 겨우 자리에 앉는다. 음식을 먹는 동안에도 쉬지 않고 이야기한다. 오랫동안 만나지 못했던 사람들처럼 대부분 당신들 둘이서만 대화를 나눈다. 장인은 당신들이 사는 로마의 집이 어째서 횡재인지를 장모에게 설명한다. 장모는 로마 수공업자들이 독일 사람들보다 솜씨가 못한 것 같은데 당신도 그렇게 생각하느냐고 장인에게 묻는다. 그들은 서로 놀리며 희희낙락 얘기하고 서로 훈계한다. 자신들 딴에는 엄청나게 재미있고 유쾌한 대화의 관객으로 테레자와 헤닝을 이용하고, 끝끝내 아이들은 본체만체한다. 마침내 비비와 요나스가 칭얼대기 시작한다. 그러면 장인과 장모는 이제 우리는 입 닫고 있어야겠다는 의미의 눈길을 주고받는다. 눈썹을 치켜올리고 고개를 슬그머니 저으며 접시에 얼굴을 파묻고 거칠게 숨을 몰아쉰다. 그러면서 아무리 테레자와 헤닝이 잘못하고 있더라도 자기들이 양육 문제에 끼어들어서는 안 된다고 말한다.

머잖아 헤닝은 아내에게 부모와 대화할 시간을 주려고 아이들을 데리고 부엌에서 나와 거실에서 레고 놀이를 한다. 그 후 며칠 헤닝과 테레자는 롤프와 마를리스가 손주들과 즐길 수 있는 프로그램을 마련한다. 놀이터나 시내 공원이나 동물원을 가는 거다. 먹을 음식을 싸고, 비비가 밖에서도 낮잠을 자려면 어떻게 해야 하는지 의논한다. 또한 할머니 할아버지의 관심을 끌어보려다 잘 안 돼 실망한 요나스도 달랜다. 어쩌다 할아버지가 관심을 보일 때가 있다. 예를 들어 할아버지가 동물원 울타리 가장자리에서 요나스 옆에 쪼그리고 앉아 팔을 길게 뻗어 뭔가를 가리키거나 페르시아 다마사슴에 대해 어려운 말로 일장 연설을 하면, 할머니는 얼른 핸드백에서 휴대폰을 꺼내 할아버지가 실천하는 행복의 순간을 카메라에 담는다.

헤닝은 장인 장모가 사진을 프린트해 액자에 넣어 로마에 있는 집의 서랍장 위에 올려놓으리라는 걸 안다. 사진을 바라보며 손주들과 쌓은 돈독한 관계에 흐뭇해할 거라는 걸 안다. 생각만 해도 헤닝은 분통이 터진다.

며칠 뒤 다시 공항에 바래다줄 때면 장인 장모는 차 안에서 가족과 보낸 주말이 얼마나 재미있었는지를 이야기한다. 이렇게 테레자와 헤닝을 돕게 돼서 기쁘다고 말한다. 마지막으로 양육에 대해 몇 가지 조언도 빠뜨리지 않는다. 아이들에게 지나치게 많이 신경을 쓰는 것 같다. 그래도 모든 걸 심각하게 생각하지 마라, 규칙적인 식사와 분명한 선을 정해놓아야 한다, 그러면 아이들은 저절로 큰다고 말한다.

헤닝이 가장 신경 쓰이는 건 장인 장모의 말이 옳을 수도 있다는 의혹이다. 장인 장모는 둘이 휴가를 가기 위해 테레자를 어렸을 때부터 친척에게 보냈다. 고무젖꼭지나 어린 테레자가 가장 아끼는 동물 인형을 찾으려고 무릎 꿇고 집 안을 기어 다니지도 않았다. 특히 어린 테레자를 데리고 놀아주어야 한다는 생각은 한 번도 해본 적이 없을 거다. 아이는 아이끼리 놀고 어른은 어른끼리 대화했다. 그래도 테레자는 정상인으로 성장했다. 건강하고, 자신과 자신의 삶을 주도적으로 손에 쥐고 살고 있으며, 정신적 상처에도 시달리지 않는다. 이게 장인과 장모의 성공적 양육 방식이라면, 헤닝은 왜 자신과 아내가 아이들을 사랑과 존중으로 대하려 노심초사하는지를 생각해봐야 한다. 사실 그는, 적어도 자신과 관련해서는, 답을 알고 있다. 그에겐 다른 방법이 없다. 그가 요나스와 비비를 대하는 태도는 무슨 신념에서 나온 게 아니다. 그저 형편에 따라 그렇게 행동할 뿐이다.

그래도 장인과 장모는 테레자에게 일종의 가족을 만들어주는 데 성공했다. 어쨌든 헤닝의 부모와 비교하면 그렇다. 그런데 그건 대단한 기술이 아니다. 헤닝은 아버지 베르너를 사실 잘 모른다. 아버지는 술에 취하면 가끔 전화를 걸어왔다. 자식들과 대화를 나누고 싶어 했고, 전화기에 대고 혀 꼬부라진 소리로 신파조의 이야기를 늘어놓았다. 자신이 아이들을 사랑한다며 언젠가는 데리러 오겠다고 했다. 헤닝과 여동생 루나는 그게 두려웠다. 지금도 베르너는 몇 년에 한 번씩, 비록 틀린 날짜에 보내는 걸로 악명 높지만, 생일 축하 카드를 보낸다.

어머니는 헤닝과 루나에게 그럭저럭 살 만한 가정 환경을 만들어주기 위해 최선을 다했다. 집에서 가장 넓은 방은 원래 용도가 거실이었지만 아이들에게 내주었다. 아이들이 각자 자기만의 공간을 가질 수 있도록 커다란 커튼을 쳐서 둘로 나눴다. 돈이 조금 남을 때는 책이나 장난감이나 옷을 사주었다. 헤닝과 루나를 키우며 살았던 그 긴 세월 동안 남자들이 어머니를 찾아온 적은 없다. 너희들과 함께 사는 한 나는 너희들 엄마야. 어머니는 이렇게 말했다. 어머니는 미인이었다. 긴 금발에 몸은 호리호리하고 늘 화려한 블라우스와 청바지를 입었다.

그러나 어머니는 표정이 밝지 않았다. 허리 통증 때문에 몸을 자주 구부리고 다녔다. 머리카락은 윤기 없이 축 늘어져 있었다. 때때로 화장도 제대로 하지 못했다. 어머니는 늘 피곤에 찌들었고, 일에 찌들었고, 스트레스와 신경 쇠약에 시달렸다. 자식들을 위해 최선을 다하면서도 어머니는 혼자 분노를 터뜨렸다. 음식을 식탁에 올려놓고 부엌에서 이걸 만드느라 얼마나 오래 서 있었는지를 이야기했다. 빨래를 하면서는 저녁 시간을 세탁과 다림질로 보내야 한다고 푸념했다. 헤닝과 루나는 고개를 푹 숙이고 살았다. 어머니는 아이들이 엉망으로 어질러놓은 집을 청소하고, 학교에서 일으킨 문제를 해결하고, 아이들이 아프면 병원에 데리고 갔다. 자식들을 돌보느라 친구도 만나지 못했고, 남자도, 파티도, 여행도, 문화생활도, 독서와 영화관과 극장도, 흥미진진한 대화도, 더 나은 직장도 포기했다. 어머니는 자식들 때문에 자신과 어울리지도 않고 마음에도 들지 않는 인생을 강제로 살고 있다고 날마다 불평했다. 그러니 너희는 최소한 더 일을 만들어 나를 힘들게 하지 않도록 주의하라고 했다. 헤닝은 맏이로서 집안일을 도와 어머니의 짐을 덜어주고, 루나는 말 잘 듣고 얌전하게 지내라고 했다. 이제 자신은 힘에 부쳐서 모든 걸 혼자 할 수 없다고 했다. 자신은 사람이지 기계가 아니라고 했다.

그렇게 신세타령을 한 뒤 마지막에는 헤닝과 루나를 품에 안고 큰 소리로 말했다. "그래도 너희는 내게 가장 소중한 사람들이야. 그거 알지? 너희는 대박이야!"

최악이었다. '대박'이라는 말에서 헤닝은 어머니의 죄책감을 느꼈다. 어머니가 '대박'이라고 한 건 아이들이 사라져버리기를 바랐던 속마음을 부끄러워해서였다. 헤닝은 어릴 때부터 자신이 행동한 것, 말한 것, 또는 생각으로만 그친 것이라도 그 모든 게 어머니의 행복에 대한 공격이라고 생각하곤 했다. 가끔은 살고 싶지 않을 때도 있었다. 열다섯 살 때는 자살하거나 하다못해 가출이라도 해서 어머니를 놓아주어야겠다고 생각했다. 하지만 동생 루나가 있었다. 루나는 너무 어렸고 오빠가 필요했다. 동생을 두고 떠나는 건 절대로 생각할 수 없었다. 헤닝은 열여섯 살 생일이 될 때까지 기다렸다가 집을 나갔다. 더는 견디기 어려웠다. 열아홉 살에는 대입 자격 시험을 봤다. 그가 가출했을 때 루나는 다니던 학교를 중퇴했다. 세상의 그 무엇도 그녀로 하여금 어머니와 단둘이 살면서 학교 상급 과정을 끝내게 할 수는 없었다. 루나는 처음엔 헤닝이 대학을 다니는 라이프치히로 갔다가 나중엔 그가 첫 직장을 잡은 괴팅겐으로 따라갔다. 헤닝이 테레자를 만나 사귀면서 루나는 떠돌이 생활을 시작했다.

헤닝과 루나가 집을 나왔을 때 어머니는 40대 중반이었다. 어머니는 직장을 그만두고 살던 집에서도 나와 베를린으로 이사했다. 그곳에서 지금 어머니는 작은 화랑에서 일하며 그림을 그리고, 카페에 앉아 있고, 전화를 걸면 음악회와 특별 연주회 이야기를 들려준다. 헤닝은 세상 누구보다 어머니가 많은 자유를 누렸으면 좋겠다. 어머니에게 남자 친구가 생겼으면 좋겠다. 혹시 그런 사람이 있느냐고 물어보면 어머니는 웃으며 그건 네가 참견할 일이 아니라고 말한다.

어머니는 비비와 요나스에게 별 관심이 없다. 아이들 엉덩이에 묻은 똥은 그간 살면서 지겹도록 닦아주었다고 말한다. 이에

비하면 장인과 장모는 정말 훌륭한 조부모다. 헤닝과 테레자는 장인과 장모가 다시 집으로 돌아간 후면 함께 이런 이야기를 한다. 그래도 그 후 며칠 동안 그들은 장인 장모가 요양원에 들어갈 준비를 해야 할 때가 되었다고 느낀다.

헤닝은 급경사길 초입에 다다랐다. 언덕길은 흔히 가까이에서 볼 때보다 멀리서 볼 때 더 가팔라 보인다. 암벽은 수직으로 솟았다가 가까이 다가가면 시각적으로 아래로 가라앉는 것 같다. 그러나 페메스 산괴는 그렇지 않다. 도로가 헤닝 앞에서 비탈처럼 솟아오른다. 페달을 밟는 즉시 기어를 저단으로 놓아야 한다는 걸 확연히 느낀다. 헤닝은 적어도 첫 번째 지그재그 도로가 나올 때까지는 3단으로, 그다음엔 2단으로 달리고, 가장 낮은 기어는 마지막 구간을 위해 남겨두기로 한다. 몇 미터를 더 가자 이 계획대로 할 수 없다는 걸 깨닫는다. 당장 1단으로 내려야 한다. 이제 비탈길은 바람보다 더 골치 아픈 문제일 수 있다는 걸 스스로 증명한다. 자전거 페달은 높은 계단으로 이루어진 층계로 돌변한다. 속도는 걸을 때보다 느리다. 자전거에서 내려 밀고 가는 편이 사실 더 빠를 거다. 하지만 그건 말도 안 된다. 휴식은 가능하면 취하지 않는다. 꼭 필요할 때만 쉬면서 자전거를 타고 산을 오를 생각이다. 헤닝은 시험 삼아 엉덩이를 안장에서 들어 보지만, 자전거 형태가 서서 타는 걸 허락하지 않는다. 지금 솟아나는 땀은 이제 바람에도 마르지 않는다. 헤닝은 곧 등이 축축해지는 걸 느낀다. 티셔츠는 면 옷이지 무슨 기능성 소재로 만든 게 아니다. 넓적다리 근육이 욱신거리기 시작한다. 목구멍은 사포 같고, 관자놀이 안쪽이 당긴다. 아마 탈수 때문일 거다. 헤닝은 페달을 돌리는 박자에 맞춰 말없이 읊조린다.

망할 – 바람, 망할 – 바람, 망할 – 바람.

읊조리니 분노가 솟구친다. 바람에 대한 분노. 왜 하필 오늘 이렇게 세차게 몰아칠까? 그것도 사방에서? 산에 대한 분노. 도대체 무슨 산이 이다지 가파를까? 자동차에 대한 분노. 왜 이렇게 바짝 붙어서 지나갈까? 그리고 더 낮은 기어가 없는 자전거에 대한 분노.

망할 – 바람.

분노로 헤닝은 힘이 난다. 페달 밟기도 조금 수월해진다. 이젠 보편적인 분노다. 도로와 바람과 산뿐만 아니라 모든 것에 화가 난다. 에너지장 같은 분노, 더위나 빛 같은 분노다. 헤닝은 속이 이글거린다.

망할 – 직장, 망할 – '그것', 망할 – 세상.

헤닝은 핸들바를 꽉 움켜쥔다. 손가락 마디가 하얗게 불거진다. 페달을 밟을 때마다 근육이 찢어져라 온 힘을 다해 나아간다.

망할 – 테레자, 망할 – 테레자, 망할 – 테레자.

이건 리듬에 맞지 않는다. 그래도 기분은 좋다.

망할 – 요나스, 망할 – 아이들, 망할 – 식구들.

헤닝은 몸부림친다. 남겨뒀던 힘을 쏟아낸다. 그 순간 속에서 뭔가 올라온다. 그에게 필요한 무엇이다. 그리고 견디기 힘든 무엇이다. 자꾸 올라와 밖으로 나오려 한다. 헤닝은 그걸 억누르고 내리누르려 하지만 벌써 일은 벌어졌다. 그는 머릿속으로 읊조린다.

망할-비비, 망할-비비, 망할-비비.

이젠 억누를 길이 없다. 계속 읊조린다.

망할-비비, 망할-비비.

분노가 작열하는 지점에 도달했다. 분노의 중심에 이르렀다. 용암이 분출되는 화산 내부에 와 있다. 헤닝은 운다. 목 놓아 운다. 온통 눈물에 가려 아무것도 보이지 않는다.

망할-비비.

더는 아무 생각이 나지 않는다. 헤닝은 소리 지른다. 소리를 질러서 무엇을 말하고 싶은 건지 그 자신도 모른다. 그가 이 세상에서 비비만큼 사랑하는 사람도 없다. 하지만 분노의 힘은 강력하다.

망할-비비!

주변을 둘러보니 오르막길을 절반쯤 올라왔다. 충격이나 다름없다. 벌써 이렇게 높은 데까지 올라왔다는 게 믿어지지 않는다. 잠시 멈춰서 바람을 맞으며 버텨본다. 눈물은 말랐고 분노는 침묵한다. 등을 펴고 골짜기를 내려다본다. 그가 지나온 도로가 모형 기차가 다니는 판자 위의 기찻길처럼 작아 보인다. 그 좁다란 띠가 지금 이 순간 텅 비어 있다. 끊임없이 자동차들을 세상으로 내보내던 샘이 단번에 말라버린 것처럼.

헤닝은 미소 짓는다. 지쳤지만 힘이 솟는 기분이다. 위를 올려다본다. 고갯길이 아주 가깝게 느껴진다. 전망대에는 사람 한 명 보이지 않는다. 레스토랑도 아직 문을 열지 않았을 거다. 덧대서 만든 운동복 바지 주머니에서 휴대폰을 꺼낸다. 새해 아침 열 시다. 밖에 나온 지 겨우 두 시간밖에 안 되었다니, 믿어지지 않는다. 이제는 산을 오를 수 있다는 자신감이 생긴다. 그래도 겸손해야 한다고 마음을 다잡는다. 헤닝은 가파른 오르막길을 겨우 절반 올라왔다. 수학자들이 뭐라고 말하든, 나머지 절반은 더 길고 더 혹독할 거다. 나머지 절반이 늘 두 배로 빠르게 지나가는 휴가와는 정반대다.

헤닝은 자전거를 다시 주행 차선으로 옮기고 발끝으로 오른쪽 페달을 조정해 적당한 높이로 올린다. 체중을 전부 실어 자전거에 올라 발을 내딛으려는 순간, 그는 넘어진다. 막판에 아스팔트로 쓰러지려는 자전거를 가까스로 붙잡았다. 도로의 경사도와 바람 때문에 직진으로는 균형을 잡을 만큼 충분히 주행할 수가 없다. 헤닝은 자전거를 도로와 사선 방향으로 놓은 뒤 오른발을 다시 페달에 놓고 왼발로 치고 나가며 달린다. 경사면과 각을 이룬 상태에서의 출발 주행은 전혀 어렵지 않다. 헤닝은 맞은편 도로변으로 갔다가 방향을 돌려 다시 돌아온다. 언덕과 대각선을 그리며 달린다. 마지막 몇 미터에서 속도를 최소한으로 줄이다가 힘차게 다음번 커브 길로 들어선다. 이렇게 그는 언덕을 여러 구간으로 나눠서, 커브 길에서 또 커브 길을 만들어 달린다. 길이 꺾어질 때마다 힘들어 몸부림치지만, 대각선으로 주행할 땐 잠시 긴장을 풀 수 있다. 쭉쭉 시원하게 가지는 못해도 앞으로 나아가기는 한다. 달팽이처럼 느리지만 꾸준하다. 헤닝은 달린다.

눈물이 터져나온 건 지금 생각하면 희한하다. 비비에 대한 갑작스런 분노도 황당하고 부당하다. 헤닝은 부끄러웠다. 아마 수분이 부족해서일 거다. 그래서인지 현기증이 나고 정신이 혼란스럽다. 아니면 너무 피곤한 탓이든가.

어제 처음 잠이 들기 전에, 그는 환시를 경험했다. 꿈이 시작될 때와 비슷했지만 의식은 또렷했다. 프랑스 남자가 보였다. 그는 테레자에게 몸을 던져 덤벼들었다. 모든 게 생생한 느낌이었다. 테레자는 화려한 오리엔탈 무늬의 덮개가 덮인 소파 위에 누워 있었다. 방은 아니고 홀 같았다. 모양은 정사각형이고 탑처럼 층높이가 높았다. 천장 한가운데에 유리 지붕이 있어서 햇빛이 찬란한 폭포수처럼 쏟아져 내렸다. 무성한 식물이 자라는 화분들이 긴 줄에 매달려 있었다. 아무 장식이 없는 벽과 타일 바닥이 보였다. 홀에서 분명히 서늘함이 느껴졌다. 소파 맞은편에는 나무로 된 여닫이문을 통해 바깥으로 나가게 돼 있었다. 한쪽 문이 열려 있어서 밖이 보였다. 분명히 란사로테 섬에 있는 집이었다. 커다란 테라스 난간이 보였고, 그 너머로 야자수, 선인장, 후추나무, 화산의 전경(全景)이 눈에 들어왔다. 그곳은 헤닝이 처음엔 인터넷에서, 나중엔 실물로 보고 감탄했던 별장 중 하나였다. 하얀 담장과 커다란 정원이 있는 곳이었다.

테레자의 몸 위에 프랑스 남자가 있었다. 바지를 내리고 상의는 벗은 채였다. 남자의 모습도 세세한 부분까지 다 알아볼 수 있었다. 검은 머리는 헝클어졌고, 세모꼴의 등은 사내다웠고, 견갑골은 탄력이 있었고, 엉덩이 근육은 팽팽했다. 척추 좌우에 검은 털이 넓게 나 있었다. 중앙에 차선이 나 있는 도로 같았다.

물론 헤닝은 프랑스 남자가 벗은 모습을 한 번도 본 적이 없다. 집도 처음 보는 곳이다. 그런데도 그 광경은 생생하고 구체적이었다. 물론 영화의 스틸 사진처럼 움직임이 없는 그림이었다. 그 모습을 보았다면 사실 당황해야 맞는데, 헤닝은 아무 느낌이 없었다. 그는 다른 것을 생각하려고 했다. 그 모습이 희미해지면서 그는 잠이 들었다.

얼마 후 헤닝은 비비가 물에 빠지는 꿈을 꾸었다. 빠지는 모습은 보지 못했다. 이미 가라앉은 뒤였다. 딸의 하얀 몸이 어두운 물속에 있다가 아래로 사라졌다. 헤닝은 물에 뛰어들어 당장 딸을 구해야 했다. 하지만 두려웠다. 더러운 퇴적물이 소용돌이쳐 올라와 물이 뿌예지면 아무것도 보이지 않을 것 같았다. 그러면 비비를 잡으려고 헛되이 몸부림치고, 손으로 여기저기를 절망적으로 더듬고, 물속에서 반쯤 앞이 안 보이는 상태에서 비비를 찾지도 못할 거다. 이런 생각을 하자니 너무 끔찍해 아무것도 하지 못했다. 그냥 서서 고민만 했다. 물에 조심스럽게 미끄러지듯 들어가야 할까? 하지만 그걸 어떻게 해야 할까? 당장 뭔가를 해야 한다는 건 알고 있었다. 비비의 윤곽이 벌써 흐릿해졌다. 비비는 더 깊이 가라앉았다. 머잖아 시야에서 사라질 거다. 뭔가를 해야 했지만, 두려움에 사로잡혀 몸이 움직이지 않았다. 뛰어들었을 때 어떤 느낌일지 그는 이미 알고 있었다. 두 팔을 비비에게 뻗어보지만 허사로 끝나고 딸을 찾지 못할 거다. 그래도 이게 유일한 기회였다. 딸을 건져내야 했다. 지금 당장. 물에 뛰어드는 대신 그는 잠에서 깼다.

헤닝은 위를 보고 누워 있었다. '그것'이 격렬히 흔들어 깨우는 바람에 그는 본능적으로 테레자에게 손을 뻗었다. 손가락을 아내의 잠옷 속으로 넣고 옷을 잡아당겼다. 테레자가 비명을 지르며 잠에서 깼다. 이건 헤닝이 의도한 바가 아니었다.

평소에 그는 아내를 깨우지 않는다. 자신의 몸 상태가 아무리 나빠도 절대로 그러지 않는다. 아이들 때문에 수면은 너무나 소중한 자산이다. 게다가 테레자는 어차피 그를 도울 수 없다. 오래전 헤닝이 '그것'에 대해 털어놓은 뒤 테레자가 그를 도와주려 애쓰던 때가 있었다. 발작이 계속되는 동안 그녀는 차근차근 그를 설득하고, 그의 손을 잡아주고, 차를 마시겠느냐, 온수 주머니가 필요하냐, 음악이 듣고 싶으냐 물었다. 그들은 소리 내어 책도 읽어보고, 텔레비전도 보고, 섹스도 시도해보았다. 그러나 어느 것 하나 도움이 되지 않았다. 테레자마저 감당하지 못한다는 걸 그가 안 순간 발작은 더 심해졌다. 헤닝은 '그것'이 테레자보다 더 강하다는 걸 알았다.

그 후로 그는 발작 사실을 숨긴다. 밤에 집 안을 돌아다닐 때면 아무도 깨우지 않으려고 노력한다. 낮에도 발작이 일어난 후부터는 겉으로 아무렇지 않은 척 행동하는 법을 배웠다. 심장이 미친 듯이 날뛰며 수축하고 땀이 난다. 모든 근육이 경련을 일으킨다. 그래도 그는 아무 일 없는 듯이 행동하고, 말하고, 먹고, 아이들과 놀고, 전화한다. 가끔 욕실로 들어가 거울을 본다. '그것'이 보이지 않는 게 이상하다. 심장은 미친 듯이 춤을 추다가 죽을 것처럼 잠시 멈추는데 그의 얼굴은 평소와 다름이 없다. 어쩌다 눈만 조금 빨갛다. 당연히 테레자는 그에게 무슨 일이 일어났는지 눈치채지만 아무 말도 하지 않는다. '그것'은 헤닝의 사생활이 되었다.

간밤에 그가 테레자를 깨운 건 공황 상태에서 벌어진 사고였다. 반사 작용이었다. 이번에 그녀는 헤닝을 도와주려 하지 않았다. 오히려 과민 반응을 보였다. 그가 침대로 몰래 기어들어온 낯선 사람인 양 소리를 지르며 멀찌감치 떨어져 누웠다.

"이 난리 법석도 이제 신물이 나. 모든 게 당신 위주로만 돌아가는 것 같아?"

헤닝은 몸이 떨리는 걸 막아보려고 온 힘을 다해 이를 악물었다. 지금 무슨 일이 벌어질 것만 같았다. 오랫동안 기다려온 것. 뭔가 끔찍한 것. 모든 존엄성의 완전한 상실.

"당신 노이로제 때문에 온 식구가 스트레스를 받아. 제발 정신 좀 차려!"

헤닝의 내면이 차가운 덩어리로 변했다. 몇 초간 심장 박동이 느껴지지 않았다. 의식을 잃기 직전이었다. 테레자와 자신이 언젠가 이 사건에서 회복될 수 있을지 의문이 들었다.

"남자답게 굴어! 내가 사랑할 수 있는 사람이 되라고!"

테레자는 상태가 더 악화하지 않을 거라는 생각이 들었을 때 돌아누워 다시 잠이 들었다. 심지어 그를 조롱이라도 하듯 낮게 코까지 골았다. 헤닝은 정원으로 뛰어나가 허둥대며 몇 바퀴를 돌았다.

새벽에 부모의 전화를 받은 뒤 테레자는 여전히 침대에 누워 있었다. 헤닝은 일어나 아침을 준비했다. 그 자신은 배고픔을 느끼지 않아 접시 세 개만 찬장에서 꺼냈다. 헤닝은 더는 존재하지 않는 듯한 식탁 풍경이었다. 엄마와 두 아이가 먹는 아침 식사.

헤닝은 자전거에서 내린다. 한 번 더 쉬어 가야 한다. 근육의 신진대사 때문에 어쩔 수 없다. 아무리 몸을 쥐어짜도 이젠 페달을 밟을 힘이 나오지 않는다. 왼쪽 넓적다리에 경련이 일어난다. 그는 두 손으로 다리를 마사지하며 근육을 풀어보려 애쓴다. 차라리 그만두는 게 나을 성싶다. 마지막 구간은 자전거를 밀고 가는 게 좋겠다. 그러나 고갯길은 멀지 않은 곳에 있다. 100미터 높이 정도 위쪽에 여러 개의 급커브로 나 있다. 마지막 커브는 예각이다. 꺾어진 뒤 나오는 길은 구부러진 머리핀처럼 위로 솟아 있다. 헤닝은 그 지점에서 자동차의 주둥이가 어떻게 들리는지 보았다. 운전자들이 기어를 1단으로 바꾸는 것도 힘들어한다. 헤닝은 엔진이 울부짖는 소리를 들었다.

골짜기는 이곳에서 보면 추상에 불과하다. 플라야 블랑카는 번쩍이는 해변 앞에 깔아놓은, 가장자리가 너덜너덜해진 하얀색 현관 매트다. 호화 별장들은 어두운 풍경 속에 찍힌 밝은 점들이다. 헤닝의 시선 아래쪽에 작은 매 한 마리가 날아간다. 화산들만 여느 때와 다름없다. 그 무언의 파노라마는 늘 그 모습 그대로다.

자전거가 바람에 밀리지 않도록 헤닝은 큰 돌로 자전거 앞바퀴를 괴었다. 차들이 아래 절벽으로 떨어지지 않게 임시변통으로 갖다 놓은 도로변 돌들 중 하나다. 자전거 핸들 접합 부위에서, 심지어 헬멧 통풍구에서도 바람이 피리 소리와 울부짖는 소리를 낸다. 여기 위에서는 바람이 더욱 파죽지세로 날뛴다. 보이지 않는 폭포수가 산등성이를 넘어 떨어지는 느낌이다. 골짜기는 이상하리만치 황량해 보인다. 혹시 폭풍우가 온다는 예보가 나왔던 걸까? 헤닝은 휴대폰을 꺼내 인터넷을 검색해서 기상 상태를 찾아보고 싶은 충동을 참는다. 대서양에서 보내는 아주 평범한 하루. 2018년 1월 1일. 섬에서 뭔가 일상적인 것을 꼽으라면 아마 그건 세찬 바람일 거다.

그 순간 아무도 없는 도로에서 뭔가가 움직인다. 헤닝 아래쪽, 주름진 풍경 속에서 자동차 한 대가 삐쭉 튀어나온다. 천천히 움직이다 점점 빠르게 다음 커브를 돈 후 다시 시야에서 사라진다. 낡은 SUV 차량이다. 이 섬에 몇 대밖에 없는 토요타나

레인지로버일 거다. 헤닝은 차가 지나갈 때까지 기다리기로 한다. 지그재그로 주행하는 그로서는 차선 전체가 필요하다. 혀가 입천장에 달라붙는다. 관자놀이는 안쪽이 당기다가 이젠 강도가 세져 둔탁하게 욱신거린다. 그는 손가락을 구부려 양쪽 아래 팔을 번갈아 긁는다. 피부가 건조해 미친 듯이 가렵다. 물이 간절하다. 눈앞이 어른거린다. 이글대는 태양 그리고 바람. 마지막 오르막길을 생각하자 헤닝은 저항할 마음이 없어진다. 그의 몸은 계속 오르막에 순종할 태세를 취한다. 마지막 남은 에너지를 쏟아내 맨 뒤쪽 구석까지 산소를 운반한다. 자신의 한계를 넘어설 준비를 한다.

헤닝은 노이로제로 가족을 힘들게 하고 싶지 않다. 상대가 사랑할 만한 남자가 되고 싶다. 더 많이 웃고, 장난도 치고, 일상의 자잘한 슬픔에서 해학을 발견하고 싶다. 테레자를 더 많이 안아주고, 아이들 때문에 신경을 곤두세우지 않고, 자주 밖에 나가 친구들을 만나고 싶다. 그다지 어려운 일도 아니다. 어쨌든 바람을 안고 경사도 20도의 비탈길을 빌린 자전거로 오르는 것보다는 어렵지 않다.

SUV 차량이 다가온다. 녹슨 검푸른색 레인지로버다. 운전석에 여자가 앉아 있다. 헤닝에겐 여자의 얼굴이 보이지 않는다. 헤닝 옆을 지나갈 때 여자는 얼굴이 알려지는 게 싫은 듯 고개를 돌리고 반대편 산을 올려다본다. 금발은 디스코 머리로 땋았다. 요즘엔 한물간 헤어스타일이다. 전에 헤닝의 어머니도 머리를 저런 스타일로 자주 했다. 레인지로버가 마지막 커브 길로 들어선다. 엔진에서 요란한 소리가 난다. 차가 레스토랑들 사이로 사라진다.

헤닝은 온 힘을 다해 페달을 밟는다. 믿어지지 않을 만큼 수월하다. 그는 잽싸게 안장에 올라타 오르막길과 사선으로 달리며 충분히 속력을 낸다. 첫 커브 길을 큰 어려움 없이 오른다. 잠깐 쉬는 동안 몸은 놀라울 정도의 힘을 비축했다가 그에게 흔쾌히 내어준다. 헤닝은 상체를 핸들 위로 숙인다. 몸을 곧게 펴면 바람이 그를 자전거에서 밀어낸다. 이따금 눈을 들어 남은 거리를 가늠한다. 페달을 밟을 때마다 거리가 줄어든다. 이제 휴식은 취하지 않고 대대적인 결승전의 마지막 구간을 해치우기로 결심한다. 하지만 곧 기력이 다한다. 예상외로 힘이 빨리 빠진다. 서서히 지치는 게 아니라 급작스럽게 모든 영양 공급이 끊긴다.

헤닝은 멈춰서 근육이 회복되기를 기다린다. 그리고 다시 달린다.

도로를 내면서 깎아 들어간 암벽이 들쭉날쭉하고 구멍이 숭숭 나 있다. 암벽 군데군데에서 액체처럼 거품이 일어난다. 스스로를 만들어내는 행성 같다. 흐르다가 돌이 되고, 창조되다가 굳어진 행성.

헤닝은 다시 멈춰 선다. 이윽고 마지막 커브를 돈다. 이번에도 착시다. 도로가 산등성이를 코앞에 두고 한 번 더 솟아오른다. 이제 그는 고개를 들고 달리면서 목적지에서 눈을 떼지 않는다.

높이 올라갈수록 페메스 마을이 더 많이 보인다. 레스토랑의 파노라마 창문이 눈에 들어온다. 창문 안쪽에는 의자를 뒤집어 테이블에 올려놓았다. 건물들에서 새해 아침의 노곤함이 보인다. 사람이라고는 한 명도 없다. 그 순간 누가 헤닝의 시야로 들어온다. 모자를 쓴 스페인 남자다. 섬 주민들의 전형적인 검은색 옷을 입고 있다. 남자는 마을 변두리의 어느 정원에 서서 손에 호스를 들고 식물에 물을 준다. 작업 중인 정원사다.

헤닝은 시선을 돌려 목적지에 집중한다. 산꼭대기에 숲길이 있고, 도로는 레스토랑들 사이로 사라진다. 그런데 뭔가 이상하다. 정원사 때문이다. 그 남자에게 뭔가 아리송한 데가 있다. 헤닝은 남자를 쳐다봤다가 눈길을 거두고, 또다시 남자를 쳐다본다. 무엇 때문에 신경이 쓰이는 건지 알 수가 없다. 남자는 헤닝을 등지고 서 있다. 모자는 목덜미까지 푹 눌러썼다. 등골이 오싹해진다. 남자가 사람이 아닌 것만 같다. 그가 뒤돌아볼 수 있다는 생각이 들면서 공포가 덮친다. 헤닝은 주의를 억지로 도로 쪽으로 돌린다. 정상까지 겨우 몇 미터밖에 남지 않았다. 올라갈 수 있다. 헤닝은 자신이 올라갈 수 있다는 것을 안다. 이제 실수만 하지 않으면 된다. 조심스럽게 커브 길로 들어서서 온 힘을 구불구불한 도로에 집중한다. 통증이 느껴져도 계속 호흡한다.

순간 헤닝은 무엇이 이상한지 알아냈다. 정원사가 엉뚱하게 서 있다. 그는 헤닝을 등지고 있다. 그러니까 얼굴이 바람 부는 쪽을 향하고 있다. 호스에서 나오는 물은 그의 얼굴에 가서 쏟아지고 그를 흠뻑 적실 거다. 그가 선 자세에서는 물을 줄 수가 없다. 정원사가 하고 있는 일은 완전히 불가능하다.

헤닝은 산꼭대기에 도달한다.

작은 교회 광장에서 헤닝은 자전거를 담장에 기대어 세워놓고 벽돌로 만든 벤치에 가서 앉는다. 돌이 넓적다리와 등을 서늘하게 식혀준다. 잠시 통증이 사라진다. 몸이 맥없이 널브러진다. 생각은 멈췄다. 그는 따스한 태양과 몸을 어루만지는 바람을 느낀다. 이곳 마을 한복판에서는 바람이 살랑대며 분다. 광장 위로 나뭇가지들을 늘어뜨린 후추나무에서 톡 쏘는 냄새가 난다. 이곳의 모든 집과 담장처럼 작은 교회도 눈이 부시게 하얗고 햇빛을 반사해 쳐다보기가 힘들다. 수수한 문 옆에 명판이 붙어 있다. 성이 아주 긴 '돈 페드로'라는 사람을 기념하는 명판이다. 그 위엔 성모를 그린 성화가 있다. 피눈물이 얼굴로 흘러내린다. 아들을 잃은 어머니. 그녀가 헤닝을 내려다보는 것 같다.

광장 구석에 작은 식료품 가게가 있다. 당연히 문은 닫았다. 헤닝은 먹을 음식만 안 가져온 게 아니라 돈도 두고 왔으니 닫혔대도 상관은 없다. 그는 조금 쉬었다 다시 돌아가기로 한다. 여기에서 플라야 블랑카까지는 오로지 내리막길이다. 가는 데 한 시간이 넘게 걸리지는 않을 거다. 그때까지 허기와 갈증을 참아야한다. 헤닝은 방금 전까지 고생하며 올라온 비탈길을 위험한 속도로 내려가는 모습을 상상한다. 처음 절반 구간에선 계속 브레이크만 잡고 달리다 나중에나 조금 페달을 밟아야 할 거다. 내려가는 건 쉬울 거다. 다시 숙소로 돌아가 테레자에게 자신의 희망찬 계획에 대해 들려주는 모습을 상상한다. 새해에는 더 많이 웃고 테레자를 더 자주 안아주겠다는 계획을 이야기할 거다. 페메스까지 가파른 길을 완주했다고 자랑할 거다.

헤닝은 태양을 향해 얼굴을 들고 태양에서 나오는 힘을 만끽한다. 그 힘을 받아 배터리처럼 충전한다. 순수한 에너지다. 머잖아 배터리는 다시 에너지로 가득 찰 거다.

다시 일어나 자전거에 올라타려는데 뜻대로 되지 않는다. 통증이 다시 시작되면서 근육에 경련이 일어난다. 헤닝은 두 손으로 자전거 핸들을 꽉 쥐고, 막 걸음마를 배우기 시작한 아이처럼 한 발 한 발 힘겹게 앞으로 옮겨놓는다. 자전거를 탈 생각을 하자 온몸이 파업에 들어간다. 지금 그가 신경을 써야 하는 건 먹고 마시는 일이다. 몸을 눕힐 곳도 필요하다.

그는 자전거를 밀면서 도로를 건넌 뒤 레스토랑 뒤편을 따라 한동안 산등성이와 나란히 걷는다. 골목 양편에 나지막한 집들이 늘어서 있다. 창문은 작고, 태양과 바람을 피하려고 벙커처럼 아무 장식 없이 웅크리고 있다. 그 모습을 보니 섬에 관광객들이 들어오기 전 이런 산악 마을은 염소 치즈로 살았다는 말이 떠오른다. 헤닝은 도움을 청할 만한 사람이 있는지 주변을 살핀다. 음식을 스페인어로 뭐라고 하는지 잠시 생각한다. 이탈리아어 '만자레(mangiare)' 외에는 떠오르지 않는다. 하는 수 없이 손짓으로 의사소통을 해야 할 모양이다. 손을 입에 갖다 대고 배를 문지르며 배가 고프고 목이 마르다고 호소해야겠다. 오후에 차를 몰고 다시 와서 돈을 지불하면 된다. 그런데 사람이 보이지 않는다. 정원사와 그가 들고 있던 호스도 흔적 없이 사라졌다. 그가 어느 집 정원에 서 있었는지도 헤닝은 말할 자신이 없다. 주변에 있는 집들 중 한 곳을 찾아가 초록색 칠을 한 문이나 닫힌 창문의 덧문을 두드려야 할 것 같다. 다만 어느 집으로 가야 할지 결정을 하지 못했다. 그는 계속 걸으며 집 앞면을 쳐다본다. 이 집은 퇴짜를 놓을 것 같고 저 집도 마찬가지일 것 같다. 이 집엔 그 흔한 자동차 한 대 서 있지 않고, 저 집엔 사나운 개가 개집 안에서 짖어댄다. 헤닝이 용기가 없어서 문을 두드리지 못하는 건 아니다. 다만 그곳 집들이 두드려볼 만한 집이 아니라는 걸 헤닝은 분명히 느낀다.

얼떨떨한 마음으로 다시 작은 교회 광장으로 돌아온 그는 자전거를 세워놓고 천천히 주변을 한 바퀴 돈다. 거기 뭔가가 있다. 그게 뭔지 헤닝이 모를 뿐, 반드시 벌어지고야 말 뭔가가 있다. 이걸 깨달은 순간 그는 자신이 피곤해서 정신을 놓는 건 아닐까 생각한다. 환청도 없고 환시도 없다. 그가 쫓아가야 할 방향만 있다. 헤닝은 자전거 핸들을 잡고 앞으로 밀고 나간다. 지금은 통증이 있는 다리에 신경 쓸 겨를이 없다. 방향을 놓치기전에 서둘러야 한다. 그는 금방 마을 변두리에 다다른다. 아스팔트가 깔린 골목이 끝나고 돌투성이 비포장도로가 나온다. 길은 다시 오르막이 되어 아탈라야 산맥 옆구리까지 이어진다. 어쨌거나 그는 계속 가야 한다. 모서리가 뾰족한 돌부스러기 위를 지나고, 바닥에 움푹 팬 큰 구멍을 피해 간다. 자전거를 밀고 가기보다 들어 올리고 잡아끌 때가 더 많다. 길가에 손으로 그린 팻말이 서 있다. 알록달록한 색깔의 화살표가 위쪽을 가리킨다. '아르테사니아(Artesania)/수공예 갤러리(Arts Gallery)/공예품(Kunst)●'.

또 산을 오르는구나. 헤닝은 생각한다. 대체 나한테 무슨 일이 벌어진 건가. 돌덩이 없는 시시포스인가.

그는 커다란 바윗덩어리가 있는 곳에 다다른다. 바위 뒤에서 비포장도로가 커브 길로 바뀐다. 헤닝은 잠깐 쉬려고 멈춰 선다. 몸을 돌려 골짜기를 내려다본다. 보는 순간 충격이 덮친다. 페메스가 자신보다 낮은 곳에 있다. 어떻게 왔는지도 모르는 채 그

● 비슷한 뜻의 낱말을 스페인어, 영어, 독일어로 써놓았다.

는 벌써 산을 올라왔다. 필름이 끊긴 느낌이다. 미지의 힘이 그를 200미터나 산 위로 밀어 올린 것 같다. 하지만 정말로 가공할 일은, 지금 눈에 보이는 광경이 그가 아는 광경이라는 사실이다. 지붕의 배열, 골목이 이어지는 방향, 중앙에 조성된 작은 로터리, 모두 낯이 익다. 네모난 교회 광장, 작은 교회, 볼품없는 종탑. 헤닝은 이 마을을 안다. 바로 이 각도, 위에서 내려다보는 이 지점에 서니 알겠다. 그의 머릿속엔 이곳의 모습이 각인되어 있다. 그가 어설프게 바위에 기대어놓았던 자전거가 옆에서 덜커덕 소리를 내며 바닥에 쓰러진다.

지난 며칠 여기에 온 적이 없다는 걸 헤닝은 정확히 알고 있다. 소풍을 나갔을 때도 페메스에는 오지 않았다. 만약 페메스에 왔더라도 마을을 벗어나 산으로 올라가지는 않았을 거다. 그것도 적재함에 조경 도구를 실은 덜거덕대는 픽업트럭이나, 얼룩무늬 염소 떼를 모는 염소지기나, 당나귀가 끄는 수레라면 몰라도, 번쩍거리는 렌터카나 빌린 자전거가 다니기엔 불편한 비포장도로를 굳이 달려 산에 갈 이유는 없었다. 덥다. 불판을 뒤집어쓴 것처럼 덥다. 바람은 완전히 잦아들었다. 다른 기후대에 들어온 것 같다. 완전히 새로운 계절로 접어든 느낌이다. 어떤 목소리가 헤닝에게 자전거를 타고 집에 돌아가라고 권한다. 마시고 먹고 푹 쉬라고 말한다. 원래 계획이 무엇이었든 간에 그걸 중단하라고 속삭인다.

헤닝은 자전거를 일으켜 세운 뒤 커브 길로 밀고 간다. 모래자갈길을 따라 계속 산으로 오른다. 위쪽 작은 고원에 주택 한 채가 있다. 산등성이 어깨에 착 달라붙어 있다. 헤닝은 자전거 핸들을 있는 힘껏 쥐고 발걸음을 재촉한다. 바퀴가 자갈에 밀려 계속 옆으로 미끄러진다. 높은 흰색 담장 위로 야자수 잎이 삐죽 튀어나와 있다. 골짜기를 내려다보는 테라스가 보인다. 건물 중앙엔 탑 모양의 장식물이 있고, 그 위를 유리 지붕이 덮고 있다. 지붕 밑엔 홀이나 실내 정원이 있을 거다. 모래자갈길은 주택 앞에서 끝난다. 여긴 농로가 아니라, 상태가 불량하긴 하지만 주택 진입로다. 외벽에 적힌 알록달록한 색의 글씨가 보인다. '아르테사니아/수공예 갤러리/공예품'.

헤닝은 마지막 힘까지 다 쏟아내며 고원에 도착한다. 눈앞에서 검은 점들이 춤을 춘다. 그는 자전거를 바닥에 내팽개치고 담장에 기대어 현기증이 가라앉을 때까지 기다린다. 시야가 계속 희뿌옇다. 바람과 태양이 눈을 자극한다. 헤닝은 선글라스를 쓰지 않았다. 당장 어디 그늘로 가서 앉아야 한다. 주택 앞 주차장에 자동차 한 대가 서 있다. 녹슨 검푸른색 레인지로버다. 그러니까 집에 사람이 있다는 얘기다. 헤닝에게는 구원이다.

철문이 열려 있다. 헤닝은 대문으로 자전거를 끌고 들어가 세워둘 장소가 있는지 살핀다. 자전거 자물쇠가 없어서 안전한 장소를 찾아본다. 이 높은 곳에 자전거를 훔쳐갈 사람이 과연 있기나 할까 의문이긴 하다. 가장 좋은 건 집 뒤쪽으로 가져다 놓는 거다. 그는 쌍여닫이 나무 문으로 통하는 자갈길을 벗어나 야자수와 망고나무와 부겐빌레아를 지나 주택 뒤편으로 간다. 거기에서 집 모퉁이를 돈다. 집과 담장 사이의 통로는 폭이 넓지 않고 관리도 안 된 느낌이다. 덜 자란 미모사 가지에 쓰레기가 날아와 걸려 있고, 땅바닥의 검은 자갈은 먼지가 앉아 뿌옇다. 헤닝의 꼬리뼈 부근에서 휴대폰이 진동한다. 그는 바닥에 두껍게 깔린 자갈들 사이로 자전거를 한 손으로 밀면서 다른 손으로는 주머니에 든 휴대폰을 더듬어 꺼낸다. 문자다. 햇빛을 받아 화면이 컴컴하다. 그늘로 가야겠다. 아무것도 보이지 않는다.

통로로 들어오니 확실히 시원하다. 헤닝은 자전거를 집 담장에 기대어놓으려다 화들짝 놀라 물러난다. 창문 없이 높이 솟은 담벼락에 거미가 우글우글하다. 공 모양의 몸통에서 긴 다리가 별처럼 사방으로 뻗어 있다. 여덟 개의 광선을 발산하는 수많은 태양이 아무렇게나 흩어져 기괴한 무늬를 만들어낸다. 어느 것 하나 몸을 움직이지 않고 모두 해롭지 않은 것들이지만, 그 수는 기절초풍하게 많다. 그 모습을 본 헤닝은 또 한 번 흠칫 물러난다. 마음속 저 밑바닥에서 경보음이 울린다. 울부짖는 소리다. 아이의 울음소리처럼 참기 힘들다. 헤닝은 잠시 생각한다. 혹시 '그것'이 나타난 건가? 곧 발작에 시달리려나? 그건 아니다. 속에서 뭔가가 몸을 일으킨다. 그가 들어갈 수 없는 저 깊숙한 곳에서.

헤닝은 휴대폰을 들여다본다. 테레자가 보낸 문자다. 뭐를 그만두자는 글이 적혀 있다. 헤닝은 거미를 노려본다. 혐오감 때문에 그럴 수밖에 없다. 여기에 거미가 있다니. 없애야 한다. 하지만 어떻게? 거미가 테레자의 문자를 해석하려는 그를 방해한다. "헤닝, 우리 그만두는 게 좋겠어. 느닷없는 얘기처럼 들리겠지만, 우리는 잘 해낼 수 있다고 믿어." 이게 테레자의 진심이라니, 말도 안 된다. 엉뚱한 농담을 하는 게 분명하다. 당장 집에 가서 테레자와 대화해야 한다. 그런데 거미들이 놓아주지 않는다. 거미의 모습이 그의 망막에 들어와 박힌다. 눈을 감아도 거미가 보인다. 헤닝은 속이 메스꺼워진다. 정신을 못 차릴 정도로 현기증이 심하다. 도저히 두 다리로 버티고 있을 수가 없다. 그는 손으로 바닥을 짚으며 털썩 꿇어앉는다. 검은 자갈이 손바닥을 짓누른다. 작은 돌멩이들. 전부 작게 부서진 조각들. 거칠게 쪼개진 모습이 모두 제각각이다. 화산에서 뿜어져 나와 완벽히 이곳 태생인 돌들. 헤닝은 모로 쓰러진다. 구석구석 살갗을 파고드는 자갈. 거기에서 나오는 미세하면서 불쾌하지 않은 통증. 이 느낌도 그는 익숙하다.

"이보세요! 괜찮아요?"

누가 헤닝의 머리를 들어 올리고 그의 몸을 부드럽게 옆으로 돌린다. 물잔 끝이 입술에 닿자 그는 허겁지겁 물을 마시기 시작한다. 눈을 뜨지도 않고 잔을 다 비운다. 디스코 머리를 한 여자다. 헤닝은 그녀가 자신의 어머니가 아니란 걸 안다. 환영을 보는게 아니다. 그는 미치지 않았다. 자신이 어디에 있고 오늘이 며칠인지도 안다. 오르막길, 레인지로버, 테레자의 문자. 거미. 헤닝은 벽을 보려고 고개를 돌리다가 이내 다시 눈길을 돌린다. 아직 거기에 있다. 외벽을 뒤덮고 있다. 장님거미의 일종일 거다. 우글 우글 모여 있는 장님거미.

"골칫거리예요." 여자가 헤닝의 눈길이 잠시 머물렀던 곳을 보며 말한다. "그래도 나쁜 짓은 안 해요. 집 안으로 들어오지도 않고요. 어디 몸이 안 좋았어요?"

헤닝은 고개를 끄덕이고 몸을 일으킨다. 예상했던 것보다 쉽게 일어나진다.

"루비콘 평원을 지나 올라온 거 맞죠? 탈수에 저혈당이에요. 이런 차림으로는 무리도 아니죠."

여자는 올리브색 셔츠와 비슷한 색깔의 빛바랜 마바지를 입고 맨발에 조리를 신었다. 발톱엔 꼼꼼하게 진보라색 매니큐어를 발랐다. 헤닝은 여자의 나이를 오십 중반쯤으로 가늠한다.

"일어날 수 있겠어요?"

헤닝이 일어서는 동안 여자는 그의 팔을 잡아 부축한다. 함께 정원을 가로질러 갈 때도 헤닝을 놓지 않는다. 집 전면을 넓은 테라스가 차지하고 있고, 그 중간에 쌍여닫이 나무 문이 있다. 별장의 주 출입구인 모양이다. 여기에서는 보이지 않지만, 헤닝은 테라스 타일이 무슨 색인지 안다. 반점이 있는 노란색이다. 여자는 헤닝을 데리고 주 출입구로 올라가는 계단으로 가지 않고, 집 뒤편으로 가 별채를 돌아 파란색 칠을 한 작은 문으로 향한다. 두 사람은 곧장 널찍한 부엌으로 들어간다. 헤닝은 곧 마음이 편안해진다. 창문이 개수대 위에 하나뿐이라 그런지 실내가 어두하다. 두꺼운 벽에서 나오는 서늘함이 느껴진다. 부엌 가구는 벽돌로 만들어졌다. 수납장, 선반, 조리대는 카나리아 섬 스타일로 매끈하게 회칠을 하고, 하얀색 페인트를 바르고, 모서리를 둥글게 마무리했다. 차가운 올리브오일과 양파 냄새가 조금 난다. 부엌 안쪽에 있는 커다란 나무 식탁은 화구들이 점령했다. 튜브와 통에 담긴 색색의 그림물감, 물감으로 지저분해진 수건, 물컵, 분홍색과 하늘색 빛이 나는 컵 안의 물, 사용한 팔레트, 주먹 크기의 반질반질한 검은색 돌이 가득한 대접.

"앉아요."

여자는 헤닝에게 의자를 끌어다 놓아주고, 어지럽게 널려 있는 물건들을 팔로 밀어 식탁 한쪽으로 치운다.

"전시 공간 안쪽에 내 아틀리에가 있어요. 하지만 소소한 작업은 여기에서 해요. 뭐 먹을 것 좀 해줄게요."

헤닝은 여자가 냉장고에서 찐 감자가 든 대접과 달걀 몇 개를 꺼내는 걸 바라본다. 여자는 양파와 마늘과 올리브오일을 준비하고, 프라이팬과 후추와 소금도 꺼낸다. 헤닝은 둥그스름한 검은 돌이 담긴 대접을 생각하지 않으려고 억지로 애써 보지만 잘 안 된다. 그건 어머니가 그림을 그려 넣었던 것과 똑같은 돌이다. 헤닝은 대접에서 돌 한 개를 꺼내 잠깐 무게를 가늠한다. 진짜 돌이다. 틀림없다. 상상도 환각도 아니다. 조금 후 뭘 좀 먹고 나면 기분이 나아질 거다. 현기증도 사라지고 이 장소를 알고 있다는 느낌도 희미해질 거다.

"내 이름은 리자예요." 여자가 말한다.

"헤닝이라고 합니다." 그는 이렇게 대답하고 재빨리 덧붙인다. "고맙습니다."

"고맙다니요." 여자가 웃는다. "찾아와줘서 무척 기쁜걸요. 남편은 휴가라 독일에 갔어요. 지금 나 혼자 여기에 앉아 무료하게 지내고 있죠. 그런데 마침 저혈당에 빠진 자전거 운전자가 찾아온 거죠."

헤닝은 덩달아 웃어본다. 그 웃음소리가 어색하게 들린다.

"어디에서 왔어요?"

"괴팅겐요."

"난 하노버에서 왔어요. 그곳은 영하 1도에 안개가 끼고 진눈깨비가 온대요. 섬에는 처음이에요?"

"그런 셈이죠."

"마음에 들어요?"

"그럭저럭요."

"그런 셈에 그럭저럭인 남자군요."

이번엔 제대로 웃음이 터져 나온다. 그는 리자가 좋다. 그녀는 따스함을 발산한다. 그녀의 에너지와 유머에서 나오는 느낌이 좋다. 리자는 요리하는 게 즐거운 모양이다. 세 사람을 위해 빨래를 널 때도 불평하지 않을 것 같다. 햇빛이 비치는 마당에서 빨래집게를 입에 물고 두 팔을 위로 쭉 뻗으며 흥얼거릴 것 같다. 헤닝은 리자에게 아이가 없다는 걸 확신한다. 그녀와 함께 이곳 산에서 사는 삶은 어떨까 상상한다. 가파른 모래자갈길을 통해 골짜기와 이어져 있는 이곳에서. 그를 '그런 셈에 그럭저럭인 남자'라고 부르며 다정하게 웃는 중년 여자 옆에서. 테레자에게 문자를 보내면 된다. "알았어. 우리는 잘 해낼 수 있을 거야."

1월 1일, 1월 1일.

"헤닝?"

헤닝은 자신을 부르는 소리를 듣지 못했다. 리자가 싱크대에서 몸을 돌려 그를 이상하다는 듯이 바라본다.

"마늘 먹을 수 있어요?"

"물론이죠."

그는 휴대폰을 꺼내 화면을 여러 번 닦는다. 여전히 검은색이다. 배터리가 다 닳았다. 그도 모르는 새에 꺼졌었나 보다. 리자가 고개를 젓는다.

"그거 안 돼요. 무선 통신망이 없어요." 달걀을 깨서 얕은 대접에 넣으며 그녀가 말한다. "전기도 물도 없어요. 알히베라고, 빗물을 모으는 지하 물탱크 같은 건 있어요. 태양광 전지도 있죠. 아주 옛날에는 아마 발전기만 있었을 거예요. 불을 켤 때 헬리콥터가 출발할 때처럼 굉음이 나는 것 말이에요. 한적함의 대가죠."

리자는 휘젓는 나무 주걱을 들고 창문을 가리킨다.

"저 아래 절벽에 있는 집들은 모두 요새 지은 거예요. 내가 이 집을 샀을 때는 없었어요."

헤닝은 고개를 끄덕인다. 그건 그도 알고 있었다. 어떻게 알았
는지는 확실하지 않지만.

"우리보다 그쪽 집주인들이 이곳 사람들과 더 사이가 좋아요.
건축 허가를 받는 것도 그 사람들한테는 아무 문제 없어요. 반
면에 이 위에 사는 나는 몇 년 전부터 법적 허가를 받으려고 싸
우는 중이에요. 다들 저희끼리 주거니 받거니 하면서 먹고살아
요. 뭐, 그러거나 말거나." 리자는 두 팔을 벌린다. 한 손에는 나
무 주걱을, 다른 손에는 거품기를 들고 있다. "난 이 집이 좋아
요. 이 세상 무엇보다 사랑해요. 원한다면 식사하고 나서 구경
시켜 줄게요."

"좋죠." 헤닝이 대답한다. 사실 그는 급히 집에 가야 한다. 집
이라는 게 있다면 말이다. 그는 다시 검은 돌을 만지작거린다.
대접에서 꺼내 빙그르르 돌려본다. 팽이처럼 돈다. 같은 속도로
지칠 줄 모르고 돈다. 완벽한 타원형의 돌. 달걀보다 조금 납작
하다. 미세한 구멍들이 나 있고 표면은 갈아놓은 것처럼 매끈하
다. 손에 쥐면 딱 들어맞아 빙빙 돌리고 쓰다듬고 싶어진다. 헤
닝이 어릴 적부터 익히 아는 느낌이다. 아마 그 어떤 것보다 익
숙한 느낌일 거다.

"돌에 그림을 그리세요?" 그가 묻는다.

리자는 서랍 하나를 열더니 헤닝에게 돌 하나를 가져와 식탁
에 놓는다. 검은색 표면에서 동그라미 문양이 환하게 빛난다. 중

앙의 옅은 하늘색부터 가장자리의 짙은 검푸른색에 이르기까지 차례로 음영을 넣어 그렸다. 크기가 제각기 다른 점을 찍어서 그린 만다라*다.

"아름답네요." 헤닝이 말한다. 어머니는 늘 동물만 그리지 문양은 그리지 않는다.

"가져도 돼요." 리자가 말한다. "예술품은 아니에요. 하지만 시장에서는 이런 게 미친 듯이 팔려요. 섬에서 사 가는 완벽한 기념품이죠. 종이 누르개, 문 버팀대, 살인 무기로 제격이에요." 그녀는 소녀처럼 웃으며 땋은 머리를 뒤로 넘긴다. 헤닝은 이 여자를 정말 좋아할 수 있겠다는 생각을 한다. 어쩌면 남편이란 사람은 없을지 모른다. 남편 이야기를 한 것은, 귀찮게 치근대며 관심을 보이는 사람들로부터 이 산꼭대기에서 외롭게 지내는 자신을 보호하기 위해서일 거다. "이런 걸 팔아서 그림 그리는 데 필요한 재료비를 대요. 가끔 플라야 블랑카나 야이사에서 작은 전시회를 열어요. 명예 영사가 내 그림을 사줄 때도 있어요. 하지만 배나 화산이나 일몰 그림이 아니면 잘 안 팔려요."

그녀는 다시 가스레인지가 있는 곳으로 간다.

"저희 어머니도 옛날에 돌에 그림을 그렸어요." 원래 그럴 생각이 없었는데도 헤닝은 이야기를 꺼낸다.

"아, 그래요?" 리자가 다시 몸을 돌린다. "정말 재미있는 우연

---

* 우주의 온갖 덕을 망라한 진수를 그림으로 나타낸 불화의 하나.

이네요. 그 돌들은 어찌 보면 이 집과 인연이 있어요. 이 집 덕분에 그림을 그려야겠다는 생각을 했거든요. 나중에 집을 둘러볼때 이 집에서 발견한 돌들을 보여줄게요."

양파와 마늘이 기름에 볶아지기 시작할 무렵 헤닝은 자신이 테레자의 문자를 잘못 읽었다는 확신이 든다. 이렇게 기가 막힌 냄새가 나는 세상에서 인간들이 서로 그런 잔인한 행동을 할 리가 없다.

귀청이 터질 듯 요란한 소리를 내며 검은 돌이 타일 바닥에 떨어지더니 몇 번 더 회전하다가 멈춘다. 헤닝의 손에서 굴러떨어진 돌이다. 리자는 나무라지 않고 웃는다. 그녀는 감자와 달걀을 섞은 덩어리를 두 개의 접시 사이에 놓고 눌러 납작하게 만든 뒤그걸 프라이팬에 넣는다. 냄새가 강렬해지면서 헤닝의 입엔 파블로프의 개처럼 침이 고인다. 리자는 납작해진 재료를 몇 번 뒤집고, 가스 불 세기를 조절하면서 정말로 무슨 멜로디를 흥얼거린다. 헤닝은 그게 라벨의 「볼레로」*라는 걸 알아챈다. 리자는 올리브 한 접시, 흰 빵, 컵 하나, 피처에 든 복숭아주스를 식탁에 올려놓는다. 곧 접시와 나이프와 포크도 내놓는다. 냅킨은 없다.

"들어요."

포크를 처음 입에 밀어 넣는 순간 헤닝의 두 눈이 저절로 감긴

---

* 프랑스의 작곡가 라벨의 관현악곡. 스페인의 민족 춤곡인 볼레로의 리듬을 사용하여 이국적 취향을 드러낸 작품이다.

다. 맛이 환상적이다. 이 토르티야처럼 맛있는 음식은 일찍이 먹어본 적이 없다. 그는 전부 먹어치울 생각이다. 접시가 깨끗해지고 배가 빵빵해질 때까지, 가식적인 예법 따위는 접어두고, 씹고 삼킬 거다. 그렇게 해서 속이 불편해진대도 상관없다.

리자는 먹지 않고 헤닝을 바라보며 그의 식욕에 만족스러운 미소를 짓는다. 그러다 자신의 컵을 들고 헤닝과 건배를 한다. 리자가 마시는 건 주스가 아니라 살짝 진주 같은 거품이 이는 액체다. 헤닝은 프로세코●일 거라고 짐작한다. 리자는 그걸 물컵으로 마신다.

리자가 음식을 먹는 자신을 말없이 쳐다보는 게 불편해서 헤닝은 집에 대해 묻는다. 리자는 곧바로 이야기를 시작한다. 집은 그녀가 가장 좋아하는 대화 주제다. 집 이야기를 벌써 여러 번 사람들에게 했다는 걸 알 수 있다.

리자는 1987년에 처음으로 섬에 발을 들여놓았다. 2주 동안 휴가를 보내기 위해서였다. 그 후 그때까지의 생활을 정리하기 위해 독일에 갔다 왔을 뿐이다. 집은 트레킹을 하던 중에 발견했다. 아탈라야 산 위쪽 옆구리에 외따로 서 있는 이 집은 멀리서도 잘 보였다. 쇠락한 동화 속 성 같았다. 집은 비어 있었다. 리자는 열린 문으로 들어갔다. 정원을 지나면서 보니 오랫동안 물을

● 이탈리아산 화이트와인. 이산화 탄소가 들어 있어 거품이 일고 톡 쏘는 맛이 느껴진다.

주지 않은 것 같았다. 리자는 정원 의자가 몇 개 놓여 있는 테라스에 가서 앉았다. 페메스 마을, 간간이 염소들이 서 있는 산비탈, 포소 골짜기가 한 눈에 내려다보였다. 하얀 화살표처럼 생긴 브라질 해오라기들이 염소들 뒤를 따라갔다. 붉은 빛이 도는 협곡, 아하체스 산맥의 화산들도 보였다. 멀리 안개 긴 바다가 보이고, 그 위에 작은 돛단배들이 점점이 박혀 있었다. 리자는 이 세상에서 여왕이 된 기분이었다. 그녀는 스페인어를 할 줄 몰랐다. 섬에 아는 사람도 없었다. 그래도 이 별장이 누구 것인지 알아냈다. 매물로 나온 집이었다.

"그때 무슨 일이 벌어졌어요, 이 집에서." 헤닝이 빵 가장자리 조각으로 접시에 담긴 올리브오일을 싹싹 닦아내며 먹는 동안 리자가 말한다. "이곳에 모든 게 부족할 때였는데도 이 집이 벌써 휴가지 별장으로 임대되고 있었어요. 그런데 뭐가 잘못됐나 봐요. 아이 두 명이 거의 초주검이 된 채 발견된 거예요. 정확히 무슨 일이 벌어졌는지는 알아내지 못했어요. 어차피 나하고는 상관없는 일이잖아요. 안 그래요? 그때 이 집을 싸게 샀어요."

리자는 프로세코를, 헤닝은 주스를 다 마신다. 헤닝은 포만감이 들고 속이 거북하다.

"그 후 몇 년간 집을 수리했어요. 조금 확장하고 모든 사랑을 쏟아 관리했죠. 처음엔 여기 부엌에서 잠을 잤어요. 상상이 되나요? 그다음에 전시 공간을 만들고 나중에 침실과 아틀리에를 완성했어요. 이리 와요. 다 보여줄 테니."

그녀가 헤닝의 손을 잡는다. 헤닝은 그녀가 자신에게 추파를 던지는 건지 궁금하다. 그는 아직 차려준 음식에 대해 고맙다는 말도 하지 못했다. 리자는 식품 저장실로 가서 그에겐 더 대접하지 않고 자신의 빈 컵만 채운다. 아마 전날 밤 외롭게 보낸 연말 파티 때 마시고 남은 프로세코일 거다. 헤닝은 일어서려고 두 손으로 식탁을 짚는다. 지금 그를 힘들게 하는 건 가득 찬 위장만이 아니라 무엇보다 경련이 일어나는 다리 근육이다.

"여기에 한번 자리를 잡고 나면 누구든 다시는 돌아가고 싶은 생각이 안 들 거예요." 리자와 헤닝은 돌로 만든 개수대에서 서로 마주보고 있다. 개수대는 커다란 화강암 표석(漂石)을 깎아 만든 것처럼 생겼다. 리자는 키가 헤닝보다 그다지 작지 않다. 디스코 머리는 완벽하게 대칭으로 땋았다. 이런 걸 어떻게 혼자 할 수 있는지 놀랍다. 헤닝의 어머니도 혼자 머리를 땋았다. 그는 어머니가 욕실에 서서 두 팔을 머리 뒤로 젖히고 손가락을 거미처럼 놀리는 모습을 자주 보았다. 눈 깜짝할 새에 이렇게 촘촘하고 고르게 땋은 머리가 완성되었다. 뒷머리에 바짝 붙여 땋다가 아래는 작은 꼬리처럼 풀어서 마무리했다. 헤닝은 땋은 머리를 만지는 느낌이 어떤지도 안다. 마음 같아서는 리자의 머리를 만져보고 싶다. 가닥을 꼬면서 늑골 모양이 된 부분을 손으로 조심스럽게 훑어 내려가다가 끝에 풀어놓은 머리를 손가락에 감아보고 싶다. 하지만 그렇게 하면 리자가 오해할 거다.

"독일에 있는 친구들이 물어봐요. 섬에서 살면서 아쉬운 게 없느냐고. 영화관, 극장, 문화생활 같은 걸 말하는 거죠. 그런데 어쩌다 독일에 가면 영화관이나 극장에서 얻는 게 거의 없다는 생각이 들어요. 당신처럼 독일에서 사는 사람들은 우리보다 불행해요. 그 많은 근심거리들로 괴로워하고, 그 많은 문제들로…… 한동안 여기에서 살다 보면 그렇게 사는 건 이해하지 못하게 돼요."

헤닝은 테레자가 보낸 메시지를 리자에게 말하고 싶다. 새해 아침에 아이들이 펜션 정원에서 노는 동안 문자로 남편을 버리는 여자에 대해 얘기하고 싶다. 이게 진짜 문제인 건지, 아니면 독일인의 버릇처럼 사서 걱정하는 건지 묻고 싶다. 그러나 리자는 낯선 사람이다. 리자가 그에게, 헤어짐의 긍정적인 면을 생각하라고, 어쨌든 그것도 기회라고 말할까 봐 두렵다. 옛날에 자신이 그랬던 것처럼 그냥 여기에 남아 새로 시작하는 게 어떠냐고 할까 봐 두렵다.

리자는 뒷문을 통해 집 밖으로 나간다. 헤닝은 뻣뻣한 다리로 따라간다. 검은 자갈이 정원 전체를 뒤덮고 있다. 가느다란 검은색 호스들이 기다란 뱀처럼 서로 연결되어 정원을 가로질러 놓여 있다. 리자는 바닥에 깐 돌이 '피콘•'이라고 말한다. 루비콘 골짜기에서 채굴한 건데 식물의 생존에 필수적인 물을 머금고 있다고 한다. 헤닝은 이 단어를 안다. 픽, 픽, 피콘. 신발을 신고 있

• 피콘(picón) : '습기를 보유한 화산 잔해'를 뜻하는 스페인어.

어도 맨발바닥에 닿는 돌의 거친 감촉이 느껴진다.

집과 정원은 많은 돈과 사랑을 쏟아부어 만든 게 분명하다. 꽃이 한창인 협죽도, 히비스커스, 향기로운 당아욱, 몸통이 굵은 늙은 선인장, 바람이 불면 끝없이 살랑대는 소리가 나는 자그마한 야자나무 숲. 리자는 한쪽 구석에 과일밭을 만들었다. 그녀는 헤닝에게 과일을 설명한다. 무화과, 오디, 석류, 망고, 파파야, 용과, 키위 등 없는 게 없이 다 여기서 자란다. 정원 담장을 지나갈 때 헤닝은 장님거미가 있나 살펴보지만 아무것도 없다. 한 군데 벽에서만 사는 모양이다.

리자는 휴가용 아파트로 넓히고 싶은 별채를 보여주고 차고를 보여준다. 바다로 가서 수영하는 걸 더 좋아하지만, 풀장을 만들기에 적당한 장소도 보여준다. 그녀는 관광객에게 집을 임대하고 싶은 마음이 없지만, 여기서 계속 지금처럼 여유롭게 살 수 있을지 스스로도 잘 모른다. "사는 게 더 쉬워지지는 않을 테고 우리도 젊어지지는 않을 테니까요." 이렇게 말한 리자는 헤닝이 자신의 말뜻을 정확히 알 거라는 듯이 바라본다.

다음으로 리자는 태양광 시설과 비상용 발전기를 보여준다. 거의 헤닝에게 별장을 팔려는 사람의 행동이다. 집 뒤쪽엔 바닥에서 조금 솟은 테라스 형태의 단이 있다. 크지만 외벽에 바짝 붙어 있어서 밖이 보이지 않는다. 타일을 깔지 않고 갈색으로 한 겹 회칠을 했다. 그곳에 발을 들여놓는 순간 헤닝의 눈에 구멍이 보인다. 바닥에 직사각형으로 뚫은 구멍이다. 사람 한 명을 삼키기에 충분하다. 그 아래에는 아무것도 없다. 지구상에서 볼 수 있을 것 같지 않은 암흑의 빈 공간. 우주로 난 창문. 헤닝은 본능적으로 리자의 팔을 잡는다. 구멍이 그녀를 빨아들여 삼킬 것 같다. 아니 그 자신을 삼킬 것 같다.

"이게 뭐죠?"

"이거요?" 리자는 웃으며 헤닝의 손을 가볍게 두드려 안심시킨다. "오래된 알히베예요. 지하 물탱크죠. 여기에 빗물을 받아 두는 거예요. 더 가까이 가서 봐요."

헤닝은 머뭇거리며 작은 보폭으로 가장자리까지 가서 아래를 내려다본다. 어둠에 눈이 익자 수면이 보인다. 지하 8미터는 될 성싶다. 기름처럼 까맣다. 리자는 돌멩이들을 한 움큼 집어 아래로 떨어뜨린다. 텀벙 하고 떨어지는 소리가 허허롭다. 수면에 잔물결이 일다가 곧 아무것도 없는 검은색으로 변한다.

"이 밑은 비어 있나요?" 헤닝은 발로 바닥을 구른다.

"아주 오래된 옛날 기술이에요. 벽돌을 반원형 아치로 쌓아 만들었죠. 그래서 무너져 내리지 않아요. 알히베의 물은 정원에 물을 줄 때만 사용해요. 실내용으로는 현대식 급수 시설이 있어요."

"만일 누가 저기에 빠지면요?"

"그럼 없어지는 거죠." 리자가 다시 웃는다. "벌써 고양이가 한두 마리 저 안으로 사라졌을 거예요. 하지만 알다시피 사람은 저런 구멍으로 빠지지 않아요."

리자는 집으로 돌아가려고 몸을 돌리지만, 헤닝은 그대로 서서 아무것도 없는 발 앞의 구멍을 노려본다. 여자 목소리가 들린다. "말도 안 돼! 베르너, 얼른 이리 와봐. 이것 좀 봐! 여기에 아이라도 빠지면 어떻게 해! 당장 집주인한테 전화해야겠어." 그리고 아버지의 조용한 목소리가 들린다. "여보, 여기엔 전화가 없어. 나무판자가 있나 찾아볼게."

"들어가죠." 리자가 부른다. "가장 좋은 건 맨 마지막에!"

헤닝은 저도 모르게 따라간다. 뇌가 몸에 의식적인 명령을 내리지 못한다. 신체 시스템이 비상 정지하기 일보 직전이다. 얼마 전부터 그는 자신에게 무슨 일이 일어나고 있는지 알 수가 없다. 잠에서 깨어나지 말까 생각도 해본다. 하지만 그건 말이 안 된다. 자신이 꿈꾸고 있는 게 아니라는 걸 그는 안다. 그런데 무엇하나 들어맞는 게 없다. 지금 자연법칙이 작동을 멈추려는 것 같다. 자신이 언제라도 땅에서 솟아올라 리자와 함께 빙글빙글 돌며 정원을 떠다닐 것 같다. 시·공간이 의미를 잃어버리고 사용자 인터페이스● 속의 소스 코드●●를 공개하려나 보다. 모든 것을 모든 것과 연결하는 코드, 그 안에서 인간은 서로 다른 에너지들의 접속점에 불과한 바로 그 코드를.

● 사용자 인터페이스(user interface) : 기계 또는 시스템을 사람이 쉽게 이용할 수 있도록 도와주는 장치. 컴퓨터나 모바일 기기의 디스플레이 화면, 애플리케이션, 키보드, 마우스, 폰트, 아이콘 등을 말한다.

"이제 구멍은 잊어요." 리자가 소리친다. "이쪽으로 와요."

리자와 헤닝은 앞쪽 테라스에 서 있다. 타일은 정말로 반점이 있는 노란색이다. 리자가 문을 열려고 쌍여닫이 나무 문의 무거운 빗장을 더듬는다. 빗장이 단단히 걸려 있다. 헤닝은 페메스를 바라본다. 조금 전까지 그 마을은 그의 목적지의 최고봉처럼, 오를 수 있는 가장 높은 지점처럼 보였다. 그러나 지금은 조그만 장난감처럼 저 아래에 있다. 여기에 서서 보면 조망이 환상적이다. 아주 작은 것까지 다 보인다. 정원에 콘크리트 혼합기가 있는 곳이 많다. 회칠을 하지 않은 집들도 더러 있다. 그래도 모든 게 깨끗하고 정돈돼 보인다. 헤닝이 아래를 내려다보는 동안 거리 감각이 달라진다. 모래자갈길이 점점 길어지고 늘어난다. 페메스는 자꾸 먼 곳으로 달아나 도달할 수 없는 곳이 된다. 헤닝 자신은 몸이 줄어드는 것 같다. 다리 통증은 아이 다리의 통증으로 바뀐다. 그 짧은 다리로는 이 세상 어디에도 갈 수 없을 것 같다.

빗장이 열린다.

"짜잔!" 리자가 외친다. 그녀는 문을 확 열어젖혔다. 헤닝은 전시 공간을 들여다본다. 가장 먼저 돌들이 보인다. 어두운 바탕에 달팽이, 뱀, 풍뎅이, 노래기를 세밀한 점묘법을 이용해 화려한 색

●● 소스 코드(Source code) : 소프트웨어의 구조와 원리 등을 컴퓨터 언어로 설명해놓은 것. 이것이 공개되면 해당 프로그램의 설계도에 누구나 접근할 수 있어서 시스템의 구조와 원리를 알 수 있다.

으로 그렸다. 돌들은 입구 바로 옆에 있는 조명 달린 작은 유리 장 안에 있다. 리자의 목소리가 아주 먼 데서 들려온다.

"이 돌들은 파는 거 아니에요. 그 당시 이 집에서 발견했어 요. 행운을 가져다주는 돌들이죠. 덕분에 내가 그림을 그리게 됐어요."

거대한 실내 한가운데에 탑 모양의 구조물이 우뚝 서 있다. 폭이 넓은 수직 갱도처럼 생겼다. 그곳에 화분이 기다란 줄에 매달려 있다. 그 위를 유리 지붕이 덮고 있어서 햇빛이 폭포수처럼 쏟아져 들어온다.

곳곳에 그림과 조각을 비롯한 예술품들이 즐비하지만, 헤닝은 그것들을 쳐다보지도 않는다. 소파가 눈에 들어온다. 소파는 구석 가까이에 덩그러니 놓여 있다. 오리엔탈 느낌의 화려한 덮개를 덮어 장식했다. 그 소파에 한 여자가 앉아 있다. 아니, 반쯤 누워 있다. 두 다리를 벌리고 상체는 뒤로 젖혔다. 리자가 가서 누운 걸까?

등이 보인다. 벌거벗은 남자의 등. 형태는 세모꼴이고, 근육은 팽팽하고, 척추 좌우로 검은 털이 넓게 나 있다. 헤닝이 리자를 덮친 걸까? 그녀에게 키스하려는 걸까?

그러나 그건 그의 등이 아니다. 여자도 리자가 아니다.

그의 첫 비행기 여행이다. 마음이 무척 들떠 있다. 엄마 아빠는 어디에 있지? 엄마와 아빠는 머리 위 높은 곳에 달린 짐칸에 손가방을 넣을 자리를 찾고 있다. 아빠는 평소 뭐가 생각대로 되지 않을 때처럼 변함없이 욕을 한다. 루나도 있다. 루나는 헤닝 옆 창가 자리에 앉았다. 신이 나서 앉은 자리에서 엉덩이를 들썩거린다. 좌석 안전띠를 맬 때가 되자 루나가 소리를 지르기 시작한다. 엄마가 헤닝 머리 위로 몸을 굽혀 루나를 진정시킨다. 엄마한테서 나는 향기롭고 달콤한 냄새, 긴 머리, 따스한 손과 화려한 색을 칠한 손톱. 그가 가장 좋아하는 것들이다. 자리를 또 한 번 바꿔야 한다. 헤닝이 창가로 가고 루나는 가운데로 온다. 이제 출발한다. 하늘 높이 올라간다. 헤닝은 이렇게 구름을 가르며 날아갈 거라고는 생각하지 못했다. 그건 그저 어른들이 말로만 하는 소리인 줄 알았다. 그런데 지금 보니 그 말이 맞다. 위에서 보면 구름은 두껍게 쌓인 눈처럼 생겼다. 그 위에서 뛰어다닐 수 있을 것 같다. 헤닝은 그 위에서 뛰놀고, 구름 눈을 공중에 던지고, 데굴데굴 구르고, 구름 눈으로 눈사람을 만드는 상상을 한다. 그는 시간을 보내기 위해 상상의 나래를 펴기 좋아한다. 머릿속에서 이야기들이 끊이지 않고 떠오른다. 엄마는 헤닝에게 늘 그걸 고맙게 여기라고 말한다.

헤닝이 비행기를 타고 달까지 가는 거냐고 큰 소리로 묻는다. 부모님이 웃는다.

"네 말도 틀린 건 아니야." 아빠가 말한다. "섬이 정말 달처럼 생겼거든."

헤닝은 부모님을 자주 웃게 만든다. 헤닝이 똑똑한 말을 하면 부모님은 좋아한다. 한번은 이런 말을 한 적이 있다. "작은 자갈이 자라지 않는 한 우리는 이 세상에 있을 거야." 엄마는 헤닝을 껴안고 입을 맞추었고, 아빠는 이 문장을 사진첩 첫 장에 기록했다. 자갈 이야기가 떠오른 건 그가 평소 시간에 대해 많은 걸 생각하기 때문이다. 헤닝은 아직 시계를 볼 줄 모르지만 시계 바늘은 자주 관찰한다. 다른 곳을 보다가 한참 후에 다시 쳐다보지 않는 한, 바늘이 움직이는 건 보이지 않는다. 헤닝에게 가장 혼란스러운 건 시간이 늘 너무 빠르게 가거나 너무 느리게 간다는 거다. 시간이 맞을 때가 없는 것 같다. 헤닝은 시간은 자신의 친구가 아니라고 믿는다. 이 생각을 이야기했더니 엄마는 그를 껴안고 오래도록 쓰다듬어주었다.

비행기를 타면 확실히 시간이 너무 안 간다. 비행기에서는 자리에서 일어나서도 안 되고 돌아다니지도 못한다. 얼마 후 헤닝은 앉아 있는 게 진력나서 견딜 수가 없다. 그는 동생 루나와 다툰다. 동생은 헤닝이 생일 선물로 받은 뒤 어디에나 갖고 다니는 장난감 소방차를 가지고 싶어 한다. 동생이 헤닝의 소매를 잡아당기며 소리를 지른다. 헤닝은 동생을 밀쳐낸다. 그러면 엄마는 헤닝에게 동생한테 잘해주라고 말한다. 동생은 그를 잡아끌면서 물건을 빼앗으려 하고, 그는 동생 때문에 결국 화가 난다. 끔찍하다. 동생은 아직 아기나 다름없다. 기저귀를 차고 젖병으로 우유를 먹는다. 졸리면 심하게 잠투정을 한다. 그러나 평소엔 헤닝이 하라는 대로 한다. 헤닝을 대단한 사람인 양 바라보고, 헤닝에게 칭찬을 들으면 으쓱해한다. 동생 루나는 가끔 발음을 우스꽝스럽게 한다. '나비'라고 하지 않고 '노비, 노비'라고 한다. 헤닝은 아무리 들어도 이 말이 질리지 않는다. "루나, 나비라고 한번 해봐!" 그러곤 남매는 함께 자지러지게 웃는다. 루나는 아주 잘 웃는다. 입이 커서 웃을 때 좋다. 엄마는 루나가 오빠처럼 의젓하지 않다고 말한다. 헤닝은 벌써 많이 컸으니까 의젓해야 한다. 그는 루나를 돌봐야 한다. 아빠도 자주 그렇게 말한다. "헤닝, 잠깐 동생 좀 보고 있어. 너는 다 컸잖아.", "헤닝, 다 큰 오빠가 어린 동생을 때리면 못써.", "헤닝, 루나가 도망가잖아! 동생을 잘 보고 있어야지." 헤닝은 가끔 동생 때문에 걱정스럽다. 여행을 떠나기 전 그는 루나가 혹시 비행기에서 떨어질 수 있지 않느냐고 자꾸 물었다. 이번에는 웃으라고 한 말이 아닌데도 엄마와 아빠는 웃었다.

비행기에서 내린 뒤에는 모두가 정신이 없다. 헤닝과 루나는 이리 뛰고 저리 뛴다. 여행 가방은 컨베이어 벨트에서 나오고, 유모차는 없고, 엄마와 아빠는 여기저기 돌아다니고, 루나는 바닥에서 엄마 재킷을 깔고 잠을 잔다. 헤닝은 무척 피곤한데도 동생을 지킨다. 어느새 헤닝과 루나는 자동차에 앉아 있다. 헤닝은 금방 잠에 빠져든다. 다시 깨어났을 때 자동차는 산 위에 올라와 있다. 자동차 문이 요란하게 닫히고 차 트렁크도 쾅 닫힌다. 헤닝은 차에서 내린 뒤 자동차를 빙 돌아 루나를 도와주러 간다. 루나는 혼자 내릴 때 자주 굴러떨어진다. 헤닝은 주변을 둘러본다. 살면서 이렇게 높은 곳에 올라와 본 적은 비행기를 탔을 때를 빼면 없다. 아직도 비행기에 앉아 있는 기분이다.

"저기 좀 봐. 저기 아래, 자동차들!" 헤닝이 소리친다.

"쪼오그마타, 아아주 쪼오그마타!" 루나가 말한다.

골짜기를 지나가는 자동차들이 성냥갑처럼 작다. 산과 산 중간에 난 회색 도로 위를 차들이 달린다. 자그마한 집, 먼지떨이처럼 생긴 작은 야자수, 심지어 버킷이 움직이는 굴삭기 한 대까지 보인다. 굴삭기가 아주 멀리 있는데도 돌들이 덜커덕대는 소리가 들린다.

"아빠, 저 밑에서 집을 지어!"

그러나 엄마와 아빠는 바쁘다. 그들은 짐과 가방을 집 안으로 옮긴다. 헤닝은 루나 손을 잡고 엄마와 아빠 뒤를 따라간다.

집이 어마어마하게 크다. 책에서 보았던 성이 떠오른다. 그러나 이 집은 갈색이나 회색이 아니라 하얗다. 굵은 탑 같은 게 있고 큼지막한 나무 문이 있다. 도개교만 없다. 안에는 큰 홀이 있다. 빛이 위에서 쏟아진다. 이런 건 처음 본다. 여러 개의 문을 열면 복도가 나오고, 복도를 걸어가면 방들이 나타난다. 미로처럼, 걷다가 길을 잃게 생겼다. 헤닝은 우선 정원부터 탐색하려고 루나를 데리고 나간다. 달이 이렇게 생겼구나. 사방에 검은 자갈이 널려 있다. 발밑에서 뿌드득거리다가 곧 샌들 속으로 들어온다. 엄마는 검은 돌이 '피콘'이라고 말했다. 이곳에선 선인장도 자란다. 키가 어른만 하다. 태양이 이글거린다. 여기에서 기사놀이, 해적놀이, 전쟁놀이, 집 탈출 놀이를 하면 좋을 것 같다. 그런데 무엇부터 시작해야 할지 모르겠다. 숨을 곳이 많다. 헤닝과 루나는 덤불 밑으로 기어들어가 흔들거리는 낮은 담장 위에서 균형을 잡는다. 헤닝은 루나가 떨어지지 않게 손을 잡아준다. 헤닝은 세상에서 가장 좋은 오빠다. 루나를 특히 잘 보살펴줄 때마다 엄마는 그렇게 말했다.

루나가 소리를 지르자 헤닝이 당장 달려온다. 동생이 넘어졌다고 생각한 그는 어디 다친 데는 없느냐고 묻는다. 그러나 루나는 짜리몽땅한 다리로 서서 한 팔을 들어 벽을 가리키며 펑펑 운다.

"고미! 고미! 고미!"

헤닝에게도 거미가 보인다. 벽 전체가 거미로 뒤덮였다. 무지막지하게 큰 거미가 셀 수 없이 많다. 헤닝이 여태 보거나 꿈에서 만난 그 어느 것보다 흉측하다. 그는 루나의 팔을 잡고 도망친다. 아빠를 데려와야 한다. 한참을 걸려 아빠를 찾아낸다. 아빠는 테라스 접이의자에 앉아 담배를 피우려던 참이다. 일어설 생각을 하지 않는다. 헤닝과 루나는 아빠 손가락을 잡아당기며 아빠가 따라올 때까지 소리를 지른다.

거미를 보자 아빠는 크게 놀란 소리를 낸다.

"너무 많아. 그치, 아빠?"

"아주 많네." 아빠가 헤닝 머리에 손을 얹고 말한다. 다른 손으로는 루나의 팔을 잡고 있다. 루나는 아직도 운다.

"울라! 카메라 좀 가져와봐!" 아빠가 소리친다.

엄마가 와서 거미 사진을 찍고 '현상'이니 '모티브'니 하는 말을 한다. 루나는 "없애! 없애!" 하며 울부짖는다.

"아가, 걱정 마." 아빠가 말하자 루나는 아빠 팔에 매달려 폴짝폴짝 뛴다. "없애자."

아빠가 갔다가 정원 호스를 끌고 다시 온다. 호스가 무거워 보인다. 아빠는 힘들게 호스를 끌어서 마침내 거미가 붙어 있는 벽 앞에 가서 선다.

"자, 조심해." 아빠가 분사구를 열고 말한다. 물줄기가 벽을 때리며 당장 커다란 거미 뭉치들을 피콘이 있는 곳으로 쓸어버린다. 루나는 신이 나서 환호하고 헤닝은 눈을 크게 뜨고 바라보다가 속이 메스꺼워진다. 물이 거미를 쓰러뜨리고, 거미 다리를 잘라버리고, 큰 태양 같던 거미를 흉측한 덩어리로 바꿔버린다. 몇 마리가 기어서 도망가려 하자, 아빠는 거미가 다 젖어 벽에서 미끄러질 때까지 물줄기로 몰아대며 재미있어한다. 피콘에 생긴 물웅덩이에 뭉텅이로 빠진 거미들이 물에서 빠져나오려고 발버둥을 친다. 헤닝은 더는 쳐다볼 수 없어서 아빠와 루나의 환호성을 뒤로하고 집으로 들어간다.

그 후 며칠은 낙원이다. 가족은 서너 번 해변으로 나간다. 헤닝은 따뜻한 모래로 성을 쌓고 도랑을 판다. 루나는 아빠가 바닷물을 부어준 노란 플라스틱 대야에 들어가 앉아 있다. 신기하게 생긴 화산도 구경하러 간다. 창문을 다 열었는데도 자동차 안이 너무 덥다. 가족은 곧 차를 멈추고 어느 레스토랑 앞의 파라솔로 가서 아이스크림을 먹고 레모네이드를 마신다.

그러나 대부분의 시간은 집에서 보낸다. 헤닝도 집이 가장 마음에 든다. 정원에 있으면 위에는 새파란 하늘이 펼쳐져 있고 산들바람이 살갗을 간질인다. 야자수에서 나는 소리가 부서지는 파도 소리처럼 들린다. 대기 중에서도 늘 조금쯤 바다 냄새가 난다. 눈을 감으면 태양이 동그란 무늬를 눈꺼풀에 그린다. 그러면 눈꺼풀은 만화경을 볼 때처럼 움직인다. 헤닝과 루나는 차츰 정원을 구석구석 탐색하러 다닌다. 거미가 붙었던 벽이 있는 쪽만 가지 않는다. 다음 날 보니 벌써 거미가 다시 들러붙었다. 전과 똑같이 우글우글하다. 광선 여덟 개가 뻗어나가는 태양 무늬가 벽을 뒤덮고 있다. 헤닝은 물에 젖었던 거미가 몸이 마른 후 다시 기어 올라간 건지, 아니면 새 거미들이 익사한 거미 자리를 차지한 건지 모른다. 아빠는 정원 호스를 또 끌고 올 마음이 없다. 그래서 거미는 그 자리에 그대로 있다. 헤닝과 루나는 거미에 대해 생각하지 않기로 한다.

정원에는 헤닝과 루나가 가지 않는 곳이 하나 더 있다. 집 뒤편에 콘크리트로 만든 평평한 바닥이 있다. 테라스처럼 생겼지만 탁자나 의자는 없다. 그곳에서 술래잡기를 하면 신날 것 같은데, 엄마는 거기에 발도 들여놓지 말라고 했다. 한가운데에 네모난 구멍이 있다. 엄마는 그걸 발견하고는 굉장히 흥분했다.

"말도 안 돼! 베르너, 얼른 이리 와봐. 이것 좀 봐! 여기에 아이라도 빠지면 어떻게 해!"

엄마는 헤닝과 루나의 손을 잡고 조심스럽게 아이들을 데리고 구멍 가장자리까지 갔다. 루나는 아장아장 걸어서 다가간 뒤 조그만 상체를 푹 숙였다. 루나는 바닥에 보이는 검은 창문이 무서웠다. 헤닝은 루나가 구멍에 너무 가까이 간 게 두려워 견딜 수가 없었다. 엄마가 루나를 꼭 잡고 있을 거란 것을 알았지만, 헤닝은 동생 손을 잡고 도망치고 싶었다.

"저 밑에 괴물이 살아." 엄마가 말했다. 방금 알 수 없는 어둠 속을 응시한 헤닝은 흠칫 뒤로 물러났다. 온몸에 한기가 퍼지는 느낌이었다. "너무 가까이 가면 괴물이 너희를 저 아래로 끌어당길 거야. 여기서 절대로 놀면 안 돼. 멀리 떨어져서 놀아. 알 았지?"

　아빠는 괴물이 나오지 못하게 구멍을 나무판자로 덮었다. 루나와 저녁에 잠자리에 들어서도 헤닝은 계속 그 생각만 난다. 괴물이 아예 집 밑에서 자리 잡고 살 거라는 생각이 든다. 물이 가득 찬 지하실에서, 빛도 안 들어오고 끝도 없이 깊은 저 밑에서. 헤닝은 가끔 괴물이 내는 소리를 듣는다. 엄마는 바람 소리라고 하지만, 희미하게 쿵 하는 소리가 들린다. 루나가 불안해할까 봐 루나에게는 이야기하지 않는다. 헤닝과 루나가 잠자는 방도 으스스하기는 마찬가지다. 폭이 좁은 나무 침대 두 개를 제외하면 아무것도 없이 휑하다. 아빠는 헤닝과 루나가 나란히 누워 잘 수 있도록 침대 두 개를 바짝 붙이고 침대 한쪽에 의자 두 개를 가져다 놓았다. 루나가 밤에 떨어지지 않도록 의자 등받이를 침대에 붙여놓았다. 창문은 작고 창살이 달렸다. 벽에는 위를 쳐다보며 빨간 눈물을 흘리는 여자 그림이 붙어 있다. 엄마가 저녁에 침대 모서리에 앉아 있는 동안에는 방에서 아무 일도 일어나지 않는다. 엄마는 아이들이 잠들기 전에 동화를 들려주고 헤닝과 루나의 머리를 쓰다듬는다. 방은 쾌적하게 서늘하고 커다란 이불 밑은 조금 덥다. 헤닝은 기분이 좋다. 그러나 엄마가 방에서 나가면 벽이 사라지고 어둠이 숨을 쉬기 시작한다. 루나는 고된 하루를 보낸 뒤 피곤해서 금방 잠이 든다. 그러면 헤닝은 동생 옆에 아주 조용히 누워 벽에 있는 여자를 바라본다. 그리고 여자의 울음이 혹시 괴물과 관계가 있는지, 괴물이 여자의 아이들을 잡아먹은 건 아닌지 생각한다. 그림에는 아이들의 모습이 없으니까.

밤에 화장실에 가야 할 때 헤닝은 집이 어마어마하게 크고 벽이 두껍다는 걸 느낀다. 그래서 소리를 지르며 엄마와 아빠를 찾지 않으려고 안간힘을 쓴다. 낮에는 길을 잃을 일이 별로 없지만 밤에는 집이 다시 미로로 변하는 것 같다. 대개는 다른 곳을 헤매지 않고 곧장 화장실에 가지만 돌아올 땐 방을 금방 찾지 못한다. 그럴 땐 울고 있는 여자 밑에서 혼자 침대에 누워 있는 루나를 생각하고, 괴물이 방에 들어오는 광경을 상상한다. 마침내 다시 루나에게 돌아와 이불 속으로 들어갈 때면 헤닝은 긴장이 풀려 속이 울렁거린다.

다음 날 아침이면 간밤에 떠올랐던 생각들이 죄다 사라지면서 집은 다시 환해지고 어디가 어디인지 확실해진다. 헤닝은 괴물이 있다는 것도 더는 믿지 않는다. 테라스에서 아침을 먹는다. 아빠가 차를 몰고 아랫마을에 가서 사 온 막 구운 크루아상이 나오고 커피 냄새가 난다. 엄마는 날마다 해가 이른 아침부터 말할 수 없이 뜨겁다고 말한다. 아침을 먹을 때 정말로 햇살이 식구들의 얼굴을 달군다. 평화롭고 아름다운 정경이다.

하루하루가 지나면서 엄마와 아빠는 자주 싸운다. 엄마와 아빠는 독일 집에서도 그랬다. 엄마는 싸움은 나쁜 게 아니라고 말한다. 헤닝과 루나도 서로 싸우지만 또 서로 다정하게 지낸다.

115

그러나 부모님의 싸움은 뭔가 다르다. 헤닝은 다만 그걸 어떻게 표현해야 좋을지 모를 뿐이다.

한 남자가 이틀에 한 번 정원에 찾아온다. 이름이 노아인데, 야자수에 물을 주고, 풀과 나무를 자르고, 바닥에 떨어진 꽃들을 쓸어 모은다. 또 아이들이 밟고 지나간 자국이 안 보일 때까지 검은 피콘을 갈퀴로 고른다. 마지막에는 주로 용수 설비를 가지고 일한다. 가느다란 검은 호스들을 여러 개의 작은 연결구로 연결해 끝없이 길게 늘어뜨리고 그걸로 식물 발치에 물을 준다. 헤닝과 루나는 노아 옆에 쪼그리고 앉아 그 모습을 바라본다. 노아는 자신이 하는 일을 아이들에게 설명하며 많은 이야기를 들려준다. 물론 스페인어로 하기 때문에 헤닝과 루나는 한마디도 알아듣지 못한다. 헤닝이 '올라', '케 탈', '그라시아스'를 말하고 루나가 '시', '노'라고 하면 노아는 무척 좋아한다.● 처음에 헤닝과 루나는 노아가 늘 큰 소리로 말하고 뭐든지 손으로 만지려고 해서 두려워했다. 노아는 인사할 때 엄마에게 키스하고 아빠의 어깨를 툭툭 친다. 루나를 공중에 던져 올리기도 하는데, 처음에 루나는 자지러지게 울었다. 헤닝과 루나는 어느새 노아를 무척 좋아하게 되었다. 특히 무엇을 하고 놀아야 할지 생각이 나

● 올라(Hola)는 '안녕하세요', 케 탈(Que tal)은 '어떻게 지내요?', 그라시아스(Gracias)는 '감사합니다', 시(Sí)는 '예', 노(No)는 '아니요'라는 뜻의 스페인어다.

지 않을 때면 노아를 반긴다. 노아는 헤닝에게 정원 호스를 들게 하고 루나에게는 마른 꽃들을 양동이에 담게 한다. 때론 두 아이를 손수레에 태우고 집 주변을 한 바퀴 밀고 다닌다.

아이들은 온종일 자갈이 들어간 신발을 신고 다닌다. 처음엔 "픽, 픽, 피콘!"이라고 소리치며 몇 분에 한 번씩 신발을 털어냈다. 하지만 곧 그게 번거로워졌다. 특히 루나는 신발을 신을 때 도움을 받아야 하고 엄마는 그럴 때마다 아이들에게 불려가고 싶어 하지 않는다. 그래서 헤닝과 루나는 그냥 돌에 적응했다. 이젠 발바닥 밑에서 아무 느낌이 없다. 저녁에 엄마가 아이들이 신발을 벗을 때 도와주면 두 손에 피콘이 가득하다. "2킬로그램은 되겠는걸!" 엄마는 이렇게 말하고 신발을 털려고 테라스로 가져간다.

한번은 모래가 아니라 검은 돌이 깔린 바닷가로 나간다. 돌은 둥글고 반들반들하고 크기가 다양하다. 가장 작은 건 완두콩만하고, 중간은 거위 알만 하고, 큰 건 호박만 하다. 엄마는 완전히 흥분에 빠져 가장 예쁜 돌들을 모으기 시작한다. 비치백 한가득 돌을 담는다. 해변에는 다른 관광객들이 만든 작은 돌탑들이 있다. 그 돌탑들은 익살스러운 모자를 쓰고 바다를 바라보는 남자들처럼 생겼다. 아빠도 헤닝과 루나를 데리고 탑을 만든다. 아이들은 가장 마음에 드는 돌을 고르고 아빠는 될 수 있는 대로 많은 돌을 차곡차곡 쌓아 올리려 한다. 그러면서 아빠는 '안정성'이니 '무게 중심'이니 '균형'이라는 말을 한다. 발음해보면 완전히 어른이 된 느낌이 나는 단어들이다. 조금 부자연스럽지만 그래도 좋다. 정말 멋진 날이다. 루나는 자기가 벌써 무거운 걸 끌 수 있다는 걸 보여주고, 헤닝은 건축가 놀이를 한다. 아빠와 엄마는 기분이 좋아져서 아이들이 자신들을 귀찮게 한다는 말을 한 번도 하지 않는다. 밀려드는 파도가 바위에 부딪쳐 큰 소리를 내며 부서지고, 몇 군데에선 높이 치솟으며 하얀 분수를 만들어낸다. 물이 빠지면서 돌이 구를 땐, 마법의 악기가 내는 음악처럼 둥그런 많은 돌에서 독특한 소리가 난다. 헤닝이 엄마에게 그 모습을 보라고 하자, 엄마는 미적 감각이 있다며 헤닝에게 입을 맞춘다. 검은 돌에서 특별한 힘이 나오는 것 같다.

집으로 돌아오는 길에 엄마는 무조건 건축 자재 상점에 들러 물감을 사겠다고 한다. 가족은 차를 타고 오래도록 섬을 사방으로 누비고 다닌다. 날은 덥고, 루나는 칭얼거리기 시작하고, 아빠는 짜증 내며 루나에게 소리 지르고, 그러자 루나는 더 크게 울부짖는다. 그러나 엄마는 포기하지 않는다. 엄마는 마침내 찾던 그림물감을 발견하고 각종 붓과 투명 광택제가 든 병까지 구입한다.

집에서 식구들은 테라스 탁자에 가서 앉는다. 헤닝과 루나도 각자 돌을 하나씩 받는다. 루나는 돌에 물감을 아주 많이 칠하더니 2분 뒤에 벌써 끝낸다. 나머지 물감은 탁자 모서리와 제 얼굴에 나누어 바른다. 헤닝은 돌에 빨간 바퀴와 파란 지붕이 달린 자동차를 그린다. 엄마는 돌에 여러 색깔로 순전히 작은 점만

118

찍는다. 그게 어떤 그림이 될지 알 수 없다. 헤닝이 물어보면 엄마는 아직 완성되지 않았다고만 하면서 미소를 짓는다. 엄마의 그런 모습이 정말 행복해 보인다.

다음 날 아침, 완성된 돌들이 아침 식탁 위에 놓여 있다. 식구들 자리마다 한 개씩 있다. 선물이라고 엄마는 말한다. 루나는 노래기가 그려진 돌을 받았다. 무지개처럼 색이 화려하다. 루나는 감격해서 꺄악 소리를 지르고 돌을 봉제 동물 인형처럼 뺨에 대고 누른다. 아빠 돌에는 달팽이가 그려져 있다. 엄마는 자신의 돌에 뱀을 그렸다. 헤닝의 자리엔 딱정벌레가 있다. 긴 더듬이와 튼튼한 다리를 금색과 다양한 색으로 점을 찍어 그렸다. 처음에 헤닝은 자신이 그 딱정벌레를 좋아하는지 확신할 수 없었는데, 엄마는 그건 '풍뎅이'이고 행운을 가져온다고 설명한다. 헤닝은 풍뎅이라는 이름이 마음에 들었다. 돌은 아주 매끈하고 손에 쥐면 묵직한 느낌을 준다. 그는 루나와 함께 방으로 가서 돌을 침대 기둥 위에 놓는다. 그러자 방이 더는 황량해 보이지도, 쓸쓸해 보이지도 않는다.

유난히 더운 날이다. 휴가가 벌써 끝나간다는 게 느껴진다. 시간이 미끄럼을 타듯 흐르고 하루하루가 점점 빠르게 지나간다. 헤닝과 루나는 더위에도 아랑곳하지 않고 정원에서 논다. 꼭 달팽이 박물관을 완성하겠다며 그걸 만드는 데 열중한다. 아이들은 야자수 아래 그늘에 각기 다른 돌들을 가지런히 늘어놓는다. 검은 해변에서 가져온 둥근 돌 몇 개, 쉽게 부서지는 하얀 돌, 구멍이 나고 갈색과 검은색이 섞인 돌이 있다. 초록빛 돌은 햇빛을 받아 반짝인다. 그 돌들 위에 달팽이 집과 조가비를 전시한다. 뾰족한 돌, 둥근 돌, 작은 돌, 큰 돌, 반점이나 줄무늬가 들어간 돌, 반짝이는 돌, 새하얀 돌 등 각양각색이다. 그렇게 노는 동안 헤닝은 이것저것 지시를 내린다. 그는 건축가이고 루나는 조수다. 루나는 지금처럼 아무 불만이 없을 때는 쉬지 않고 혼자 종알거린다. 루나가 하는 말은 모두 질문처럼 들린다. 맨 끝에 오는 낱말을 길게 끌기 때문이다. "다팽이 여기에에에?" 헤닝은 동생이 그렇게 종알대는 게 좋다. 물이 흐를 때나 새가 지저귈 때처럼 뭔가 평화로운 느낌이다.

어느덧 너무 더워져 헤닝은 목이 탄다. 헤닝은 루나에게 집에 들어가 엄마한테 마실 걸 달라고 하자고 말한다.

쌍여닫이 나무 문을 지나면 테라스에서 곧장 홀로 들어간다. 그런데 문손잡이가 너무 무거워 잘 열리지 않는다. 집 뒤편에 있는 작은 부엌문으로 가려면 거미 벽을 지나가야 한다. 헤닝과 루나는 손을 잡고 달린다. 헤닝은 짧은 다리로 자갈 위를 뛰어가는 루나의 속도에 맞추어 달린다. 헤닝은 더 빨리 거미 옆을 지나가고 싶지만, 자신이 앞서서 달리면 루나는 무릎을 꿇고 앉아 소리를 지르며 한 걸음도 움직이려 하지 않는다. 그러면 헤닝은 다시 돌아와 루나를 끌고 가야 하는데 그래도 루나는 말을 듣지 않을 게 뻔하다. 그러면 헤닝은 세 번씩이나 거미 옆을 지나 엄마를 데리러 가야 한다.

부엌에 들어서자 서늘한 공기가 아이들을 에워싼다. 아무도 없다. 아이들은 짧은 복도를 지나 커다란 홀을 향해 계속 걸어간다. 홀 입구에는 무거운 커튼이 쳐져 있다. "여긴 대체 뭐 하는 곳이지?" 첫날 아빠가 이렇게 물었다. 엄마는 "춤!"이라고 외친 뒤 헤닝을 붙들고 빙글빙글 돌았다. 엄마는 「오빠, 나랑 춤추자」라는 동요를 부르며 둘 다 어지러워질 때까지 춤을 추었다.

커튼을 비집고 겨우 들어간 헤닝은 둥근 천장에서 수직으로 내리꽂히는 햇빛에 눈이 부시다. 하지만 그것도 잠시, 한 남자의 모습이 보인다. 남자는 서 있다. 아니, 무릎을 꿇고 있다. 아니, 화려한 덮개로 덮인 소파에 반쯤 누워 있다. 남자의 등은 벌거벗었다. 척추 좌우에 검은 털이 넓게 나 있었다. 중앙에 차선이 나 있는 도로 같다. 헤닝은 이 등을 본 적이 있다. 노아가 가끔 티셔츠를 입지 않고 일한다. 다음으로 헤닝의 눈에 띈 건 엄마의 다리다. 그가 예쁘다고 생각한 금색 끈이 달린 샌들을 신었다. 엄마의 화려한 여름 블라우스 한 귀퉁이와 땋은 금발 머리 끝자락도 보인다. 나머지 부분은 어쩐 일인지 노아의 몸 아래로 사라졌다. 노아는 몸을 이상하게 움직이며 두 손으로 뭔가를 한다. 엄마를 자꾸 소파 깊숙이 내리누르는 것 같다. 루나가 비명을 지르기 시작한다. 노아가 몸을 돌려 아이들을 바라본다. 뭐라고 소리치려는 듯 입을 벌리고 있다. 그러나 헤닝은 벌써 달아난다. 루나가 아무리 죽어라 소리를 질러도 이번엔 동생을 기다리지 않고 가버린다. 아빠를 데려와야 한다. 어디를 가야 아빠를 찾을 수 있는지 헤닝은 안다. 사실 아빠를 방해해서는 안 된다. 누가 귀찮게 하면 아빠는 화를 낸다. 하지만 지금은 그런 걸 신경 쓸 때가 아니다. 아빠가 와서 엄마를 구해야 한다. 헤닝은 가능한 한 빠르게 달린다. 달리면서 벌써 울기 시작한다. 아빠는 담벼락 옆 접이의자에 앉아 있다. 손가락 사이엔 직접 만 담배 한 개비가 끼워져 있다. 희한한 냄새가 나는 굵은 담배다. 아빠는 잠을 자는 것 같다. 헤닝은 아빠 팔을 잡아당긴다. 담배가 바닥으로 떨어진다. 아빠가 소리친다. "너 미쳤어?" 헤닝이 대답한다. "엄마! 노아! 얼른 가야 돼!" 아빠는 헤닝의 어깨를 잡고 아주 가까이에서 그의 얼굴을 쳐다보며 말한다. "진정해! 무슨 일이야?" 그러나 헤닝은 무슨 일이 일어났는지 모른다. 그저 아빠가 함께 가기를 바랄 뿐이다. 헤닝은 몸을 뿌리치고 앞장서서 달린다. 결국 아빠는 몸을 일으킨 뒤 꽃이 핀 많은 덤불을 돌아 헤닝 뒤를 따라간다.

아빠와 헤닝이 뒷문으로 가는 중에 앞쪽 주 출입구의 나무 문이 열린다. 아빠가 뒤돌아서 가고 헤닝이 그 뒤를 따른다. 아빠와 아들은 노아가 성큼성큼 테라스를 걸어가 난간을 훌쩍 뛰어넘어 정원으로 들어가는 걸 본다. 자갈이 그의 발밑에서 폭발한다. 노아는 야자수 사이를 지나 자동차가 서 있는 앞마당으로 간다. 처음에 아빠는 그를 쫓아가려 했다. 그때 집 안에서 루나의 발작적인 비명소리가 들린다. 뭔가 끔찍한 일이 벌어진 것 같다. 헤닝은 태어나서 처음으로 아빠가 불안해하는 걸 본다. 아빠의 얼굴, 평소보다 더 검어진 두 눈, 갑자기 고개를 휙 돌리는 모습에서 그걸 읽는다. 아빠의 불안감은 헤닝 자신의 두려움보다 더 불길하다. 헤닝이 아빠보다 먼저 나무 문에 다다른다. 두 사람은 함께 살롱으로 들어간다.

아빠와 헤닝이 본 건 충격적일 만큼 평온한 실내다. 엄마는 루나를 품에 안고 홀을 돌아다니며 "쉿, 쉿." 한다. 루나는 땀을 흘리며 소리를 지른다. 작은 얼굴이 새빨개지고 두 손은 주먹을 꼭 쥐었다. 엄마는 땋은 머리가 조금 헝클어졌지만 치마는 다시 평소처럼 무릎을 덮었다. 끈 달린 샌들을 신고 여름 블라우스를 입고 이렇게 말한다. "그냥 넘어져서 그래. 금방 괜찮아질 거야."

헤닝은 루나가 넘어지지 않았다는 걸 안다. 루나가 우는 건 노아가 엄마한테 한 짓 때문이다. 노아가 도망가는 걸 자신이 아빠와 함께 보지 않았는가. 헤닝은 아빠를 올려다보며 사실은 그렇지 않다고, 아빠를 이유 없이 데려온 게 아니라고, 정말 뭔가 끔찍한 일이 일어났다고 해명하고 싶다. 그러나 아빠는 이미 모든 걸 알고 있는 눈치다. 아빠가 엄마를 노려본다. 그리고 돌아서서 나간다. 렌터카에 시동 거는 소리, 자동차 바퀴가 삐걱거리는 소리, 차가 포효하듯 요란한 엔진 소리를 내며 모래자갈길을 내려가는 소리가 들린다. 이어지는 정적 속에서 후투티가 '꾸국, 꾸국' 하고 운다. 평소 같았으면 엄마는 당장 테라스로 나가 머리에 재미난 깃털이 달린 새를 아이들에게 보여주었을 거다. 오늘은 엄마한테 새소리가 들리지 않는 모양이다. 루나는 울음을 그치고 모든 게 놀이였다는 듯이, 이제 어떻게 해야 좋을지 모르겠다는 듯이 헤닝을 바라본다. 갑자기 엄마가 다시 활기를 되찾으며 이제 점심을 만들겠다고 한다. 헤닝은 점심 먹을 시간이라고 생각하지 않지만, 뭔가 새로운 일이 일어나고 있어서 기분이 좋다. 잔뜩 녹슨 자전거 바퀴가 굴러가는 것처럼 하루가 또 흘러간다. 헤닝은 앞장서서 부엌으로 깡충깡충 뛰어가며 노래 부른다. "배가 고파요. 배가, 배가 고파요." 여느 때 같았으면 엄마는 노래를 듣고 웃었을 거다.

그러나 지금 엄마는 토르티야를 만들면서 아무 말이 없다. 헤닝과 루나도 조용하다. 평소보다 아주 얌전하다. 싸우지도 않고 쓸데없는 소리도 하지 않는다. 엄마는 아이들에게 좀 조용히 하란 말을 단 한 번도 하지 않는다. 기가 막힌 냄새가 부엌에 퍼진다. 가족과 안도감의 냄새. 점심은 테라스에서 먹지 않고 곧바로 부엌에서 먹는다. 루나는 엄마 무릎에 앉아 있다. 모두 한마디도 하지 않는다. 엄마는 아이들이 정원에서 무슨 놀이를 했는지 묻지 않는다. 아빠가 가끔 함께 식사하지 않을 때가 있지만, 지금 아빠가 없는 건 이상야릇하다.

그날 오후는 평범한 날처럼 지나간다. 그래도 헤닝과 루나는 뭔가 이상하다는 걸 딱 눈치챈다. 함께 무엇을 하고 놀아야 좋을지도 모른다. 루나가 화를 내며 두 주먹으로 달팽이 박물관을 때려 부수고 전부 망가뜨리자, 헤닝은 큰 소리로 울면서 엄마에게 달려가 필사적으로 엄마 다리에 매달린다. 얼마 후 아이들은 부엌에서 빈둥거리며 엄마가 하는 자질구레한 일들을 구경한다. 욕실로, 홀로, 엄마 아빠의 침실로, 테라스로, 엄마를 따라다닌다. 엄마가 드디어 화를 내며 제발 혼자 있게 내버려두라고 소리를 지른다. 헤닝이 루나의 기저귀가 다 젖었다고 하면 엄마는 기저귀를 가는 일이 세상에서 가장 힘든 일인 양 신경질적인 소리를 낸다.

헤닝은 독일에서 가져온 책 두어 권을 가지고 테라스 그늘로 가서 앉는다. 루나가 다가온다. 남매는 많이 읽어서 너덜거리는 책장을 함께 넘기며 본다. 루나는 손으로 뭔가를 가리킬 기회가 오면 신이 나서 환호한다. "고양이는 어디에 있어?"

"요오오기!"

이렇게 시간이 흐른다.

자동차 소리가 난다. 렌터카다. 아빠가 차에서 내린다. 아이들은 아빠에게 달려가 팔에 안긴다. 아빠는 두 아이를 들어 올려 품에 꼭 안고 머리에 입을 맞춘 뒤 이리저리 흔들다가 한 명씩 따로 뱅뱅 돌려준다. 아이들이 특히 좋아하는 놀이다.

아이들이 앞장서서 집으로 뛰어간다. "엄마, 아빠가 왔어!" 그러나 엄마는 테라스로 나오지 않고 집 안에 있다. 아이들은 아빠와 함께 안으로 들어간다. 부엌에 들어가서 보니 엄마가 운 것 같다. 엄마와 아빠는 말도 나누지 않고 서로 말없이 바라보다가 아이들을 바깥으로 내보낸다.

헤닝과 루나는 테라스로 나간다. 엄마와 아빠가 소리를 지른

다. 하지만 무슨 말을 하는지는 알아들을 수 없다. 책을 읽는 것
도 시들해졌다. 책은 그저 루나가 귀퉁이마다 전부 찢어놓은 낡
은 종이 묶음일 뿐이다. 어느덧 저녁 먹으러 들어오라고 안에서
아이들을 부른다. 흰 빵에 고기소시지와 딱딱하게 삶은 달걀밖
에 없다. 헤닝은 음식이 목구멍으로 넘어가지 않는다. 식구들은
아무 말이 없다. 만약 부엌에 시계가 있다면 저녁 먹는 내내 째
깍거리는 소리가 들릴 거다.

저녁을 먹은 뒤 엄마는 아이들이 졸리지 않은데도 침대로 데
리고 간다. 엄마는 침대 모서리에 앉아 헤닝과 루나를 내려다본
다. 헤닝은 엄마 손을 잡고 밤새 거기에 앉아 있으라는 듯이 놓
아주려 하지 않는다. 헤닝이 옛날이야기를 들려달라고 조르지만
엄마는 그럴 기분이 아니라고 말한다. 그리고 아빠와의 일은 모
두 다 잘될 테니 걱정하지 말라고 한다. 어른들도 가끔 바보 같
은 짓을 해서 문제가 일어나지만, 중요한 건 다시 서로 사이좋게
지내는 거라고 한다. 헤닝은 고개를 격하게 끄덕인다. 엄마나 루
나와 다툴 때면 헤닝의 몸에 균열이 생긴다. 그 상처가 너무 아
파 견딜 수가 없다. 그러다 다시 사이가 좋아지면 상처가 아물
고 머리끝에서 발끝까지 따사로운 느낌이 온몸을 가득 채운다.
이 이야기를 하자 엄마는 헤닝의 얼굴 곳곳에 입을 맞춘다. 엄
마는 루나에게도 여러 번 입을 맞추고 다 잘될 거라고 말한다.

그래도 헤닝과 루나는 오래도록 잠을 이루지 못한다. 시끄러
운 소리는 들리지 않지만 헤닝은 엄마와 아빠가 있는 방으로 갈

엄두가 나지 않는다. 두 아이는 그림이 그려진 돌을 침대로 가져온다. 루나는 노래기이고 헤닝은 풍뎅이다. 곤충 두 마리가 이불 위를 산책한다. 서로 싸우고, 화해하고, 괴물이 사는 구멍에서 서로를 구해준다. 마침내 루나가 잠이 든다.

이튿날 아침, 엄마와 아빠가 없다.

루나가 아직 자는 동안 헤닝은 잠자리에서 일어난다. 아침 햇살을 받아 다시 평소의 길이로 줄어든 복도들을 지나 햇빛이 넘쳐흐르는 홀로 간다. 이 시간대에 늘 그렇듯 나무 문은 열려 있다. 시원한 바람을 들여보내기 위해서다. 헤닝은 다시 부엌으로 간다. 아침이면 늘 달콤하면서 약간 쓴 커피 냄새가 나고, 엄마가 개수대에 서서 접시를 닦거나 아침 식사에 필요한 식기들을 쟁반에 올려놓는다.

그러나 부엌엔 아무도 없다. 냄새도 나지 않는다. 그럼 엄마와 아빠는 테라스에 있을 거다. 헤닝은 다시 홀로 돌아간다. 맨발이 차가운 타일 바닥에 닿아 찰싹찰싹 소리가 난다. 헤닝은 나무 문을 지나 밖으로 나간다. 무척 덥다. 너무 환해서 아무것도 보이지 않는다. 난간을 따라 테라스를 걷는다. 테라스는 한쪽 면에 벽을 세워 바람을 막고 나무 지붕을 달아 해를 가렸다. 테라스엔 벽돌로 만든 큰 탁자와 벤치가 있다. 평소에 아침을 먹는 곳이다.

탁자 위에 아무것도 없다. 엄마와 아빠도 보이지 않는다.

후투티가 우는 소리가 들린다. 야자수에 이는 바람 소리는 천막 지붕에 떨어지는 빗소리 같다. 바닥에 깔린 자잘한 돌들이 그날 처음으로 헤닝의 발바닥에 와 닿는다. 돌이 발바닥을 짓누른다. 부모님은 아직 자고 있을지 모른다. 헤닝은 이따금 아주 일찍 일어난다. 여름에는 벌써 환하지만 세상은 아직 황량한 느낌을 준다. 오늘 헤닝은 그걸 생각할 겨를이 없다. 그는 빛의 색깔을 보고 지금 몇 시쯤 됐는지 대충 짐작할 수 있다. 헤닝은 하늘과 태양과 정원을 바라본다. 지금은 취침 시간이 아니다. 아침 식사를 할 때의 색깔이다. 그래도 그는 홀의 오른편에 있는 부모님 침실로 향한다. 아빠가 '서쪽 부속 건물'이라고 부르는 곳이다. 복도를 하나 더 지나면 문이 여러 개 있고 욕실이 하나 더 나온다. 헤닝은 살짝 들여다보기만 하고 방해할 생각은 없다. 악몽을 꾸었을 때 자주 그러듯이, 아빠가 깨지 않게 살금살금 엄마가 누운 침대로 들어갈 마음은 없다. 침실 문이 조금 열려 있다. 헤닝은 고개를 문틈으로 밀어 넣는다. 방이 환하다. 커튼이 닫혀 있지 않다. 침대는 깔끔하게 정돈돼 있다. 헤닝은 안심이 된다. 그러니까 부모님은 벌써 일어난 거다. 지금 분명 욕실에 있을 테니 방해하면 안 된다.

헤닝은 부엌으로 가서 혼자 커다란 나무 탁자에 앉아 기다린다. 앞에는 검은색 둥근 돌이 서너 개 놓여 있다. 그중 하나에는 초록색과 빨간색으로 화려하게 점을 찍어 넣었다. 앞으로 어떤 그림이 나올지 아직은 알 수 없다. 갖가지 붓이 키친타월 위에 가지런히 놓여 있다. 유리컵에 물이 절반쯤 담겨 있다. 뭐라고 형언할 수 없는 색깔의 물이다. 지저분해진 팔레트와 여러 색깔의 그림물감도 있다. 헤닝은 물감 냄새를 좋아한다. 아무것도 건드리면 안 된다는 걸 알면서도, 그는 물감으로 얼룩덜룩해진 천에 코를 묻는다. 냄새를 맡으니 조금 어지럽지만, 엄마 냄새가 난다.

앉아 있는 게 견디기 힘들어지자 헤닝은 다시 집 안을 돌아다닌다. 아무 소리도 나지 않는다. 샤워 소리도, 이 닦는 소리도, 면도기 소리도, 아침에 아빠가 코를 풀 때마다 크게 킁킁대던 소리도 들리지 않는다. 헤닝은 아이들 방으로 간다. 루나가 반듯이 누워 두 다리를 허공에서 버둥거리며 혼잣말을 한다. 노래기가 그려진 돌을 손에 들고 있다가 공중으로 던진다. 헤닝을 보자 "안녕." 하며 인사한다. 헤닝은 방 한가운데에 멈춰 선다. 루나의 표정이 여전하다. 모든 게 평소와 다름없다. 그래도 헤닝은 지금 무엇을 해야 좋을지 모른다. 여느 때였다면 루나 손을 잡고 함께 테라스로 갔을 거다. 그러면 아빠는 루나를 들어 올려 무릎에 앉히고 헤닝은 엄마가 앉아 있는 벤치로 올라간다. 그러곤 아침을 먹기 시작한다. 아침 식사를 떠올리자 배에서 꼬르륵 소리가 난다. 헤닝은 정말 배가 고프다.

헤닝은 루나 옆에 눕는다. 한동안 각자 돌을 가지고 논다. 그러다 루나가 얼굴을 찡그리며 "밥!"이라고 말한다. 루나에겐 언제나 느닷없이, 그것도 맹렬하게 배고픔이 찾아온다. 그런데도 얼른 먹을 것을 주지 않으면 심하게 화를 낸다.

헤닝은 루나가 침대에서 꿈틀거리며 내려올 때 떨어지지 않게 도와준다. 루나는 앞서서 복도로 뛰어가 홀과 나무 문을 지나

밖으로 나간다. 루나는 헤닝만큼이나 길을 잘 안다. 조금 전 헤닝과 똑같이 루나의 발에서 찰싹찰싹 소리가 난다. 루나가 앞장서서 달려갈 때 헤닝은 엄마와 아빠가 테라스에 앉아 있고, 모든 게 정상으로 돌아오고, 아이들이 모퉁이를 돌면 부모님이 "드디어 너희들 왔구나!" 하고 소리칠 거라고 확신한다.

테라스는 텅 비었다.

"엄마 어디? 아빠 어디?" 루나가 묻는다.

"몰라." 헤닝이 대답한다. 당장이라도 울고 싶다.

루나는 결연히 다시 집 안으로 달려간다. 헤닝은 천천히 뒤따라가다가 부엌에서 루나를 따라잡는다. 루나가 또 엄마는 어디에 있느냐고 묻는다. 헤닝은 곧 올 거라고 대답한다.

조금 전에 못 보고 지나쳤던 것들이 눈에 들어온다. 바닥에 물건들이 널려 있다. 깨진 컵과 함께 빨간 액체가 바닥에 고여 있다. 냄새를 맡아보니 와인이다. 저녁 식사 후에 남은 음식들이 개수대 옆에 있다. 우유와 치즈를 냉장고에 넣지 않았다. 생각해보니 부모님 침실에도 물건들이 여기저기 흩어져 있었다. 옷장은 열려 있고 옷 서너 벌이 바닥에 놓여 있었다. 엄마는 정리를 중요하게 생각한다. 아이들이 장난감을 어질러놓고 그대로 두면 야단을 친다.

"그거 밟지 마." 헤닝이 깨진 유리 조각들을 가리키며 말한다. 루나가 말귀를 못 알아듣자 헤닝은 동생 손을 잡고 액체가 고여 있는 곳으로 데리고 간다. "이거, 아야 해! 아야!" 헤닝이 다시 깨진 조각을 가리키며 말한다.

"아야, 아야." 루나가 헤닝을 따라 하며 마찬가지로 바닥의 웅덩이를 가리킨다.

갑자기 하루가 멈춰 선다. 헤닝은 발가락에 와인을 톡톡 묻혀 바닥에 동그라미를 그린다. 해가 창문으로 비치고 야자수에선 참새 떼가 짹짹거린다. 이젠 뭔가 달라질 것도 없을 것 같고 해야 할 일도 없어 보인다. 루나가 발가락과 와인으로 흉내를 내려 하자 헤닝이 소리친다. "안 돼." 하루가 다시 흘러가기 시작한다. 헤닝은 루나를 데리고 부엌에서 나온다.

"엄마를 찾아보자." 헤닝이 말한다.

그때 헤닝에게 어떤 생각이 떠오른다. 아이들이 너무 오래 자는 바람에 부모님은 벌써 아침 식사를 다 끝냈을지도 모른다. 엄마는 산책하러 나가고 아빠는 유난히 굵은 담배를 들고 정원 담벼락 옆 의자에 앉아 있을 거다. 헤닝은 테라스에서 신발을 신는다. 원래 잠옷을 입고 밖에 돌아다니면 안 되지만, 오늘은 부모님이 예외로 해줄 거라 믿는다. 그 대신 다른 문제가 있다. 루나에게 신발을 신기려는데 루나가 싫다고 뿌리친다. 헤닝이 루나의 신발 한 짝을 손으로 잡자 "내 거야!" 하고 소리 지르며 빼앗는다.

"신발 신어야 돼." 헤닝이 말한다. "엄마 찾으러 갈 거야. 자갈이 발에 닿아서 아야 해."

루나는 신지 않겠다고 고집을 피운다. 남매는 한동안 다투다가 마침내 헤닝이 포기한다.

"그럼 맨발로 가." 헤닝이 말한다.

루나는 환호성을 지르고 헤닝 뒤를 뒤뚱뒤뚱 따라간다. 작은 계단을 다 내려온 뒤 자갈에 처음 발을 내딛는 순간 루나의 얼굴이 일그러진다.

"아야!" 루나가 소리친다.

"거 봐." 헤닝이 말한다. "아프다고 그랬잖아."

루나는 계단 발치에 쪼그리고 앉아 팔짱을 낀다. 더는 한 발자국도 움직이지 않겠다는 뜻이다.

"마음대로 해. 난 엄마 찾으러 갈 거니까." 헤닝이 말한다.

헤닝이 가려는 순간 루나가 소리를 지르기 시작한다. 헤닝은 계속 걸어간다. 루나가 더 크게 소리 지른다. 열 걸음을 걸어가자 루나는 울면서 고래고래 악을 쓴다. 얼굴이 새빨개지고 눈물을 펑펑 쏟는다. 입이 크게 벌어지고 일그러진다. 그 모습을 본 헤닝은 토하지 않고는 견딜 수 없는 지독한 복통이라도 온 느낌이 든다. 다시 돌아가 루나 앞에 쭈그리고 앉아 동생을 품에 안는다. 루나의 슬픔의 크기가 우주만 하다. 헤닝은 루나를 안고 흔들어준다. 그 자신도 울고 싶다. 하지만 루나를 안고 있는 동안에는 그럴 수 없다.

"쉿, 쉿." 헤닝은 늘 엄마가 하던 대로 따라 한다. "쉿, 쉿."

그렇게 한참을 쪼그리고 있다가 헤닝에게 새로운 생각이 떠오른다.

"여기서 기다려!" 헤닝은 이렇게 소리치고 일어난다. 루나는
당장 울음을 멈추고 헤닝을 보며 웃는다. 무슨 뜻인지 알아들은
거다. 헤닝이 뭔가를 가지러 가는 거라 루나는 기다리고 있어야
한다. 그럴 땐 대부분 신나는 일이 벌어진다. 새로운 놀이를 하
거나 뭔가를 찾아낸다.

헤닝은 테라스를 지나 집 안으로 들어간다. 계획이 있다는 건
좋은 거다. 걸어 다니는 건 좋은 거다! 헤닝은 루나의 양말 한 켤
레를 들고 돌아온다. 찾을 수 있는 양말 중에서 가장 두꺼운 걸
골라 왔다. 둘이 힘을 합친다. 헤닝이 동생 발에 양말을 신긴다.
이제 루나는 자갈 위를 걸을 수 있다. 루나는 신이 나서 꺅 소리
를 지르고 정원으로 먼저 걸어 나간다.

루나는 걸으면서 숫자를 센다. "둘, 셋, 넷." 곧이어 "일곱, 여
덟, 아홉."을 세다가 "숨었니?" 하고 외친다. 숨바꼭질할 때 배웠
던 그대로다. 루나는 지금 놀이를 한다고 믿는다. 어쩌면 놀이
가 맞을지도 모른다. 헤닝도 하나부터 열까지 함께 센 뒤 외친
다. "꼭꼭 숨어라. 머리카락 보일라. 숨었니?" 두 아이는 정원을
다 돌아다니다 아빠의 의자를 발견한다. "여기 아빠 없어." 루나
가 말한다. 그리고 엄마가 담 너머로 자주 골짜기를 바라보던 장
소를 발견한다. 아이들은 거미가 붙은 벽을 지나 평평한 콘크리
트 바닥까지 간다. 그 아래 깊은 우물에 괴물이 살고 있는 곳이
다. 헤닝은 구멍을 덮은 나무판자를 보지 않으려 애쓴다. 언제
라도 판자가 위로 들릴 것 같다. 그럼 그다음엔 무엇이 내다볼

지 모른다.

정원을 다 돌아다닌 뒤 루나는 숫자를 세는 걸 그만두고 칭얼대기 시작한다. 헤닝은 계속 놀고 싶어서 더 크게 외친다. "일곱, 여덟, 아홉. 숨었니?" 그러곤 루나의 손을 잡고 계속 찾아보라고 부추긴다. 헤닝은 놀이를 그만두고 싶지 않다. 놀이가 끝나면 그가 감당하지 못하는 결과가 나타난다. 그 결과란 엄마도 아빠도 찾아내지 못하는 거다.

태양이 작열한다. 루나는 더 놀 기운이 없다. 루나는 헤닝이 잡은 손을 빼내고 혼자 투덜거린다.

"괜찮아." 헤닝이 말한다. "이제 집에 들어가자. 분명히 엄마가 돌아와 있을 거야."

"좋아!" 루나가 소리치며 새로 힘을 내서 다시 뛰어간다.

테라스로 들어가는 계단에 이르렀을 때 헤닝이 뭔가를 발견한다. 자동차가 사라졌다. 이 위치의 정원 담장은 낮고 문은 늘 열려 있다. 그 뒤쪽에 자동차를 주차하는 앞마당이 있다. 거기에서부터 모래자갈길이 시작돼 골짜기로 내려간다. 길은 돌과 파인 구멍들 천지라 차가 아래로 내려갈 때는 거친 바다를 항해하는 배처럼 앞쪽 주둥이가 오르락내리락한다. 그러면 뒷좌석에 앉은 헤닝과 루나는 흥분 반 두려움 반으로 날카로운 비명을 질러댄다.

똑똑히 확인하려고 헤닝은 정원 문을 지나 앞마당으로 나가서 주변을 둘러본다. 평소와 다름없이 탁 트인 전망이 와락 덮친다. 산이 너무 크고 웅장해 한눈에 들어오지 않는다. 그래도 헤닝은 산을 바라본다. 빛바랜 갈색과 검은색 산 위에서 짙푸른 하늘이 내려다본다. 산은 군데군데 거대한 계단식 지형이다. 다른 곳은 커다란 벌레들이 기어가는 모습이다. 헤닝은 한쪽 비탈길에 갈색과 검은색의 얼룩무늬 점들이 몰려 있는 걸 발견한다. 마른 풀을 뜯고 있는 염소 떼다. 염소 주변의 하얀 점들은 브라질 해오라기다. 녀석들은 가끔 염소 등을 타고 다닌다고 엄마가 설명해주었다. 골짜기 아랫마을은 아주 작지만 그곳에서 온갖 소음이 올라온다. 망치 소리, 개 짖는 소리, 자동차 소음, 때론 아이들 울음소리도 올라온다. 앞마당은 텅 비어 있다.

"루나, 여기 좀 봐!" 헤닝이 소리친다. "자동차가 없어!"

루나가 헤닝에게 다가온다. 헤닝은 한껏 들떠서 루나의 손을 잡고 그 자리에서 함께 빙빙 돈다.

"자동차가 없어, 자-아동-차가 없어." 헤닝은 「닭이 죽었어」라는 동요의 선율에 맞춰 노래를 부른다. 루나는 무슨 영문인지 모른다. 그러나 헤닝이 자신을 데리고 춤을 추자 좋아한다.

"엄마하고 아빠는 페메스에 갔어." 헤닝이 설명한다. "아침에 먹을 크루아상을 사러 간 거야!"

"아아아아-침!" 루나가 반색하며 소리를 지르고는 웃으며 집으로 달려간다. 헤닝도 자신이 얼마나 배가 고픈지 깨닫는다.

부엌에서 남매는 아침 식탁을 차려서 엄마와 아빠를 놀래주기로 결심한다. 먼저 청소부터 한다. 헤닝은 아주 조심스럽게 깨진 유리 조각들을 바닥에서 집어 쓰레기통에 넣는다. 쏟아진 와인도 닦아낸다. 그러다 행주가 빨갛게 물들자 깜짝 놀란다. 엄마가 화를 내지 않았으면 좋겠다. 하지만 헤닝이 도우려다 그렇게 됐다는 걸 알면 엄마는 짜증 내지 않고 대부분 변함없이 다정하다. 헤닝은 식기 도구가 든 서랍을 연다. 포크와 나이프와 숟가락 들이 거기에 다 있다. 루나는 식탁 차리는 걸 좋아한다. 헤닝이 동생에게 작은 숟가락을 건넨다. 그러자 루나는 당장 복도와 홀과 나무 문을 지나 테라스로 달려간 뒤 숟가락을 돌 탁자에 놓는다. 그러곤 다시 부엌으로 돌아간다. 헤닝은 타일에서 나는 동생의 발걸음 소리와 동생이 넘어지는 소리를 듣는다. 양말을 신고 걸으면 바닥이 미끄럽다. 루나는 다음번 숟가락을 들고 또 달려 나간다. 그렇게 매번 숟가락과 포크와 나이프를 한 개씩 열심히 집중해서 갖다 놓는다. 헤닝은 접시 수를 세고 손가락으로 한 번 더 확인한다. 엄마, 아빠, 루나. 하마터면 자신의 접시를 빼놓을 뻔했다. 모두 네 개다. 포개 올린 접시가 제법 무겁다. 헤닝은 빵 보관통을 내리려고 까치발을 한다. 그래도 손이 닿지 않는다. 의자를 가져와야 한다. 엄마는 아이들이 부엌에서 높은 곳에 올라가는 걸 좋아하지 않는다. 그러나 헤닝은 이것도 엄마가 예외적으로 봐줄 거라 생각한다. 전날 먹다 남은 크루아상과 바게트 빵 반쪽이 있다. 헤닝은 엄마와 아빠가 페메스에서 사 올 크루아상으로 충분하지 않을 경우를 대비해 바게트 빵을 가져다 놓아야겠다고 생각한다. 엄마는 늘 묵은 빵도 먹어야 한

다고 말한다. 헤닝은 찬장에서 버터와 잼을 꺼내고, 싱크대에서
쟁반을 꺼내 바닥에 내려놓고 준비한 것들을 담는다. 들고 가기
가 무겁다. 루나가 다가와 바게트 빵을 보더니 날름 손으로 집는
다. 헤닝이 말한다. "금방 아침 먹을 거야. 기다려." 그가 빵을 빼
앗으려는 순간 루나는 귀청이 찢어져라 소리를 지르고 빵을 베
어 먹으며 달아난다.

"야, 이 멍청아! 지금 아침 차리려고 하잖아!"

헤닝이 루나보다 훨씬 빨라서 동생을 아주 쉽게 붙잡는다. 루
나는 빵을 절대로 내놓으려 하지 않는다. 루나는 진지하다. 두
팔로 빵을 끌어안고, 소리를 지르고 발을 구르면서도 계속 빵을
베어 먹는다. 헤닝이 잡아당기자 빵이 동강 나고 루나는 엉덩방
아를 찧는다. 루나는 주저앉은 채 계속 먹는다.

"넌 아주 멍청이야."

헤닝이 운다. 엄마는 밥 먹기 전에 아이들이 군것질하는 걸 싫
어한다. 헤닝은 루나와 함께 아침을 준비해놓지 못하면 아침 식
사도 없을 것 같은 느낌이 든다. 그러면 엄마와 아빠도 돌아오
지 않을 거다.

그래도 헤닝은 바닥에 주저앉은 루나 옆에 앉아 뜯어진 바게
트 조각을 삼킨다. 배가 너무 고프다. 엄마한테는 이 얘기를 하
지 말아야 한다. 아마 엄마는 헤닝과 루나가 빵을 먹은 걸 눈치
채지 못할 거다. 흘린 눈물 때문에 빵에서 짭조름한 맛이 난다.
루나가 빵을 먹는 모습이 행복해 보인다. 오빠가 엉엉 우는 걸

보고 루나는 엉금엉금 기어서 다가와 몸을 일으킨 뒤 눈을 크게 뜨고 헤닝의 얼굴을 똑바로 바라본다.

"넌 아주 멍청이야." 헤닝이 흐느낀다.

루나는 들고 있던 빵 조각을 헤닝에게 건네지만 그는 고개를 젓고 루나의 손을 홱 뿌리친다. 두 아이는 말없이 빵을 먹는다. 루나의 기저귀에서 냄새가 난다. 그건 엄마가 돌아오는 즉시 처리할 거다.

빵을 다 먹고 눈물도 마르자 헤닝은 조금 기분이 나아진다. 곰곰 따져보면 사실 아무 일도 일어나지 않았다. 빵을 먹긴 했지만 헤닝과 루나는 그래도 식탁을 차렸다. 아빠와 엄마가 곧 올 거다. 나머지 물건들을 테라스로 옮길 때 루나가 거든다. 오빠 옆으로 가서 기분이 나아졌냐고 자꾸 묻는다. "그래, 그래, 괜찮아." 루나가 끈덕지게 묻는 탓에 헤닝은 여러 번이나 대답한다.

아침 식탁은 엄마가 차렸을 때와 완전히 똑같지는 않다. 그래도 헤닝은 자신이 한 일이 뿌듯하다. 장식으로 꽃을 몇 송이 꺾어 올까 생각하다가, 꽃이 만발한 덤불에서 허락도 없이 꺾어 올 용기가 나지 않는다. 헤닝과 루나는 벌써 자리를 잡고 앉아 기다린다.

루나가 포크와 나이프를 가지고 놀다가 숟가락으로 돌 탁자 상판을 두드린다. 그것만 빼면 조용하다. 고양이가 정원 담장 위를 살금살금 걸어간다. 헤닝이 그 모습을 가리키자 루나가 외친다. "고양이! 고양이!"

잠시 후 헤닝이 말한다. "차가 오는지 가보자."

루나가 앞서서 작은 계단을 달려 내려간다. 너무 빨리 달려서 헤닝은 루나가 정원을 지나 앞마당까지 가는 동안 넘어지지 않을까 잠시 생각한다.

산은 말이 없다. 하늘도 말이 없다. 모래자갈길은 구불구불 골짜기로 내려간다. 아래쪽에서 망치 소리와 개 짖는 소리가 들린다.

엄마와 아빠는 어디에 있느냐고 루나가 묻는다. 헤닝이 대답한다. "곧 올 거야."

아이들은 다시 테라스로 돌아가 차려놓은 아침 식탁에 앉아 기다린다. 그러다 또 앞마당으로 나가고, 다시 돌아와 기다린다. 하늘에 해가 높이 떠 있다. 후투티가 날아가며 '꾸국, 꾸국' 운다. 이따금 비행기가 보인다. 꽤 낮게 날아간다. 머잖아 섬에 착륙할 거다. 헤닝은 그 비행기에 사람들이 앉아 있는 모습을 상상한다. 가족들이 창밖을 내다보고, 색연필로 그림을 그리고, 뭔가를 먹을 거다. 헤닝도 이곳에 올 때 그랬다. 현실 같지 않다. 페메스에서 올라오는 소음도, 저 아래 커브 길을 미끄러지듯 달리는 아주 작은 자동차들도 헤닝에겐 현실 같지 않다.

란사로테 섬에 오기 전에 아이들은 엄마와 함께 몇 번 시내에 나갔다. 크리스마스 시장에 가서 군밤을 사 먹고 선물을 샀다. 백화점 진열창에는 장난감으로 풍경을 만들어놓았다. 모형 기차가 숲과 들과 마을을 달렸다. 레고 블록으로 만든 공사장에서는 온갖 차량들이 돌아다녔다. 플레이모빌 소방관들이 소방차를 몰고 출동해 소방 호스를 들고 펌프를 작동시켰다. 만져서도, 가지고 놀아서도 안 되고 눈으로만 보아야 했다. 헤닝과 루나가 거기에 있든 없든, 모든 장난감들은 빙빙 원을 그리며 돌았다. 소방관들은 고개를 돌려 헤닝과 루나를 쳐다보지 않았다. 지금 헤닝에겐 세상이 그렇게 보인다. 세상은 유리창 너머에서 사물이 움직이는 곳이다.

아이들은 테라스에 앉아 있다. 이윽고 루나가 훌쩍이기 시작한다.

"엄마는?"

"엄마는 금방 올 거야."

"엄마는?"

"금방 온다니까!"

루나는 헤닝의 말이 귀에 들어오지 않는다. 벤치에 무릎을 꿇고 앉아, 얼굴을 차가운 돌 탁자 상판에 대고 손가락으로 아직 사용하지 않은 접시 가장자리를 만지작거리며 자꾸만 훌쩍거린다. 엄마, 엄마. 헤닝에게 루나의 울음은 몸을 뚫고 들어와 안을 후벼 파면서 상처를 점점 크게 만드는 검이다. 고통이 커지면서 헤닝이 비명을 지른다. "제발 조용히 해!" 그러자 루나도 소리를 지르기 시작한다. "모-옹, 모-옹." 헤닝은 루나가 무슨 말을 하는지 알아듣지 못하지만, 그게 '엄마'가 아니라서 안심이다. 그의 분노가 금방 사그라든다. 헤닝은 루나에게 바짝 다가가 등을 어루만지며 묻는다. "왜 그래? 뭐 하고 싶은 거 있어?" 아마 엄마도 이렇게 물었을 거다. 보통 헤닝은 동생을 안아주는 걸 좋아하지 않는다. 루나는 울 때면 항상 침과 콧물로 범벅이 된다. 몸을 씰룩대고 움직이면서 헤닝의 머리나 가슴을 때린다. 지금 헤닝은 두 팔로 동생을 감싸 안으려 하지만, 루나는 그를 밀쳐내며 마치 뭔가를 빼앗기기라도 한 듯 또 한 번 "모−옹." 하고 소리를 지른다.

"목마르니?"

"으으으−응!" 루나가 울부짖는다.

그거다! 헤닝도 목이 타는 걸 느낀다. 두 아이는 목이 마르다. 목마름이 문제인 거다.

"이리 와, 빨리! 부엌에 가자!" 헤닝이 소리친다.

아이들은 집 안으로 들어간다. 루나는 곧 뭐를 마시게 돼서 행복하다. 헤닝은 동생이 더는 칭얼대지 않아서 행복하다.

물병은 싱크대 위에 있다. 헤닝은 의자를 가져온다. 지금은 한 번 더 예외적으로 그래도 된다. 의자에 올라선 순간 헤닝은 컵을 잊었다는 걸 깨닫는다. 다시 의자에서 내려서지만 컵이 어디에 있는지 모른다. 마침내 벽에 붙은 선반에서 컵을 발견한다. 올려다보니 너무 높다. 꺼내려고 애써봐야 소용이 없다. 두려움이 엄습해 그를 흔들어댄다. 컵이 없으면 물을 먹지 못한다. 컵이 없으면 갈증도 사라지지 않는다.

"루나, 컵이 있어야 해."

"컵, 컵, 컵!" 루나는 폴짝폴짝 뛰면서 뭔가를 가리킨다. 헤닝은 조금 후에야 동생이 개수대를 가리킨다는 걸 알아차린다. 그릇들이 식기 건조대에 꽂혀 있고 컵도 네 개 있다.

"루나! 너 아주 똑똑하구나!"

헤닝은 루나가 자랑스럽다. 그래서 이번엔 잠깐이나마 제대로 안아준다. 루나는 자신이 뭔가를 잘했다는 게 기뻐서 발을 구른다. 아빠는 가끔 우주에 대해 이야기하다가 헤닝이 별과 행성의 차이점을 알거나 은하가 무엇인지 설명하면 똑똑하다고 칭찬해준다. 헤닝은 의자를 갖다 놓고 올라가 컵 하나를 꺼내 내려온 뒤, 의자를 다시 밀어놓고 컵을 물병 옆에 놓는다. 그리고 다시 의자에 올라가 물병을 두 손으로 든다. 무겁고 축축하다. 겉에는 물방울이 맺혀 있다. 물병이 헤닝 손에서 미끄러져 싱크대 위에 떨어지며 물을 튀긴다. 그리고 요란한 굉음과 함께 다시 싱크대에서 부엌 바닥으로 떨어져 뱅글뱅글 돌면서 물이 계속 흘러나오다가 마침내 웅덩이를 이루며 멈춘다. 루나와 헤닝은 충격으로 몸이 굳은 채 서 있다. 엄마와 아빠가 이 소리를 들으면 어쩌지! 아마 난리가 날 거다.

소음이 잠잠해지고 집은 고요하다. 헤닝은 엄마와 아빠가 없다는 사실이 떠오른다. 그러니 아무 소리도 듣지 못했을 거다. 헤닝은 순간 안도한다.

"괜찮아." 헤닝이 루나에게 말한다. "아무것도 깨지지 않았어."

루나는 오빠가 한 말을 따라 한다.

"이거 닦아야 돼." 헤닝이 말한다.

헤닝은 빈 물병을 들어 탁자에 갖다 놓는다. 지금 필요한 건 행주다. 행주는 아까 와인을 닦아서 아직도 빨갛고 축축하다. 헤닝은 새 행주가 어디에 있는지 모른다. 욕실에서 수건을 가져올 생각은 하지 못한다. 그는 아무 서랍이나 닥치는 대로 열어젖히다가 식품 저장실로 가서 찬장을 열고 선반을 들여다본다. 그렇게 행주를 찾는 동안 루나가 또 찡찡대기 시작한다. "모-옹." "모-옹." 그러나 헤닝은 바닥을 닦아야 한다. 뭘를 쏟았으니 원래 상태로 돌려놔야 한다. 안 그러면 아빠가 쳐다보며 헤닝이 싫어하는 이상한 목소리로 말한다. "이게 대체 뭐야?" 헤닝은 다 큰 사내아이고, 좋은 오빠고, 철든 아이다. 물이 고인 웅덩이를 닦아내지 않으면 엄마와 아빠는 돌아오지 않는다. 헤닝의 다리가 다 젖었다. 마치 오줌을 싼 것 같다. 그는 몸 아래쪽을 내려다보다 자신이 아직 잠옷을 입고 있는 걸 발견한다. 루나도 잠옷 차림이다. 옷을 갈아입어야 한다. 온종일 잠옷 바람으로 돌아다니면 안 된다. 옷을 갈아입지 않으면 엄마와 아빠는 분명 돌아오지 않을 거다. 루나는 양말을 신은 채 물을 철벅철벅 튀기기 시작했다. 헤닝이 동생에게 소리친다. "루나, 하지 마!" 그 순간 루나가 미끄러진다. "그것 봐!" 헤닝이 소리쳐보지만 루나는 헤닝 말은 듣지 않고 더 큰 소리로 악을 쓴다. 루나는 팔꿈치가 아프다. 동생이 일어나지 않으려 해서 헤닝은 루나의 팔을 잡고 바닥에서 질질 끌고 간다. 루나의 양말이 흠뻑 젖었다. 잠옷도 젖었다. 물이 부얼 이곳저곳으로 흐른다. 헤닝은 소리 지르는 루나를 복도까지 계속 끌고 간다. 복도에 이르자 루나가 마침내 일어나 헤닝에게 손을 내밀고 울부짖으며 따라간다.

아이들 방 침대 밑에는 헤닝과 루나의 물건을 담은 커다란 트렁크가 있다. "너희들 장롱이야." 트렁크를 꺼낼 때면 엄마가 장난삼아 말한다. 루나는 당장 모든 걸 꺼내려고 하지만 헤닝이 막아선다. 그는 자신이 입을 반바지와 티셔츠 그리고 루나가 입을 옷과 새 양말을 발견하고 그걸 침대 위에 올려놓는다. 짝을 맞춰 가지런하게 놓으니 보기가 좋다. 헤닝은 얼른 잠옷을 벗고 다른 옷으로 갈아입는다. 벌써 오래전부터 남의 도움 없이 입을 줄 알아서 아무 문제 없다. 루나가 오빠를 쳐다본다. 헤닝은 루나에게 어떻게 해야 하는지 알고 있다. 엄마가 루나에게 옷을 입혀주는 모습을 수백 번이나 보았다. 헤닝이 말한다. "만세 불러!" 루나가 얌전하게 팔을 올린다. 여기저기를 잡아당기고 빼면서 헤닝은 겨우 루나의 잠옷 상의를 벗긴다. 헤닝이 말한다. "앉아!" 루나가 앉아 두 다리를 헤닝에게 쭉 뻗는다. 헤닝은 잠옷 바지를 벗긴다. 젖은 양말도 발에서 벗긴다. 그러자 냄새가 난다.

"너 응가 했어?"

루나는 고개를 젓는다. 루나가 고개를 저으면 기저귀가 빵빵한 거다.

루나가 제 기저귀를 주물럭거리기 시작한다. 기저귀 한쪽이 벌써 열렸다. "잠깐, 잠깐." 헤닝이 소리치며 루나를 바닥에 눕힌다. 그리고 찍찍이를 잡아당겨 기저귀를 벗긴다. 처참한 광경이 눈에 들어온다. 루나는 똥을 쌌다. 그것도 상당히 묽은 똥이다. 엉덩이와 다리와 심지어 등에까지 똥이 묻었다.

루나는 엄마가 가르쳐준 대로 두 팔을 쭉 뻗는다. 헤닝은 루나 앞에 무릎 꿇고 앉아 미동도 하지 않는다. 이제 무엇을 해야 할지 모르겠다. 정말 하나도 모르겠다. 이건 물웅덩이보다 훨씬 끔찍하다. 물휴지. 그가 필요한 건 물휴지다. 그건 욕실에 있다.

"여기서 기다려, 알았지? 일어나면 안 돼. 기다려!"

헤닝은 있는 힘을 다해 빠른 속도로 달려간다. 자신이 단 일 초만에 갔다 온 느낌이다. 그런데도 루나는 일어나 있다. 기저 귀는 바닥에 떨어졌다. 빵빵한 쪽이 아래를 보고 있다. 헤닝이 울부짖기 시작하자 루나가 다시 앉는다. 사방이 똥이다. 견디기 어려운 악취가 난다. 닦아내려 하면 똥은 없어지기는커녕 여기 저기 더 묻기만 한다. 헤닝은 눈물에 가려 앞이 잘 보이지 않는 다. 결국 그는 닦는 걸 포기하고 계속 운다. 루나도 물휴지를 들 고 똥을 이리저리 문댄다. 루나는 울지 않고 아주 조용하다. 헤 닝은 계속 운다. 울다 보니 더는 울음이 나오지 않는다. 비행기 가 웅 하고 날아가는 소리가 들린다. 아주 먼 곳에서 들린다. 야 자수가 창문 앞에서 바스락거린다. 후투티한테서는 아무 소리 도 들리지 않는다.

너무도 고요해 헤닝은 생각의 나래를 펴기 시작한다. 엄마 몸 위에 올라가 있던 노아가 보인다. 그리고 아빠가 왔다. 노아가 달아났다. 나중엔 아빠가 차를 타고 나갔다가 다시 돌아왔다. 노아가 뭔가를 훔쳤을까? 아빠는 노아를 찾기 위해 나간 걸까?

엄마는 아무렇지도 않았다. 엄마에겐 아무 일도 일어나지 않았다.

엄마와 아빠는 둘 다 노아를 잡으러 나갔을까?

아니다. 노아는 도둑이 아니다. 그는 루나와 자신을 손수레에 태워 밀고 다녔다. 도둑은 그런 행동을 하지 않는다.

헤닝은 자동차가 없어진 게 다행이라고 생각한다. 그건 엄마와 아빠가 자동차에 타고 있다는 뜻이니까. 자동차가 어디에 있는지는 몰라도, 잘된 일이다. 갑자기 뭔가가 생각난다.

"루나." 헤닝이 말한다. "엄마 아빠는 길을 잃은 거야!" 헤닝은 저절로 웃음이 나온다. "엄마는 언제나 길을 못 찾겠다고 그랬어. 안 그래? 방향 감각이 없다고 그랬어."

"바양강가?"

"엄마는 자기가 새라면 아마 둥지도 못 찾을 거라고 했어." 헤닝은 또 웃는다. 그는 엄마가 엄마 얘기를 하는 걸 좋아한다. "크루아상을 사러 갈 때 아빠가 엄마한테 운전을 시킨 게 틀림없어. 그러다 길을 잃은 거야. 지금 집을 못 찾고 있는 거야. 하지만 언젠가는 아빠가 운전을 할 거야. 아빠는 집에 오는 길을 알아."

"아빠가?"

"나중에." 헤닝이 대답한다. "엄마 아빠는 조금 늦게 올 거야. 우리는 그냥 기다리면 돼."

"루나는 기다려." 루나가 말한다. 말하는 모습이 너무나 의젓해 헤닝은 동생 몸이 그렇게 지저분하지만 않다면 한 번 더 안아주고 싶다. 헤닝은 욕실로 가서 가장 큰 수건을 찾아내 가져온다. 아이들 방에 돌아와서 그는 루나를 조금 옆으로 밀고 바닥에 수건을 펼쳐서 더러운 물휴지와 갈색 점과 자국을 비롯해 모든 것을 덮은 뒤 가능한 한 반반하게 편다. 아무 문제도 없어 보인다. 냄새도 알고 보면 그리 지독하지 않다. 엄마와 아빠가 돌아오더라도 금방 알아채지는 못할 거다. 그러면 그간 벌어진 일을 설명하면 된다. 헤닝은 더 많은 물휴지로 동생의 다리를 문지르고, 제 손가락을 깨끗이 닦고, 동생의 머리 위로 옷을 통과시켜 상의를 입힌다. 이제 루나는 다시 멀쩡해 보인다. 헤닝은 더러운 물휴지들을 욕실 수건 밑에 밀어 넣는다. 물휴지는 변기에 버리면 안 된다. 아주 중요한 일이라고, 안 그러면 변기가 막힌다고 엄마는 늘 말했다. 그러나 사실은 지하 물탱크에 사는 괴물이 물휴지를 좋아하지 않는 거라고, 그런 걸 아래로 던지면 괴물이 화를 내는 거라고 헤닝은 생각한다.

"모―옹." 루나가 말한다.

물. 이걸 헤닝은 까맣게 잊고 있었다. 동생과 함께 다시 부엌으로 간다. 헤닝은 루나의 옷이 자랑스럽다. 자신과 루나 둘 다옷을 입은 게 뿌듯하다. 바닥의 웅덩이는 생각보다 많이 줄어들었다. 저절로 마르는 게 보인다. 다시 안심이 된다. 이젠 아이들 방의 똥 참사도 전혀 일어나지 않았었다는 착각마저 든다. 엄마와 아빠는 돌아올 거다.

물병이 비었다. 슈퍼마켓에서 사다 놓은 식수통은 너무 무겁다. 전에 아빠는 헤닝에게 재미로 식수통을 들어보게 했다. 그래서 들 수 없다는 걸 안다.

"모-옹." 루나가 개수대의 수도꼭지를 가리키며 말한다. 헤닝은 수도꼭지를 틀 줄 안다. 의자에 올라가 혼자 비누로 손을 씻을 줄 안다. 찻잔을 수도꼭지 밑에 대고 물을 받을 줄 안다. 하지만 저건 아니다. 수돗물은 마시면 안 된다. 이것도 엄마가 여러 번 말했다. 특히 루나가 욕조에 앉아 차 마시기 놀이를 할 때 그랬다. 그때 루나는 목욕하는 내내 혼잣말을 하며 욕조 물을 작은 플라스틱 컵으로 떠서 마셨다. 엄마는 그걸 절대로 하지 못하게 했다.

"여기선 안 돼." 엄마가 말했다. "이 물은 집에 있는 물하곤 달라. 이걸 마시면 병나."

헤닝은 당연히 그 이유를 안다. 지하에서 괴물이 물속에 들어앉아 오줌을 누기 때문이다. 괴물 오줌에는 독이 있다. 그걸 먹으면 죽을 수 있다.

하지만 아무것도 안 마셔도 죽는다. 헤닝이 병이 났을 때 목이 너무 아파 아무것도 마시지 않으려 할 때마다 엄마가 하는 말이다.

"아무것도 안 먹겠다면, 좋아. 하지만 물은 마셔야 돼. 많이 마셔야 돼. 아무것도 안 마시면 죽어."

148

헤닝은 루나를 바라본다. 루나가 또 울면서 수도꼭지를 가리키고 제 목을 움켜쥔다. 헤닝도 목구멍이 아프다. 그는 마실 물이 없어서 루나가 곧 죽는 상상을 한다. 길가에 죽어 있는 고양이들처럼 바닥에 쓰러져 한 덩어리의 물질로 변하는 상상을 한다. 상상을 하면서도 헤닝은 아무 느낌이 없다. 그렇게 되면 루나는 더는 징징거리거나 울부짖지 않을 거란 생각이 든다. 하지만 엄마와 아빠가 타일 바닥에 쓰러져 죽은 루나를 본다면 다시 차를 타고 떠날 거다. 아니면 아예 돌아오지도 않을 거다.

불현듯 헤닝에게 기발한 생각이 떠오른다. 그가 자주 기발한 생각을 한다고 아빠도 이따금 말했다.

"기다려!" 헤닝은 이렇게 외치고 먼 길을 걸어 부모님 침실로 들어간다. 거기엔 가끔 침대 옆 탁자 위에 헤닝이 절대로 만져서는 안 되는 엄마의 약봉지와 함께 물컵이 놓여 있다. 다행이다. 컵에 물이 절반 남아 있다. 헤닝은 두 손으로 컵을 들고 아주 조심스럽게 중심을 잡으며 한 방울이라도 흘리지 않으려고 천천히 걸어와 루나에게 건넨다. 루나는 오빠의 손에서 물컵을 잡아챈다.

"천천히, 천천히." 헤닝이 말해보지만 루나는 벌써 허겁지겁 꿀꺽거리고 마신다.

"나도 먹을래. 나눠 마시자." 헤닝이 말한다.

그러나 루나는 컵을 놓지 않고 계속 마신다. 헤닝이 빼앗으려는 순간 컵이 바닥을 구른다. 남은 물이 쏟아진다. 불공평하다는 생각이 헤닝의 가슴에 구멍을 낸다. 말할 수 없이 아프다. 그 구멍으로 악마가 고개를 내민다. 악마는 헤닝의 손을 쥐고 루나를 때리려 한다.

"그건 우리 물이었어! 나도 먹으려고 했단 말이야!"

두 손이 루나를 잡고 세차게 밀친다. 루나가 뒤로 비틀거리다 바닥에 넘어진다. 쓰러진 루나가 울음을 터뜨리자마자 구멍이 닫힌다. 악마는 사라졌다. 헤닝은 루나 옆에 꿇어앉아 등을 쓰다듬어준다.

"괜찮아. 난 하나도 목마르지 않아."

어차피 진정시키지 못한다는 걸 알기에 헤닝은 루나를 그대로 내버려 둔다. 엄마도 루나가 울 때는 그냥 기다려야 한다고 말한다. 게다가 방금 헤닝에게 기발한 생각이 또 떠올랐다. 냉장고다! 지금까지 냉장고 생각을 전혀 하지 못했다. 냉장고는 접근 금지라고 아빠는 말했다. 필요한 게 있으면 엄마 아빠에게 물어보라고 했다. 하지만 이번에도 예외다. 헤닝은 엄마가 아빠에게 설명할 내용을 상상한다. 마실 것이 필요해서 그랬다고. 루나가 컵에 든 물을 다 마셔버려서 헤닝도 물을 마셔야 했기에 그랬던 거라고. 아빠는 다 알아듣고 고개를 끄덕이며 말한다. "알았어."

헤닝은 두 손으로 손잡이를 쥐고 당긴다. 온몸을 뒤로 젖히자 냉장고 문이 쩝 하는 소리와 함께 열린다. 개봉한 오렌지주스 한 통이 있다. 일요일 아침에 아이들이 주스를 마실 때는 항상 컵에 따라 마신다. 주스는 비싸다. 헤닝은 마개를 연 뒤 두 손으로 통을 쥐고 입에 대고 마신다. 컵도 없고, 거리낌도 없다. 주스를 마시니 행복하다. 주스가 햇빛처럼 목구멍을 넘어간다. 헤닝은 계속 마신다. 루나가 다가오자 그는 다투지도 않고 통을 내민다. 루나는 남은 주스를 마신다.

"맛있다." 루나가 말한다. 두 아이는 웃는다.

헤닝과 루나는 함께 냉장고 앞에 쪼그리고 앉는다. 검은 올리브가 든 깡통의 뚜껑이 열려 있다. 헤닝은 올리브를 무척 좋아하지만 루나는 싫어한다. 천도복숭아가 몇 개 있다. 냉장고에 보관하지 않으면 금방 상하는 과일이다. 햄과 치즈와 토마토도 있다. 채소는 더 많고 초콜릿도 한 개 있다.

루나가 냉큼 초콜릿을 집는다. 헤닝은 동생을 막지 못한다. 루나는 갈색 침이 턱으로 흘러내리도록 초콜릿을 계속 입에 밀어넣는다. 헤닝은 한 조각만 떼어 먹고 햄을 집는다. 접시에도 담지 않고 빵도 없이 전부 꾸역꾸역 입에 집어넣는다. 선물을 받고, 밤늦게까지 자지 않아도 되고, 평소와 다른 규칙이 통하는 축제일이나 생일이나 크리스마스라도 된 것 같다. 두 아이는 먹으면서 웃는다. 배가 불러 더는 음식이 들어가지 않자, 헤닝은 루나의 손을 잡고 냉장고 문을 닫은 뒤 홀로 간다. 그리고 소파에 올라가 화려한 덮개가 바닥으로 흘러내리고 완전히 숨이 찰 때까지 깡충깡충 뛴다. 이번엔 부모님 침실로 달려가 더블베드에서 뛴다. 루나가 옷장을 열고 자신이 좋아하는 엄마 구두를 꺼낸다. 반짝이 구슬이 달린 하얀 구두와 굽이 높은 빨간 구두다. 루나가 작은 발을 구두에 밀어 넣고 어설프게 걷는 동안 헤닝은 아빠 팬티를 하나씩 차례로 공중에 던진다. "이거 봐, 새야." 헤닝이 큰 소리로 외친다. 그러는 사이 나지막한 목소리가, 이건 하면 안 되는 짓이며 이런 행동은 헤닝답지 않다고 속삭인다. 헤닝은 목소리에 귀 기울이는 대신 돌돌 말려 있는 양말을 대포알 삼아 '슈우우욱, 슈우우욱' 소리를 내며 발사 놀이를 한다. 양말 두 짝이 천장 조명에 맞아 조명이 심하게 흔들거리기 시작하자, 루나는 자지러지도록 웃고 헤닝의 입에서는 '아이쿠' 소리가 나온다. 헤닝은 아빠 구두를 힘껏 잡아 꺼내 침대 위로 던지고, 아빠의 러닝셔츠를 머리에 뒤집어쓰고, 청바지 바짓가랑이가 뱀처럼 그의 목을 조르는 흉내를 낸다. 루나가 웃는다. 두 아이는 옷걸이에서 엄마 옷을 꺼낸다. 바닥에 꽃과 동그라미와 화려한 줄무늬의 바다가 펼쳐진다. 엄마 속옷과 브래지어도 사방으로 던진다. 이렇게 행동하는 게 가슴이 아픈데도 헤닝은 루나와 함께 하는 장난을 멈추지 않는다.

이윽고 장난이 끝났다. 웃음도 사라져 더는 나오지 않는다. 헤닝은 한두 번 더 웃어보려 하지만 억지로 웃는 가짜 웃음처럼 들린다. 갑작스런 정적이 무슨 선고가 내려진 것 같다. 엄마가 야단치는 대신 침묵하고, 침묵이 더 두려워질 때와 똑같다. 두 아이는 침대에 누워 있다. 헤닝은 동생과 함께 저지른 일을 보지 않으려고 눈을 감고 있다. 머릿속에서 생각이 정리가 안 된다. 모든 게 그림으로 변해 뒤죽박죽이다. 노아의 등과 아빠의 콧수염이 보인다. 정원과 후투티와 달팽이 박물관의 전시품이 보인다. 눈을 감고 있는데도 난장판이 된 방, 루나의 똥, 먹다 남은 음식이 냉장고 앞에 흩어져 있는 모습이 보인다. 엄마의 다정한 얼굴, 예쁘고 긴 머리, 몸을 굽혀 헤닝을 내려다볼 때 웃던 모습이 보인다. 이제 헤닝은 엄마가 돌아오지 않으리라는 걸 안다. 영원히.

헤닝은 우주와 이야기를 나눈다. 부모님만 다시 데려다준다면 뭐든지 다 하겠다고 우주에게 약속한다. 언제나 말 잘 듣고 다시는 루나를 짜증 나게 하지 않을 거다. 자신의 방을 청소하고, 자동차에 올라탈 때 꾸물거리지 않고, 식사한 후 아이스크림을 먹고 하나 더 먹겠다고 하지 않을 거다. 헤닝은 엄마와 아빠가 정원을 걸어 들어오며 자신들을 부르는 상상을 한다. "미안해, 얘들아. 너무 오래 있다 와서." 그리고 이렇게 말한다. "동생을 아주 잘 보고 있었구나! 이제 아주 다 컸네!" 아빠가 루나를 공중으로 던지고 루나는 행복의 환호성을 지른다.

헤닝은 일어나 다시 기다리기로 한다. 기다리지 않으면 엄마와 아빠는 돌아오지 않는다. 가까스로 몸을 일으키고 보니 루나는 잠들었다. 잠시 극심한 공포에 빠진다. 루나가 죽은 듯이 누워 있고 헤닝은 혼자 깨어 있다. 그는 루나 없이는 자신이 살 수 없다는 걸 느낀다. 루나 없이는 모든 게 끝이다. 꼼짝도 않고 누워 있는 루나를 보니 헤닝은 이제 무엇을 해야 할지 모르겠다.

막 루나를 깨우려는데, 생각나는 단어가 있다. 낮잠! 그래, 낮잠이다. 헤닝과 루나는 매일 낮잠을 잔다. 아이들이 싫다고 해도 엄마는 꼭 자야 한다고 말한다. 대부분 루나는 빨리 잠이 들지만 헤닝은 그렇지 않다. 제대로 낮잠을 자본 지가 꽤 오래되었다. 헤닝은 책 몇 권을 가지고 다시 방으로 돌아와 침대에 눕는다. 엄마가 와서 고통스런 무료함에서 구해줄 때까지 책 속의 그림들을 들여다본다.

루나가 낮잠을 자서 다행이다. 엄마는 헤닝이 낮잠을 생각해내고 재빨리 루나를 침대로 데려간 걸 보고 감격할 거다! 잔소리는 없겠지. 헤닝은 잠자는 루나를 지켜본다. 그러다 옆에 누워 루나에게 바짝 다가간 뒤 코를 루나의 머리카락에 묻는다. 냄새가 헤닝의 머리를 꽉 채운다. 루나에게서 한 조각 케이크와 같은 달콤한 냄새가 난다. 헤닝은 동생의 작고 단단한 몸에서 나오는 온기가 느껴질 때까지 조금 더 가까이 다가가 엄마가 자주 했던 것처럼 똑같이 속삭인다. "귀여운 강아지!" 그러자 갑자기 모든 게 정상으로 돌아온다. 헤닝과 루나는 안전하고 따스함과 향기가 발산되는 구(球) 안에 누워 있다. 멀리서 부모님의 목소리가 들려오는 것 같다. 부모님이 홀의 두꺼운 벽 너머에서 이야기를 나누고 있다. 헤닝은 잠이 든다.

누가 몸을 건드리거나 손뼉이라도 친 듯 헤닝은 단번에 잠에서 깬다. 깨고 보니 여기가 어딘지 모르겠다. 방과 벽 색깔과 비쳐드는 햇빛이 낯설다. 처음엔 자고 있는 루나는 보이지 않고 뭔가 폭발한 듯 난장판이 된 방이 눈에 들어온다. 헤닝이 아는 것은 단 하나, 모르는 곳에 자신이 혼자 있다는 거다. 뭔가 끔찍한 일이 벌어진 거다.

혜닝은 침대에서 벌떡 일어나 문으로 나가려 한다. 그때 엄마 아빠의 물건들이 바닥에 흩어져 있는 걸 발견한다. 공포감이 밀려온다. 다음 순간 옷을 입은 채 침대에서 잠자고 있는 루나가 보인다. 혜닝의 공포가 안도로 바뀐다. 낮잠이지! 엄마와 아빠는 아까 나갔지만, 루나가 낮잠 자는 동안 돌아온 거다. 혜닝도 낮잠을 잤다. 이런 일은 오랜만이다. 이건 꼭 엄마에게 이야기해야 한다. 그러면 엄마는 놀랄 거다. 엄마는 아이들이 낮잠을 자고 음식을 먹으면 좋아한다. 비록 평소와는 조금 다르지만, 혜닝은 루나와 함께 음식을 먹었던 일도 떠오른다.

복도를 반쯤 뛰어갔을 때 혜닝은 루나를 혼자 두면 안 되겠다고 생각한다. 혼자 잠에서 깨면 루나는 공포에 빠진다. 혜닝은 루나를 깨우러 간다. 두 손으로 어깨를 잡고 흔드는 동안 그는 루나 밑의 침대보가 축축한 걸 발견한다. 루나가 잠을 자면서, 그것도 엄마 침대에 오줌을 쌌다. 혜닝은 루나가 낮잠을 잘 때 기저귀를 채워주지 않았다. 굵은 덩어리가 혜닝의 목을 콱 틀어막는다. 그는 덩어리를 억지로 삼킨 뒤 잠에 취한 루나를 침대에서 끌어 내리고 오줌 싼 자리에 베개를 올려놓는다. 그리고 루나와 함께 달려 나간다.

아이들은 집 안을 샅샅이 뒤진다. 다음엔 정원을 뒤진다. 마지막에 가서야 자동차 생각이 난다. 그것부터 찾아보았어야 했다. 차는 없다. 엄마와 아빠는 아직 오지 않았다.

155

시간이 멈춰 있다. 하루가 열기에 녹는다. 헤닝 주변으로 시간이 평면처럼 퍼져나간다. 그 위에선 어느 방향으로든 갈 수 있지만 어디에도 도달하지 않을 것 같다. 루나는 한쪽 팔을 베고 테라스 바닥에 누워 있다. 다른 손으로는 검은 돌 두 개를 가지고 논다. 타일 무늬 위에 돌을 놓고 이리저리 민다. 이상한 느낌이 든다. 헤닝은 동생의 이런 모습을 본 적이 없다. 다가가 쿡 찌르자 루나는 언짢아하는 소리를 낸다. 정원에서는 어느 것 하나 움직이는 게 없다. 새도 짹짹거리지 않고, 산들바람도 불지 않고, 야자수마저 살랑대지 않는다. 헤닝은 이따금 앞마당으로 나가 골짜기를 내려다본다. 저 밑에서 차들이 구불구불한 길을 달린다. 그러나 헤닝과 루나가 있는 곳으로 올라오는 차는 없다.

마실 것이 있나 보러 부엌에 가는 길에 헤닝은 살롱에서 웅덩이 여러 개와 루나가 남긴 배설물을 발견한다. 헤닝은 머릿속이 하얘진 채 한동안 그걸 바라본다. 이윽고 몸을 움직여 욕실에서 물휴지 한 통을 가져온다. 똥마다 물휴지로 덮어놓으니 보기가 한결 낫다. 살롱 사방에 하얀 새들이 날개를 펴고 내려앉은 것 같다.

주스는 다 떨어졌다. 헤닝은 냉장고에서 우유가 팩에 반쯤 남은 걸 발견하고 그걸 마신 뒤 나머지를 루나에게 갖다준다. 그러나 루나는 일어나지 않고 누운 채 고개만 흔든다. 헤닝은 우유 팩을 루나 옆에 놓고 기다린다. 그러다 목이 너무 말라 남은 우유도 어느새 마저 마셔버린다. 주스와 우유가 다 떨어진 지금,

156

아빠와 엄마는 정말 돌아오지 않으면 안 된다.

엄마 아빠가 온다. 정적의 양상이 달라진다. 정적이 흐릿해진다. 루나도 마침내 고개를 쳐든다. 부르릉 소리가 들린다. 소리가 점점 커지고 시끄러워진다. 비행기는 아니다. 자동차다.

"빵빠앙?" 루나가 묻는다.

"왔다!" 헤닝이 외친다.

"엄마아아!" 두 아이가 테라스를 지나 계단으로 달려가는 동안 루나가 소리친다. "엄마아아!" 엄마가 벌써 듣기라도 한 듯 루나가 소리 지른다. 어쩌면 정말 들었을 수도 있다. 앞마당에 나와 내려다보니 자동차가 보인다. 아직 한참 멀리 떨어져 있지만 천천히 모래자갈길을 올라온다. 보닛이 위아래로 오르락내리락한다. 가끔 자동차 바퀴가 자갈에 헛도는 소리가 들린다. 왠지 흥분되는 소리다. 차는 헤닝네 렌터카와 비슷하게 생겼지만 색깔이 다르다. 흰색이 아니고 파란색이다. 그래도 루나는 상관없는지 신이 나서 펄쩍펄쩍 뛰고 짧은 두 팔을 허공에 흔들며 "엄마, 엄마, 엄마." 하고 부른다. 그 순간 헤닝도 깨닫는다. 원래 차가 망가진 거다! 차가 고장 나서 엄마 아빠는 새 차를 구할 수밖에 없었고, 그래서 그렇게 오래 걸렸던 거다! 이제 헤닝도 펄쩍펄쩍 뛰고 손을 흔들며 외친다. "여기, 여기!" 지금처럼 행복했던 적이 없다. 헤닝은 잠시 난장판이 된 집이 떠오르지만 이내 그 생각은 털어버린다.

자동차 앞 유리창이 번쩍인다. 햇빛이 직접 유리창에 내리꽂힌다. 차가 앞마당으로 들어오면서 헤닝과 루나는 옆으로 비켜선다. 이제 유리창으로 안이 들여다보인다. 그러나 헤닝은 자신이 본 것을 이해할 수 없다. 자동차에 네 사람이 앉아 있다. 뒤에는 아이 두 명이 앉아 역시 손을 흔들며 웃는다. 앞에는 운전석에 남자가, 조수석에 여자가 앉아 있다. 모두 머리색이 검다. 남자가 운전석 문의 열린 창문으로 고개를 내밀고 뭐라고 말한다. 질문을 하는 것 같다. 헤닝과 루나는 한 발 물러난다. 남자가 다시 묻는다. 친절해 보이는 얼굴로 웃으면서 또 뭐라고 말하다가 고개를 절레절레 흔든 뒤, 무릎에 지도를 펴놓고 있는 아내와 이야기를 나눈다. 헤닝과 루나는 한마디도 알아듣지 못하고 남자를 빤히 쳐다본다. 남자가 또 뭐라고 말을 하더니, 웃으며 집을 가리키면서 엄지손가락을 치켜든다. '집이 멋져요!'라고 말하는가 보다. 그러곤 운전대를 돌려 후진한다. 차를 돌리려는 거다. 헤닝은 루나 손을 잡고 길에서 비켜서게 한다. 뒷자리에 앉은 아이들이 헤닝과 루나에게 손을 흔든다. 자동차가 다시 산을 내려간다. 헤닝과 루나는 차가 점점 작아지는 모습을 지켜본다. 마침내 자동차는 아래쪽에서 모래자갈길을 벗어난 후 장난감 마을의 장난감 같은 집들 사이로 사라진다. 사방이 무척 고요하다.

"엄마 아빠가 아니었어." 헤닝이 말한다. "하지만 곧 올 거야."

이렇게 말한 뒤 헤닝은 거짓말을 했다는 생각에 양심의 가책을 느낀다. 이젠 아무도 오지 않을 거라는 생각이 든다. 자신들에게 보낼 차가 섬에는 한 대밖에 없었는데 방금 엉뚱한 차를 보낸 것이다. 그렇게 된 거다.

엄마와 아빠가 죽었을지도 모른다는 생각이 든다. 헤닝은 죽음에 대해 아주 잘 안다. 공룡에 대해서도 많이 안다. 공룡이 어떻게 멸종했고 왜 멸종했는지 안다. 죽은 동물들도 많이 보았다. 며칠 전에는 정원에서 죽은 토끼의 해골을 발견했다. 눈구멍과 이빨과 네 다리가 모두 눈부시게 하얗고 햇빛을 받아 번쩍였다. 보물을 찾다 아주 귀한 것을 발견한 사람처럼 헤닝은 감격의 도가니에 빠졌다. 그는 토끼 뼈를 조심스럽게 손에 들고 아빠에게 가져갔다. 아빠는 두개골, 갈비뼈, 척추 등 각각의 이름이 무엇인지 설명해주었다.

헤닝은 전문가라서 잘 안다. 죽음은 공룡이나, 차에 치여 납작해진 길가의 도마뱀이나, 날다가 유리창에 부딪혀 비쩍 마른 두 다리를 하늘로 뻗치고 누운 새들에게나 찾아오는 것이지 부모님에게는 어울리지 않는다는 것을. 죽은 부모님이란 존재하지 않는다. 부모님은 자식들을 돌봐야 하니 죽을 수가 없다. 어쩌면 엄마와 아빠는 갑자기 독일로 돌아가야만 할 일이 생겼을 수도 있다. 아니면 루나가 자주 짜증 나게 하고 헤닝이 해야 할 일을 제대로 하지 않아서 다른 아이들을 찾아다니는지도 모른다. 어쨌든 죽은 건 분명히 아니다.

루나가 운다. 펄쩍펄쩍 뛰지 않고 낮은 소리로 운다. 아주 얌전히 헤닝에게 다가와 손을 잡고 운다. 헤닝은 앞으로 자신들이 어떻게 되는 건지 알 길이 없다. 알지 못한다는 건 여태 그가 맞닥뜨렸던 것들 중에서 가장 큰 문제다. 산과 해와 하늘보다도 큰 문제다. 암흑의 무(無)다. 우주 그 자체만큼이나 크다.

하루가 고집스럽게 넓게 퍼져나간다. 무엇을 하고 놀 수도 없다. 아이들은 테라스에서 서성거린다. 헤닝의 눈에 빛의 색깔이 달라지기 시작하는 게 보인다. 한번은 부모님 침실로 달려가 아빠의 자명종에서 아직 시곗바늘이 움직이는지 확인한다. 빨간색 가느다란 바늘이 여전히 돌아가는 걸 보고 헤닝은 안심한다.

루나가 다시 "엄마, 엄마." 하며 흐느끼기 시작한다. 헤닝은 이제 그만하라고 소리를 지른다. 부엌에서 그는 의자를 식품 저장실로 밀어다 놓고 올라가 선반에 손을 뻗는다. 거기에 오렌지주스가 몇 통 더 있다. 주스를 아래로 내렸으나 마개를 열 수가 없다. 온 힘을 다해 열어보려 하니 손가락이 아프다. 헤닝은 화가 나서 고함을 친다. 결국 서랍에서 가위를 꺼내 온다. 가위도 금지 물건이지만 이제 헤닝은 그런 것엔 신경도 쓰지 않는다. 동물이라도 도살하듯 그는 가위로 오렌지주스 통을 찔러 구멍을 낸다. 마침내 길쭉한 틈새가 벌어지고 노란 액체가 흘러나온다. 헤닝은 틈새에 입술을 바짝 대고 주스를 빨아 먹는다. 그러나 입구가 너무 큰 데다 목말라하는 동생과도 싸우느라 주스가 콸콸 바닥으로 쏟아진다. 아이들은 짐승처럼 바닥에 쪼그리고 앉는다. 루나의 꺅 하는 날카로운 비명이 실내를 가득 채운다. 주스 통이 터지면서 아이들은 흘러나온 주스를 바닥에서 핥아 먹는다. 헤닝은 쏟아진 나머지 주스를 닦을 생각조차 하지 않는다. 집

꼴이 어차피 전쟁터 같으니 오렌지주스 따위는 중요하지 않다. 헤닝은 심지어 루나의 똥 웅덩이를 물휴지로 덮어두는 것도 그만두었다. 한번은 그곳을 밟았다가 미끄러지는 바람에 갈색 똥이 타이어가 미끄러진 자국처럼 바닥에 긴 줄을 남겼다. 헤닝은 양말을 벗고 화장실에 가서 발을 닦았다. 그래도 아무렇지 않았다. 악취가 나는 줄도 몰랐다.

가장 끔찍한 건 헤닝이 언제 잠을 자러 가야 하는지 모른다는 거다. 다시 아빠의 자명종을 들여다본다. 헤닝은 숫자를 안다. 어느 바늘이 어디를 가리켜야 된다는 것도 알고, 부모님이 자신과 루나를 보통 여덟 시에 잠자러 보낸다는 것도 안다. 하지만 자명종 바늘은 그 위치에 있지 않다. 바늘 하나가 숫자 9를 가리키고 다른 하나는 4를 가리킨다. 빨간색 바늘은 무심하게 뱅뱅 돌아간다. 여름에는 잠자러 들어갈 때도 아직 환하다. 그래서 태양도 도움이 되지 못한다. 여기 테라스에 있다가 갑자기 밤이 들이닥치는 상상을 하면 오싹 전율이 인다. 밤에 괴물이 물탱크에서 나와 밖을 돌아다닐 수도 있다. 엄마와 아빠는 아이들이 반드시 제시간에 침대에 누워 자야 한다고 말한다. 지금은 헤닝이 책임지고 부모님 말대로 해야 한다. 그런데 그 시간이 지금일까, 아니면 조금 후일까? 헤닝은 졸리지 않다. 루나도 여태 하품 한 번 하지 않았다. 루나는 바닥에 앉아 돌멩이를 가지고 놀면서 아무 불만이 없는 표정이다. 헤닝은 루나를 바라보면서 루나에 대한 자신의 느낌이 무엇인지 아리송하다. 헤닝은 루나가 옆에 있어서 좋다. 그와 동시에 루나가 밉다. 너무 많이 울고, 아는 게 거의 없고, 언제라도 동생에게 무슨 일이 생길 것만 같아서다.

불안감이 더는 견딜 수 없어지면서 헤닝은 두 번 손뼉을 치고 크게 외친다. "자, 이제 침대로 가!"

헤닝이 "침대로 가!"라고 말하기만을 기다렸다는 듯이 루나는 뜻밖에도 벌떡 일어나 앞장서서 욕실로 간다. 헤닝은 보조 의자에 올라가 컵에 든 칫솔을 꺼내고 치약 마개를 돌려 치약을 짠다. 너무 많이 짰지만 상관없다. 헤닝은 남은 치약을 세면대에 문지른다. 루나는 순순히 이를 닦기 시작한다. 엄마가 옆에 있을 때는 늘 실랑이가 벌어졌다. 헤닝은 최선을 다해 루나를 칭찬한다. "잘했어, 루나. 아주 훌륭해. 아주 착해." 다시 칫솔을 받아든 헤닝은 이제 루나를 씻길 생각까지 한다. 루나는 오빠가 옷을 벗길 수 있게 두 팔을 머리 위로 쳐든다. 루나가 알몸으로 앞에 서자 더러워진 동생의 모습이 보인다. 큰 수건으로 동생의 몸을 덮어주려다가 헤닝은 이야기를 계속한다. "이것 좀 봐. 이러면 안 돼. 조금이라도 깨끗이 씻어야 해." 루나는 기분이 좋은 날 엄마가 기저귀를 채워줄 때처럼 바닥에 누워 헤닝이 물휴지로 발을 닦게 내버려 둔다. 오물은 대부분 다 말라붙었지만 헤닝은 포기하지 않고 루나의 피부가 새빨개지도록 문지르고 박박 닦는다. 그런 다음 잠옷을 찾아낸 뒤 루나가 옷을 입도록 도와준다. "잘했어. 한 번 더 만세 불러. 자, 이제 머리." 모든 게 착착 진행되는 동안 헤닝의 마음속에 커다란 안도감이 퍼져나간다. 전에는 침대로 가는 게 미치도록 두려웠지만 이제는 아무 문제 없다. 얼마 후 루나는 오빠와 함께 쓰는 침대에서 이불을 덮고 누워 있다. 평소 잠잘 때와 다름없는 모습이다. 루나가 여느 때처럼 묻는다. "책 읽어주기?" 헤닝은 책을 찾으러 다시 집 안을 돌아다닌다. 해는 어제와 그제 잠자리에 들었을 때처럼 아직도 떠 있다. 창밖의 햇빛 색깔이 그때와 똑같다. 헤닝은 홀에 있는 소파 옆에서 「조랑말과 곰과 사과나무」라는 책을 발견한다. 자신과 동생이 좋아하는 책이다. 엄마가 자주 읽어준 덕에 헤닝은 문장을 하나하나 다 외운다. 침대로 가서 루나 옆에 앉자 루나가 그의 품으로 파고든다. 헤닝은 그림들을 가리키고 내용을 이야기하며 책 읽는 시늉을 한다. "이건 나무예요. 나무 한 그루와 나무 한 그루와 또 나무 한 그루가 모이면 숲이 돼요." 루나는 자기가 아는 단어가 나오자 좋아한다. "숲에는 풀밭이 있고, 풀밭에는 집 한 채가 있어요. 집 뒤에는 사과나무가 있어요." 루나가 그림을 가리키며 말한다. "나무." "집." "사과." 헤닝이 계속 말한다. "옛날에 그곳에 조랑말이 살았어요." 그는 책을 모조리 읽는다. 루나가 이미 잠들었을 때도 한 번 더 읽는다. 그러곤 혼잣말을 한다. "이제 됐어. 이젠 자야지." 헤닝은 책을 바닥에 내려놓고 얇은 이불 속으로 들어간 뒤 루나에게 바짝 다가가 코를 루나의 머리카락에 묻는다.

하지만 그 뒤 일이 벌어진다. 집의 모양이 달라지기 시작한다. 복도가 길어지고 담장이 두꺼워진다. 방들이 서로 위치를 바꾼다. 지붕이 아이들을 눌러 죽이려는 듯 아래로 내려오다 다시 하늘 높이 올라간다. 벽이 삐걱거리며 신음 소리를 내고, 전등은 커다란 새의 부리로 바뀌더니 헤닝을 쪼아댄다. 이제 헤닝은 침대로 가는 게 두려웠던 게 아니라 침대에 누워 있는 게 무서웠다는 걸 안다. 헤닝과 루나는 밤에 한 번도 단둘이 있었던 적이 없다. 늘 엄마와 아빠가 함께 있으면서 집이 제멋대로 장난치거나 괴물이 들어오지 못하게 감시했다. 괴물을 생각해서는 안 된다. 안 그러면 기분이 나빠진다. 루나와 함께 들여다보았던 집바로 밖 바닥에 있는 네모난 구멍이 어떻게 생겼는지 생각해서도 안 된다. 밑바닥이 검정색으로 번들거리고 완전한 어둠에 싸인 그 구멍. 헤닝은 벽에 붙은 그림 속의 여자가 왜 빨간 눈물을 흘리는지 알 것 같다. 무슨 일이 일어날지 여자는 처음부터 알고 있었던 거다.

방이 점점 어두워진다. 이 상황도 헤닝은 낯이 익다. 전에 잠이 오지 않을 때면 자주 어둠을 응시했다. 구석에서 그림자가 커진다. 모든 사물의 얼굴이 바뀐다. 눈을 너무 꼭 감고 있었더니 긴장 때문에 눈이 아프다. 헤닝은 괴물을 생각하지 않으려 안간힘을 쓴다. 다른 때 같았으면 지금쯤 엄마에게 달려가 "골이 흔들려."라고 말했을 거다. 그러면 엄마가 품에 안아주는 동안 찔끔 울면서 엄마 냄새를 맡고 엄마 머리카락으로 장난을 쳤을 거다. 엄마는 밤에 방해받고 싶지 않았던 터라 짜증이 나지만 그래도 "쉿, 쉿." 하며 헤닝을 안심시켰을 거다.

하지만 엄마는 없다. 그러니 골이 제멋대로 실컷 흔들릴지도 모른다. 골이 그렇게 흔들리면 혹시 머리까지 박살 날까? 헤닝은 무엇보다 루나를 바라보면 안 된다. 루나는 옆에 누워 입을 벌리고 낮게 코까지 골며 잔다. 오래도록 보고 있으면 루나의 귀엽고 평화로운 얼굴은 주둥이를 벌리고 뾰족한 이빨을 드러낸 무시무시한 모습으로 변한다. 헤닝은 재빨리 눈을 감는다. 심장이 북처럼 울린다. 벽에 있는 여자는 아까부터 위를 쳐다보지 않고 헤닝을 똑바로 노려본다. 헤닝의 마음속을 꿰뚫어본다.

헤닝은 자신이 타일 사이의 금을 밟은 탓에 엄마와 아빠가 없어진 거라고 생각한다. 가끔 그는 테라스에서 '금 밟지 않기 놀이'를 하며 혼자 중얼거렸다. "저쪽으로 건너갈 때 금을 밟으면 무서운 일이 일어날 거야." 그건 그저 장난이었다. 놀이였다. 그때는 그렇게 생각했다. 그 후 헤닝은 아무 생각 없이 테라스를 뛰어다녔고 금도 수없이 많이 밟았다!

울고 싶지만 눈물도 무서움을 느끼는지 눈 바깥으로 나오려 하지 않는다.

잠에서 깨어나자마자 헤닝은 자신이 어디에 있고 무슨 일이 일어났는지 안다. 모든 상황을 세세히 다 알고 있다. 오늘은 집을 돌아다니며 엄마와 아빠를 찾지 않을 거다. 부모님은 사라졌다. 다시는 돌아오지 않는다. 거기엔 헤닝도 웬만큼 책임이 있다. 주먹을 쥔 손에 두 개의 돌이 있는 걸 발견한다. 풍뎅이와 노래기다. 잠들기 전에 침대로 가져와 밤새도록 손에서 놓지 않았던 거다.

일어나면서 헤닝은 루나가 침대에 오줌을 싼 걸 발견한다. 잠옷 색깔이 어두워졌고, 루나 밑의 침대보에 커다란 얼룩이 생겼다. 무시무시한 분노가 헤닝을 덮친다. 언젠가 다른 침대들까지 모두 오줌으로 젖으면 그땐 어디에서 자야 할까? 헤닝은 침대보를 새로 갈 줄 모른다. 아직 그런 건 하지 못한다! 언젠가 루나가 침대에 똥까지 싸면, 그때는? 그땐 무슨 일이 일어날까?

헤닝이 루나의 팔을 세차게 흔드는 바람에 루나가 비명을 지르며 깬다.

"너 오줌 쌌어! 나빠, 너 나빠!" 헤닝이 소리 지른다.

루나는 무슨 영문인지 몰라 헤닝을 바라본다. 커다란 눈이 잠에 취해 몽롱하다. 헤닝은 동생의 어깨를 잡고 몸을 돌려 얼룩을 보게 한다.

"여기! 오줌! 나빠!"

"오주움? 루나 오주움?"

루나는 얼굴이 일그러지고 슬프게 울기 시작한다. 헤닝의 분노가 커진다.

"울어도 소용없어! 운다고 오줌이 없어지진 않아!" 헤닝이 고래고래 소리 지른다.

헤닝은 오줌 자국을 수건으로 덮을 생각이다. 루나가 자국을 절반쯤 가리고 앉아 있어서 헤닝은 동생을 침대 밑으로 내리려고 팔을 잡아당긴다. 루나는 저항하지 않고 주저앉아 운다. 헤닝은 두 손으로 루나를 침대 모서리 쪽으로 계속 민다.

"나빠! 오줌 나빠!"

마지막으로 미는 순간 루나가 침대에서 떨어진다. 바닥에 부딪힐 때 난 소리가 끔찍하다. 묵직하게 털썩 하는 소리가 들리고 곧바로 둔탁하게 부딪히는 소리가 났다. 그게 헤닝의 신경을 자극한다. 부딪힌 곳은 머리였다. 소리보다 더 힘든 건 이어지는 정적이다. 평소 아침과 똑같이 정원에서 새들이 아주 시끄럽게 지저귄다. 붉은등때까치가 담장 가장자리에 앉아 찌륵찌륵 운다. 부리엔 새끼들에게 주려고 가져온 도마뱀을 물고 있다. 후투티가 꾸국 꾸국 운다. 야자수에 둥지를 튼 참새들은 신이 나서 짹짹거린다. 하늘 높이 원을 그리며 나는 갈매기의 울음소리가 바람에 실려 온다. 엄마는 헤닝과 루나에게 새에 대해 설명해주면서 아이들이 관심을 보이면 좋아했다. 하지만 지금 헤닝에게 새에 관한 지식이 무슨 소용이 있을까? 털끝만큼도 없다. 아무 데에도 써먹을 수 없는 쓸모없는 것들이다. 무언가를 알면 상황은 나빠지기만 할 뿐이다.

침대에서 떨어지면 죽을 수 있다는 걸 헤닝은 안다. 특히 머리가 바닥에 부딪히면 더 위험하다. 엄마가 헤닝에게 수백 번이나 들려준 말이다. 특히 침대나 계단에서 루나를 밀치면 안 된다고 했다. 그렇게 되면 머리가 깨지고 속에 있는 것들이 모두 흘러나와 루나가 죽는다는 걸 안다.

루나가 울부짖기 시작한다. 정적이 폭발한다. 울부짖는 소리에 귀가 멍하다. 헤닝은 안도감이 아니라 더 큰 분노를 느낀다. 그는 욕실로 달려가 수건을 찾는다. 욕실 장에 있는 엄마 머리 빗, 두루마리 화장지, 비누 같은 물건들을 모두 꺼내 던진다. 수 건을 들고 다시 돌아가 침대 위의 자국을 가리고 크게 심호흡을 한다. 헤닝은 바닥에서 울부짖는 루나에게 눈길도 주지 않고 방 에서 나와 오줌을 누러 갔다가 부엌으로 간다. 배가 고프다. 끔 찍할 정도로 배가 고프다.

머잖아 루나가 퉁퉁 부은 얼굴로 뒤따라온다. 잦아드는 흐느 낌에 작은 몸이 아직도 들썩거린다. 헤닝은 차마 루나를 쳐다볼 수가 없다. 특히 이마에 생긴 혹을 바라보기가 힘들다. 루나가 앙증맞은 두 팔을 벌리고 헤닝에게 다가와 껴안으려 하지만 헤 닝은 동생을 물리친다.

"저리 가. 냄새나."

헤닝은 찬장에서 소시지가 든 유리병을 발견한다. 찬장 높은 곳에 있어서 헤닝과 루나의 손이 닿지 않는다. 헤닝은 의자를 식 품 저장실로 밀고 간 뒤 냄비를 뒤집어 의자에 올려놓고 올라간 다. 헤닝이 까치발을 하고 팔을 뻗자 의자와 냄비가 흔들거린다.

"옆으로 비켜!" 눈을 동그랗게 뜨고 주시하는 루나에게 헤닝 이 소리친다. 그의 손이 선반에 있는 유리병을 휙 치면서 병이 타 일 바닥으로 쿵 떨어져 옆으로 구른다. 깨지진 않았다.

"시발." 헤닝이 소리치자 루나가 웃는다. 헤닝도 잠시 웃고 싶 은 마음이 든다. 헤닝과 루나는 '시발'이라는 말을 쓰면 안 된다.

그 말을 들으면 아빠는 불같이 화를 낸다. 그래도 아이들은 가끔 침대 속에서 속삭이는 소리로 이 말을 하며 자지러지게 웃는다. 그러나 지금 헤닝은 유리병을 열어야 한다. 그러려면 무슨 수를 써야 한다. 헤닝은 자신이 건축가라고 상상한다. 건축가들은 늘 좋은 아이디어를 떠올린다. 헤닝은 식탁에 올라가 유리병을 머리 위로 번쩍 쳐들고 온 힘을 다해 바닥에 내동댕이친다. 병이 깨지고, 액즙이 벽까지 튀고, 깨진 유리 조각들이 바닥에서 쨍그랑거린다. 헤닝이 식탁에서 내려오기도 전에 루나는 벌써 첫 번째 소시지를 움켜쥐었다. 곧장 절반을 입에 밀어 넣고 꿀떡꿀떡 삼키고 간신히 씹어 먹는다. 헤닝이 양손에 소시지를 두 개씩 쥔다. 그걸 보고 루나가 손을 뻗어 두 번째 소시지를 잡고 세 번째까지 챙겨 부엌에서 나간다. 흡사 먹잇감을 안전한 곳으로 가지고 가는 동물 같다. 헤닝은 소시지를 꾸역꾸역 모조리 입에 넣는다. 바닥에 앉아 더는 먹을 수 없을 때까지 밀어 넣는다. 거의 네 개를 해치운다. 깨진 유리 파편에 액즙이 조금 담겨 있다. 헤닝은 그걸 조심스럽게 집어 입술에 대고 액체를 홀짝홀짝 마신다.

헤닝은 루나가 어디에 있는지 찾아보지만, 홀에는 없다. 타일 위에 소시지 *끄트머리*가 있다. 그러나 루나의 흔적은 없다. 헤닝은 부모님 침실로 가서 문을 빼꼼 연다. 난장판은 그대로이고 루나는 없다. 헤닝은 마침내 욕실 변기 앞에서 루나를 발견한다. 루나는 변기 뚜껑과 시트를 올리고 양손을 변기 속에 집어넣었다. 손가락을 구부리고 물을 푸려 하다가 손을 담그고 그걸 핥아먹는다.

"안 돼!" 헤닝이 소리친다. "변기 물 마시지 마!"

헤닝은 루나의 허리께를 잡고 끌어당긴다. 루나는 소리치지도 않고 대꾸도 하지 않지만 억세게 버둥거린다. 그래도 헤닝은 루나를 욕실에서 끌고 나와 바닥으로 밀어 주저앉힌다.

"저기에 독 있어! 엄마가 그랬어! 저 물 나빠!"

"물 나빠?"

"괴물 오줌이 들었어! 우린 식수통에 있는 물만 먹어야 해."

"괴물?"

"그래, 괴물 물이야. 변기 물 먹지 마. 나빠."

헤닝은 루나가 진정된 후에야 잡고 있던 몸을 놓아준다. 오늘 처음으로 루나의 얼굴을 제대로 쳐다본다. 눈은 충혈되었고, 입술에는 하얗게 마른 각질이 붙어 있다. 거기에 흉측한 혹까지 생겼다. 루나는 엄마가 한 손을 이마에 얹고 저녁엔 좌약을 넣어주던 날처럼 아파 보인다. 헤닝은 루나가 변기 물을 얼마나 마셨는지 모른다. 죽지 않기만을 절실히 바랄 뿐이다. 그는 동생에게 더 잘해주기로 마음먹는다.

당연히 헤닝도 목이 마르다. 엄청나게, 끔찍하게 목이 마르다. 피부에 가시가 돋친 작은 짐승이 목구멍에 들어앉은 느낌이다. 찬장에는 이제 주스가 없다. 우유도 없다. 식수통에 든 물은 마실 수가 없다. 통이 너무 무겁고 마개를 열 수가 없다. 가위가 두꺼운 플라스틱 통 옆구리에서 미끄러진다. 헤닝은 어디에서 물을 구해 먹어야 하는지 알 수가 없다. 정원에는 노아가 수풀에 물을 주는 호스가 있다. 하지만 호스를 틀 수 있을지 자신이 없고, 그 물을 먹어도 되는지도 알지 못한다.

"우리 강아지, 이리 와." 헤닝은 엄마가 루나에게 말할 때와 똑같은 어투로 말한다. "할 일이 있어."

헤닝은 자신이 루나를 데리고 무엇을 하려는지 안다. 그는 결정을 내렸다. 페메스로 가서 엄마와 아빠를 찾아보는 거다. 엄마와 아빠는 산으로 올라오는 모래자갈길을 다시 찾지 못해 마을에서 헤매고 있는지도 모른다. 헤닝을 차에 태워 유치원에 데려다줄 때면 엄마는 늘 헤닝이 알려주는 길을 따라 운전했다. 여기에서 왼쪽, 직진, 저 앞에서 오른쪽으로. 헤닝은 길을 헷갈리지 않는다.

그러면 엄마는 이렇게 말한다. "네가 없었으면 난 집에 오는 길을 찾지 못했을 거야." 엄마는 헤닝의 도움이 필요하다. 헤닝은 엄마를 찾아내 길을 알려줄 생각이다. 테라스로 가는 도중에 루나가 씩씩하게 헤닝의 손을 잡는다.

"신발 신어야 해." 헤닝이 말한다.

헤닝은 모든 상황을 다 생각해두었다. 모래자갈길은 맨발이나 양말만 신고 걸을 수 없다. 루나에게 딱딱한 단화를 신기려다 실패한 헤닝은 밑창이 단단한 실내화를 신기려 한다. 실내화에는 찍찍이가 있는데 그걸 떼고 붙이는 게 힘들 것 같다.

그러나 실제로는 아무 문제가 없다. 루나는 바닥에 앉아 헤닝에게 두 다리를 내민다. 헤닝은 신발을 신기고 찍찍이를 붙인다.

"엄마 찾으러 가자. 페메스로."

"페메에에스?"

"마을에. 엄마 데리러 가는 거야."

헤닝이 신발을 신는 동안 루나는 안달이 나서 발을 구르고 웃는다. 루나가 앞서서 가려 하자 헤닝이 엄한 목소리로 부른다. "손!" 루나는 가다 말고 헤닝에게 손을 내민다.

두 아이는 테라스를 지나 아주 천천히 계단을 내려간다. 자갈에 첫발을 내딛으려는 순간 루나가 멈춘다.

"왜 그래?"

"실래야."

헤닝은 무슨 뜻인지 몰라 계속 루나를 잡아끌지만 루나는 가지 않고 버틴다. 그러다 생각이 난다. 루나는 실내화를 신고 있다. 원래 실내화 바람으로 정원에 나가서는 안 된다.

"괜찮아. 오늘은 예외야." 헤닝이 말한다.

루나는 맨 아래 계단에 주저앉아 신발을 다시 벗으려 한다.

"안 돼!" 헤닝이 소리친다. "신고 있어. 신발 신어야 해. 가자! 엄마 찾으러!"

루나는 함께 가는 대신 헤닝의 손을 때리고 발로 찰 기세로 분노의 비명을 지른다.

"너 미쳤구나!" 헤닝이 되받아치자 이제 루나는 본격적으로 울부짖는다. 잘해주어도 소용없다. 그러나 이건 헤닝 탓이 아니다. 루나는 벌써 두 살인데도 아직 아기처럼 군다. 맨 아래 계단에 뾰로통한 얼굴로 앉아 있다. 헤닝은 루나의 팔을 잡고 거세게 흔든다.

"지금 내가 뭘 할 건지 알아? 만약 같이 안 가면 널 거미 있는 데로 데리고 갈 거야! 너를 벽으로 확 밀 거야. 그럼 거미들이 네 몸으로 이리저리 기어오른다고! 온몸에 기어오를 거야. 얼굴에도."

"고미 싫어. 고미 싫어!" 루나가 울부짖는다.

"그럼 와! 아니면 거미한테 가든가!"

드디어 루나가 일어나 움직인다. 앞마당을 지나가는 동안 헤닝은 자신과 루나가 아직 잠옷 차림이라는 걸 깨닫는다. 옷을 갈아입는 걸 잊었다. 창피함이 그의 목덜미에 내려앉았다가, 다른 사람을 쏘기로 결심한 곤충처럼 다시 날아간다.

모래자갈길에 이르자마자 길이 가팔라진다. 루나의 발이 미끄러진다. 헤닝은 루나의 팔을 두 손으로 잡고 넘어지지 않게 조심한다. 두 아이는 이 길을 언제나 자동차로만 다녔지 걸어서 가본 적이 없다. 그러나 헤닝은 내려갈 수 있을 거라는 걸 안다. 벌써 페메스 마을이 보인다. 망치 소리와 개 짖는 소리가 들린다. 차가 다니는 것도 보인다. 헤닝은 골짜기 다른 쪽에 있는 산들이 자신들을 건너다보는 모습이 마음에 들지 않는다. 산들의 침묵이 비웃음 같다.

하지만 그런 걸 생각할 때가 아니다. 지금은 걷는 데 집중해야 한다. 땅바닥이 모래자갈과 돌부스러기로 뒤덮여 있어서 비틀거리지 않고 디디기가 힘들다. 바닥에는 깊게 패인 구멍들이 꽤 있어서 그곳을 피해 가야 한다. 길 양편에서는 도마뱀이 잽싸게 달려 가시덤불 속으로 들어간다. 도마뱀을 보면 루나는 좋아서 소리를 지른다. 루나는 자꾸 엉덩방아를 찧는다. 헤닝도 그건 어떻게 할 수가 없다. 한번은 헤닝도 넘어졌다가 발목이 긁혀 상처가 났지만 다시 금방 일어섰다.

헤닝은 자신이 건축가이고 루나는 조수라고 상상한다. 둘은 커다란 집을 짓고 있는 공사장을 기어 올라간다. 아래에서는 건설 노동자들이 헤닝의 지시를 기다린다. 밑에서 노동자들이 망치질하는 소리가 들린다. 하지만 그가 빨리 아래로 내려가지 않으면 노동자들은 계속 일할 수 없다. 가는 길은 힘들고 고되지만, 건축가와 조수는 분명히 해낼 수 있다. 그 둘은 모래자갈길 따위는 아무렇지도 않은 대장부들이다.

태양이 이글거린다. 헤닝은 해를 가리는 모자를 쓰고 왔어야 한다는 걸 깨닫는다. 미처 그 생각을 하지 못했다. 그리고 너무 지쳐서 그것 때문에 짜증 낼 힘도 없다. 산길 전체를 통틀어 그늘도, 나무도, 야자수도, 담장도 없다. 낮은 가시덤불과 돌부스러기만 있을 뿐이다. 하늘에서는 해가 파란 하늘색을 모두 태워 버리려는 듯이 해 주변이 온통 하얗다. 헤닝은 언제나 해가 자신의 친구라고 믿어왔다. 지금은 그 믿음에 확신이 없다. 땀이 눈을 자극한다. 앞이 흐릿해서 눈을 계속 깜박인다. 루나는 비틀대며 걷는다. 걷는 것보다 넘어질 때가 더 많다. 그리고 아무 말도 하지 않고 아주 조용하다. 도마뱀을 보고도 환호성을 지르지 않는다. 자신이 어디에 있는지조차 잘 모르는 것 같다. 헤닝은 루나의 팔을 꽉 움켜쥐고 있어서 손이 아프다. 머리도 지끈거리고 발도 아프고 아까 긁힌 발목도 아프다.

첫 번째 커브 길에서 헤닝은 잠시 쉬기로 한다. 거리를 가늠해보려고 골짜기를 바라보다 깜짝 놀란다. 마을이 가까워지기는커녕 망원경을 거꾸로 들고 볼 때처럼 더 멀어졌다. 아래쪽 모래자갈길이 끝없이 구불구불 이어진다. 헤닝은 커브 길을 세려다 실패한다. 머리가 너무 아파 쳐다보기도 힘들다.

차에 탔을 때는 늘 빠르게 지나갔다. 차창 밖의 파노라마가 위아래로 솟았다 내려갔다. 아빠는 가끔 '파리 다카르 랠리●'를 하듯 운전대 쪽으로 고개를 푹 숙이고 엄마가 말해주는 "오른쪽 90도 커브.", "왼쪽 180도 커브." 같은 정보를 들으며 운전했다. 뒷좌석에서는 헤닝과 루나가 신나서 환호성을 질렀다. 하지만 지금 두 아이는 날개가 뜯긴 파리처럼 바닥에 딱 붙어 있다.

'우린 건축가가 아니야. 우린 그냥 쪼그만 애들이야.' 헤닝이 생각한다.

온몸이 떨리도록 우는데도 눈물이 나오지 않는다. 헤닝의 얼

───────────────

● 프랑스의 파리에서 출발하여 아프리카 서부 세네갈의 다카르에 이르는 자동차 경주.

175

굴이 바짝 말랐다. 그는 바닥에 앉아 양손으로 머리를 받친다. 몸이 더는 떨리지 않을 때까지 계속 그렇게 앉아 있다. 고개를 들고 마을을 내려다보니 자동차가 보인다. 하얀색 오펠이다. 장난감보다 작다. 차는 천천히 골목길 하나를 지나 교차로에서 브레이크를 밟고 깜박이를 켠다. 그 모습이 여기 위에서까지 보인다. 차는 방향을 바꾼 뒤 주택들 사이로 사라진다. 렌터카다. 저건 헤닝네 렌터카다! 모든 게 헤닝이 생각했던 그대로다. 엄마와 아빠는 저 아래에서 길을 잃고 헤매는 거다.

"루나! 저 아래에 있어! 내가 봤어!"

아플 텐데도 루나는 거친 모래자갈 위에 그냥 엎드려 있다. 아무 반응이 없다. 헤닝이 요란하게 어깨를 흔들자 그때서야 고개를 든다.

"엄마 아빠를 봤어! 우리 더 내려가자."

루나는 다시 고개를 떨어뜨린다. 헤닝이 일어나 루나를 일으켜 세워보려 하지만, 루나는 마지못해 작은 소리만 낸다.

"저것 봐. 저 뒤에 염소가 있어!"

사실이다. 맞은편 비탈길 한곳에 여러 색깔 무늬가 들어간 염소 떼가 있다. 얼룩무늬 염소가 많고 몇 마리는 온몸이 하얀색이다. 염소지기와 개도 보이지만 곧 모든 게 흐릿해지면서 헤닝은 눈을 깜박인다. 루나는 염소를 좋아한다. 엄마가 염소를 발견하면 루나가 가장 먼저 달려간다.

"저기! 저기 좀 봐!"

"졸려!" 루나가 말한다. 말소리가 너무 작아 헤닝은 루나의 말을 잘 알아듣지 못한다. 헤닝은 포기한다.

"그럼 넌 여기에 있어. 나 혼자 갈 거야. 안녕!"

루나가 고집을 부리면 엄마는 자주 이렇게 한다. 토라진 채 앉아 팔짱을 끼고 심통을 부리는 루나는 그냥 내버려두고, 아주 가버릴 것처럼 앞서서 걸어간다. 대부분 효과가 있다. 그럼 루나는 그새 참지 못하고 벌떡 일어나 뒤따라 달려온다. 상황이 아주 좋지 않은 날에만 엄마가 되돌아가 소리 지르는 루나를 팔에 안고 온다.

헤닝은 걸어간다. 처음 몇 발자국은 걸음이 떼어지질 않았으나 곧 괜찮아진다.

"루나, 나 정말 간다! 안녕!"

헤닝은 몇 걸음에 한 번씩 뒤를 돌아본다. 루나는 쳐다보지도 않는다. 헤닝은 정말로 가겠다는 자신의 말을 루나가 과연 듣기나 했는지 의문이다.

그때 한 가지 생각이 떠오른다. 헤닝은 루나를 정말 놔두고 갈 생각이다. 될 수 있는 대로 빨리 혼자 마을로 내려가는 거다. 루나를 데리고서는 빨리 갈 수 없다. 그리고 엄마와 아빠를 찾아내 차에 올라타고 산으로 올라와서 루나를 데리고 가는 거다. 차에는 늘 탄산수가 한 병 있다. 헤닝은 지금 그게 가장 기대된다.

헤닝은 다시 루나에게 돌아와 설명한다.

"넌 여기서 기다려. 알았지? 금방 갔다 올게. 엄마랑 아빠를 데리고 올게."

처음에는 아무 반응이 없는 듯했으나, 루나는 곧 머리를 들고 헤닝을 바라본다. 눈은 아직도 빨갛고, 머리카락은 땀에 젖었고, 입술 가장자리에 하얗게 일어난 부분은 이제 코까지 번지려 한다.

"가지 마." 루나가 말한다.

"잠깐이면 돼. 엄마랑 아빠를 데려올게. 금방 올 거야."

"가지 마!"

헤닝은 몸을 굽히고 루나의 머리에 입을 맞춘다. 그리고 돌아서서 간다. 루나가 울기 시작한다. 헤닝은 될 수 있는 대로 빨리 그곳에서 멀어진다. 뒤돌아보지 않으려 해도 자꾸만 뒤돌아보게 된다. 루나가 벌떡 일어났다가 모래자갈에 꿇어앉아 두 팔을 헤닝에게 벌린다. 일어나려다 다시 주저앉는다.

"헤니! 헤니! 헤니!"

루나는 엄마가 아니라 헤닝을 소리쳐 부른다. 그의 이름을 부를 때마다 헤닝은 칼로 살을 베는 느낌이다. 헤닝은 뒤돌아보지 않고 계속 걷는다. 루나가 부르는 소리도 듣지 않고, 루나를 뒤돌아보지도 않고, 넘어졌다가 일어나서 계속 걸어간다.

다음번 커브 길에서 잠시 쉰다. 헤닝은 골짜기를 바라본다. 렌터카는 사라졌다. 헤닝의 눈에 파란색 자동차와 빨간색 자동차가 보인다. 흰색은 보이지 않는다. 흰색 차는 장난감 같은 골목 어딘가에서 장난감 같은 주택들에 가려 뱅뱅 돌고 있을 거다. 그 차를 어렵지 않게 찾아낼 수 있을 거다. 페메스는 그렇게 큰 마을이 아니다. 그런데 페메스가 다시 훌쩍 뒤로 물러났다. 아무리 눈을 깜박여 보아도 마을은 가까워지지 않는다. 페메스에 도착하려면 서둘러야 한다. 안 그러면 마을이 언젠가는 완전히 사라진다. 뛰다가 넘어질 위험이 커지더라도 지금은 그래야 할 것 같다.

헤닝은 몸을 돌려 뒤를 바라본다. 저 위 길가에 루나가 엎드려 있다. 꼼짝도 하지 않는다. 머리는 보이지 않고, 자신이 물려준 하늘색 잠옷의 천만 보인다.

루나의 모습이 차에 치인 동물 같다. 고양이 같다. 토끼 같다. 도로에 쓰러져 있다가 햇볕에 마르고, 계속 자동차가 밟고 지나가면서 점점 납작해지다가 결국엔 조각조각 부서지고, 가죽은 찢겨 차도로 흩어지고, 그러다 언젠가 다시 그곳을 지나가다 보면 아스팔트에 갈색 얼룩만 남아 있는 그런 동물 중 하나 같다.

머리에서 명령을 내리기도 전에 헤닝의 다리가 움직인다. 산 아래가 아니라 산 위로 간다. 페메스에 등을 돌리고 모래자갈길을 되짚어간다. 루나에게 돌아간다.

서늘한 테라스에 함께 나란히 누워 있을 때 헤닝은 루나를 데리고 다시 집에 왔다는 게 믿어지지 않는다. 루나는 걸어오기보다는 헤닝에게 안기거나 끌려오다시피 했다. 헤닝은 동생에게 소리도 지르고 애원도 했다. 보상도 약속하고 위협도 했다. 팔과 다리를 잡아끌었고, 떠밀거나 밀쳐도 보았다. 그래도 루나는 매번 겨우 몇 발자국만 걷다가 또 털썩 주저앉았다. 헤닝은 땡볕에 동생 옆에 앉아 다시 힘이 날 때까지 기다렸다. 그러는 동안 담장과 야자수 너머에서 하얗게 솟은 집이 바로 눈앞에 보였다. 멀지는 않았지만 정말 도달할 수 없는 곳이었다. 집까지 가지 못할 것 같은 생각이 들었다. 그래도 헤닝은 계속 걸었다.

그림자가 포옹해주는 것 같다. 서늘하면서 살짝 꽃향기가 난다. 엄마가 샤워를 끝내고 막 욕실에서 나와 헤닝의 어깨에 두 손을 올려놓았을 때 같다. 헤닝은 고개를 돌려 뺨을 교대로 차가운 타일에 댄다. 피부가 화끈거린다. 욱신거리는 두통에 머리가 터지려 한다. 가장 힘든 건 목구멍에 들어앉은 가시 돋친 짐승이다. 침을 삼키려 할 때면 목을 꽉 눌러야 한다. 옆에 있는 루나는 자는 모양이다. 눈을 감고 평온하게 숨을 쉰다. 헤닝은 조금 쉬었다가 다시 내려가야겠다고 생각한다. 루나를 유모차에 태워 밀고 가면 된다. 아니면 노아가 했던 대로 손수레에 태워 밀고 가는 거다. 노아와 함께 정원에서 놀면서 그걸 탈 때 얼마나 재미있었는지 모른다! 엄마를 잡아가고 아빠를 죽인 노아. 하지만 엄마와 아빠는 죽지 않았다. 부모님은 죽은 게 아니라 하얀색 오펠을 타고 페메스에서 헤맨다. 헤닝은 눈을 감은 채 바닥 타일들 사이의 금의 무늬를 그려본다. 그 금을 밟지 말았어야 했다. 이윽고 헤닝은 잠이 든다.

잠에서 깨어보니 시간이 흐른 것 같지 않다. 정원은 미동도 없이 더운 열기 속에 그대로 있다. 루나는 눈을 감고 바닥에 누워 있다. 조금도 움직인 흔적이 없다. 헤닝은 지금이 오전인지 오후인지 모른다. 덫에 갇힌 듯 하루 속에 갇혀 있다. 그래도 조금 힘이 나는 느낌이다. 두통은 약해졌고 눈도 그다지 화끈거리지 않는다. 그는 벌떡 일어나 부엌으로 간다. 반란을 일으키는 위를 달래려면 뭔가를 먹어야 한다.

헤닝은 냉장고 앞에 쭈그리고 앉아 안쪽 깊숙이 들어 있는 커다란 요구르트 통을 꺼낸다. 그는 요구르트를 좋아하지 않는다. 시큼한 맛이 토사물을 떠올리게 한다. 더욱이 이곳 섬의 요구르트에서는 이상한 염소 냄새까지 난다. 엄마는 세상에서 이보다 더 건강에 좋은 건 없다고 자주 말했다. 헤닝은 요구르트 통을 연다. 엄마가 그 모습을 본다면 미소를 띠고 나직한 소리로 "그것 봐."라며 자랑스러워할 거다. 하얀 덩어리 위에서 희멀건 액체가 넘실거린다. 헤닝은 그걸 마시며 눈을 감는다. 촉촉한 물기가 아픈 목을 어루만진다. 손가락으로 요구르트를 퍼서 입에 넣는다. 가시가 돋친 짐승이 발톱을 거두고 요구르트에 밀려 목을 따라 내려간 뒤 위장에서 사라진다. 이토록 맛있는 것을 헤닝은 지금까지 먹어본 적이 없다.

통이 다 비기 전에 헤닝은 루나에게 조금 남겨주기로 하고, 밑바닥에 남은 요구르트를 먹기 편하도록 숟가락까지 챙긴다. 테라스에서 갑자기 멈춰 선 헤닝은 자신이 본 광경을 믿을 수 없어 눈을 여러 번 감았다 뜬다. 눈앞에 아무것도 없다. 루나가 없어졌다. 누워 있던 자리가 비었다. 그는 혹시 루나를 못 보고 지나쳤나 싶어 테라스를 돌아다닌다. 순간 루나가 어디에 있는지 알 것 같다. 엄마와 아빠가 있는 곳에 간 거다. 하지만 그게 어떻게 가능할까? 헤닝이 부엌에 있는 동안 노아가 몰래 들어왔을까? 지금까지 그가 상상했던 모든 것보다 더 끔찍한 대답이 기다리고 있다. 헤닝은 그 생각을 절대로 하지 않으려고 한다. 그는 집 안으로 달려 들어가 홀과 복도를 지나며 루나의 이름을 부른다. 공포에 휩싸여 발작적으로, 그 자신도 알지 못하는 낯선 목소리로 부른다.

"루나!"

헤닝은 욕실에서 루나를 발견한다. 루나는 소형 욕실 수납장을 세면대 가까이 밀어놓고 올라갔다. 엄마의 크림병과 반쯤 사용한 물휴지 한 팩과 수건 한 더미, 칫솔과 치약이 바닥에 떨어져 있다. 물이 틀어져 있다. 루나는 양치 컵을 수도꼭지 아래에 대고 물이 넘치도록 받아 마신다. 헤닝을 보자 더 빨리 마신다. 컵에 든 물을 또 한 번 다 비우려고 안간힘을 쓴다. 컵 가장자리에서 헤닝을 관찰하는 루나의 두 눈이 야행성 동물처럼 부자연스럽게 커 보인다.

헤닝의 경악이 미움으로 바뀐다. 그는 루나가 밉다. 너무너무 밉다. 그러면 안 된다는 걸 분명히 알면서도 물을 마셔서 밉다. 하라는 대로 하지 않아서 밉다. 갑자기 사라져 헤닝을 충격에 빠뜨려서 밉다. 마시면 죽는 물을 마셔서 밉다. 엄마와 아빠에게 동생을 잘 보살피지 못했다는 말을 들을까 봐 밉다. 루나에게 갖다주려고 아주 조금 남은 요구르트 통을 손에 들고 있어서 밉다. 가시가 돋친 동물이 또 목에 들어앉아 있어서 밉다. 헤닝 자신도 물을 먹고 싶어서 밉다. 욕조 가득 찬 물을 다 먹고 싶다. 그 안에 들어가 물을 마시고 또 마시고, 몸을 안팎으로 식히고 싶다.

"무ㅡ울." 숨이 차 헐떡이느라 양치 컵을 잠시 내려놓으며 루나가 말한다.

헤닝이 루나를 밀친다. 독이 든 물에서, 세면대에서 확 밀친다.

"나빠!"

양치 컵이 허공을 난다. 욕실 수납장이 뒤뚱거린다. 루나가 손을 앞으로 하고 추락한다. 두 팔로 먼저 바닥을 짚어 몸을 보호하려 하지만, 떨어지는 속도를 이기지 못하고 턱이 색깔 있는 바닥 타일에 가서 부딪힌다. 이번에 헤닝은 뒤통수가 아니라 얼굴이 바닥에 닿았기에 루나가 죽지 않았다는 걸 안다. 그런데 뭔가 다른 일이 일어났다. 죽는 것보다 더 심상치 않은 일이다. 순식간에 모든 게 피바다다. 지금껏 헤닝은 그렇게 많은 피를 본 적이 없다. 루나가 흘리는 피다. 피가 뺨을 타고 귀로 흐르다 루나가 일어서자 방향을 바꿔 턱과 목을 지나 하늘색 잠옷 상의로 흘러 금방 검붉게 물들인다. 너무 당황한 나머지 루나는 울지도 않는다. 얼굴을 만지고는 빨갛게 된 손을 들여다보다가 무슨 일인지 설명해달라는 듯이 헤닝을 쳐다본다. 말을 하려고 입을 벌리니 더 많은 피가 콸콸 쏟아진다. 루나가 기침을 하자 핏방울이 헤닝의 잠옷 바지와 팔과 얼굴에 튄다.

헤닝은 많은 피를 쏟게 했다. 그는 루나를 밀쳤다. 그건 헤닝 잘못이다.

"피 좀 그만 흘려." 동생에게 호통을 친다. "당장 그만두라니까!"

루나는 깜짝 놀란 표정이다. 헤닝이 무슨 말을 하는지 이해하지 못하지만, 그 말투에서 헤닝이 화가 났다는 걸 안다.

"너 때문이야! 네가 괴물 물을 마셔서 그래! 이건 전부 네 잘못이야."

이제야 루나가 울기 시작한다. 피가 나서가 아니라 오빠가 꾸짖어서다. 이게 헤닝을 더 화나게 한다. 루나가 울면서 입을 삐죽거린다. 입술이 벌어지고 피와 침이 흘러나온다. 순간 헤닝은 무슨 일이 벌어졌는지 깨닫는다. 앞쪽에 치아 두 개가 없다. 윗니다. 이가 있던 자리에는 피로 얼룩진 네모난 구멍이 생겼다. 빠진 이는 갖다 붙일 수 없다는 걸 헤닝은 안다. 루나의 이가 빠졌다는 걸 누구나 볼 수 있다. 헤닝은 루나가 욕실을 날아서 머리가 변기에 부딪힐 만큼 한 번 더 세게 밀치고 싶은 마음이 굴뚝같다. 그러면 루나는 바닥에 쓰러져 잠잠해질 거다. 마침내 정적이 찾아올 거다.

"이제 난 갈 거야. 네가 피를 안 흘리면 그때 다시 올 거야!"

헤닝은 홀로 가서 소파 뒤에 몸을 숨긴다. 그리고 루나가 정말로 자신을 보지 못하게 하려고 아래로 늘어진 화려한 덮개를 당겨 몸을 가린다. 루나가 우는 소리가 들린다. "헤니! 헤니!" 하고

184

부르며 다가오는 소리가 들린다. 헤닝은 숨을 참고 버티면서 루나의 목소리가 그칠 때까지 억지로 그 자리에 계속 앉아 있다.

날이 어두워지면서 헤닝은 루나를 침대로 데려간다. 이번엔 어둠이 닥치기 전에 미리 잠자리에 들지 못했지만, 그런 걸 염려하기에는 너무 기운이 없다. 헤닝은 치아 두 개를 욕실에서 발견하고 말라버린 핏자국에서 끄집어냈다. 치아를 베개 밑에 넣어두는 동안 루나에게 치아 요정 이야기를 들려준다. 루나는 반듯이 누워 계속 헤닝의 얼굴을 바라본다. 헤닝의 모습을 빨아들이려는 것만 같다. 입과 목 주변에 다 닦아내지 못한 검은 핏자국이 있다. 그래도 헤닝은 동생에게 새 잠옷을 입혔다. 그게 끝없이 자랑스럽다. 헤닝은 루나가 눈을 감을 때까지 머리를 쓰다듬으며 계속 "루나." 하고 부른다. 잠은 헤닝이 날아갈 듯한 발걸음으로 다가가는 신기한 나라다. 잠은 헤닝을 품에 안아 진정시키고 모든 것을 지워버린다. 헤닝은 망각에 빠져든다.

잠에서 깨는 순간 헤닝은 답을 알았다. 그동안 죽 알고 있었던 것처럼 눈에 빤히 보였다. 아마 그걸 인정하고 싶지 않았나 보다. 그런다고 답을 피해갈 수는 없다. 헤닝은 일어나 욕실로 가서 변기에 오줌을 눈다. 홀로 가니 루나가 있다. 헤닝은 잠에서 깼을 때 옆에 루나가 없다는 걸 전혀 알아채지 못했다. 루나의 행동이 좀 이상하다. 두 팔로 무릎을 감싸고 벽 옆에 쭈그리고 앉아 앞뒤로 몸을 흔든다. 동물원에 갔을 때 원숭이를 본 적이 있다. 원숭이는 유리창 옆에 앉아 지금 루나와 비슷하게 몸을 흔들었다.

헤닝을 바라보는 루나의 눈이 또 부자연스럽게 커 보인다. 루나는 말없이 아무 반응도 보이지 않고 몸을 흔들며 헤닝을 쳐다본다. 헤닝은 루나가 혹시 또 몰래 수돗물을 마신 걸까 생각한다. 그래, 이제는 아무래도 상관없다. 헤닝에겐 루나가 필요하다. 지금 계획하고 있는 일에서 루나의 도움을 받아야 한다. 헤닝 혼자서는 하지 못한다.

"가자. 무슨 일이 일어났는지 이제 알았어." 헤닝이 말한다.

해가 환하게 비치면서 홀이 아늑한 빛에 잠긴다. 테라스는 벌써 상당히 덥다. 야자수에서 참새들이 시끄럽게 지저귄다. 헤닝과 루나는 테라스를 나와 집 주위를 돈다. 거미 벽에는 거미들이 붙어 있다. 여덟 개의 광선이 나오는 소름 끼치는 수백 개 태양이 꼼짝도 하지 않는다. 그걸 보고 있으면 벌써 온몸에 거미들이 다닥다닥 들러붙은 기분이다. 헤닝과 루나는 그 옆을 손을 잡고 달린다. 루나가 열이 나는 것 같다. 몸속이 달구어진 것처럼 온몸에서 열기를 내뿜는다. 어디로 가는지를 알아차리는 순간 루나가 걸음을 멈춘다.

"가야 돼. 꼭 가야 돼." 헤닝이 말한다.

두 아이는 콘크리트 바닥 가장자리에 서 있다. 빗물을 받아 알히베로 보낸다고 아빠가 설명해주었다. 옛날에는 사람과 동물과 식물이 먹을 물이 빗물밖에 없었고, 섬에서는 비가 거의 오지 않으니 한 방울이라도 더 모아야 했다. 루나는 두 발에 힘을 주고 바닥에 버티고 서서 육중한 판자를 건너다본다. 아빠가 바닥 중앙에 뚫린 구멍으로 사람이 빠지지 않게 덮어놓은 것이다. 루나는 엄마가 한 말을 잊지 않았다. "저 밑에 괴물이 살아. 너무 가까이 가면 괴물이 너희를 저 아래로 끌어당길 거야."

그런데 그 일이 엄마한테 벌어진 거다. 헤닝은 지금까지 내내 그 사실을 알고 있었다. 다만 그걸 인정할 용기가 없었다. 그는 괴물이 어떻게 생겼는지 정확히 안다. 수없이 많은 동화를 읽어서 알고 있다. 엄마는 정원에서 일하다가 알히베에 여전히 물이 있는지 확인하고 싶었다. 판자를 여는 순간, 저 밑에서 기다란 팔에 달린 손 하나가 확 튀어나와 엄마를 아래로 끌어당겼다. 아빠가 엄마의 비명 소리를 듣고 도와주려는 순간 괴물이 아빠까지 잡아갔을 거다.

자동차에 탄 엄마와 아빠는 어떻게 된 건지 헤닝은 모른다. 그건 지금 중요해 보이지 않는다. 중요한 건 엄마와 아빠가 저기 깊은 물속 어두운 곳에서 무시무시한 얼굴로 히죽이는 괴물의 감시를 받으며 앉아 있다는 거다. 괴물이 벌써 엄마나 아빠를 잡아먹었을지도 모르지만, 지금 여기서는 그 이상을 생각할 수 없다.

루나가 고개를 젓는다. 눈이 더 휘둥그레졌다. 얼굴에 눈 두 개만 있는 것 같다.

"엄마하고 아빠가 저 밑에 있어. 우리가 꺼내야 돼." 헤닝이 말한다.

"엄마가아아아? 아빠가아아아?"

루나의 목소리를 오랜만에 듣는 것 같다. 그럴 기분이 아닌데도 웃음이 나온다. 헤닝은 쪼그리고 앉아 동생을 안아준다. 루나가 열이 나는 작은 몸으로 폭 안긴다. 머리를 헤닝 어깨에 기대고 숨을 쉬는 모습이 잠이 들려는 것 같다.

"이리 와. 쉬는 건 나중에 하자. 엄마와 아빠를 구멍에서 꺼내야지."

헤닝과 루나는 살얼음판을 걷듯 잔걸음으로 콘크리트 바닥을 걷는다. 구멍에 다가갈수록 걸음이 느려진다. 루나는 자꾸 걸음을 멈추고 고개를 젓는다. 헤닝은 동생이 더 가까이 갈 수 있게 손을 잡아준다. 헤닝은 멈추지 않고 계속 이야기를 한다. 입에서 말이 우수수 떨어진다. 겨울에 아빠와 함께 인공 호수에 갔던 일을 들려준다. 호수가 얼고 눈이 얇게 덮여 있었다. 헤닝은 아빠와 호수 위를 산책했다. "루나, 넌 그때 없었어. 아주 조그마했거든." 헤닝이 말한다. 물은 언제나 가장자리부터 언다고 아빠가 설명했다. 호수 한가운데의 얼음이 단단한지 확실하지 않아 아빠와 헤닝은 호숫가에서 가까운 얼음 위에 머물렀다. 그때 갑자기 스케이트를 타는 남자의 모습이 보였다. 그는 호숫가에서 조금 멀리 떨어진 곳에서 원을 그리며 돌았다. 스케이트가 눈 덮인 얼음 위에 아름다운 무늬를 그렸다. 얼음장에서 삐걱거리는 소리가 났다. 헤닝이 한 번도 들어본 적이 없는 괴상한 소리였다. 뒤이어 희미하게 쪼개지는 소리가 나더니 스케이트 타던 남자가 사라졌다. 그는 곧장 다시 떠올라 소리를 지르고, 물을 뱉고, 얼음 구멍 가장자리에 두 팔을 얹어 버티면서 밖으로 나오려 했다. 그러나 얼음은 자꾸만 아래로 꺼졌다. 남자는 물속에서 버둥거리며 살려달라고 외쳤다. 아빠는 벌써 달려 나갔다. 호숫가로 뛰어가 기다란 나뭇가지 하나를 가지고 돌아왔다. 아빠는 바짝 엎드려 조심조심 얼음 구멍을 향해 기어간 뒤 스케이트 타던 남자에게 나뭇가지 끝을 내밀었다. 남자는 나뭇가지를 꽉 움켜쥐었다. 아빠는 조금씩 아주 천천히 나뭇가지를 잡아당기면서 남자를 구멍에서 꺼냈다. "아빠가 그 남자의 목숨을 구했어." 헤닝이 말한다.

판자가 있는 곳에 이르니 더는 말이 나오지 않는다. 헤닝과 루나는 함께 판자를 바라본다. 판자는 헤닝이 기억하는 것보다 크다. 어디에 달렸던 문처럼 생겼다. 현관문이나 방문은 아니고 헛간이나 축사의 문이었던 모양이다. 판자 여러 개를 붙여 그 위에 각목을 십자로 못질해 만든 것이다. 헤닝이 쪼그리고 앉는다. 발밑의 바닥이 살짝 흔들리다가 언제라도 내려앉을 듯이 위태롭게 느껴진다. 헤닝은 콘크리트 밑에 있는 시커먼 암흑을 감지한다. 판자 모서리 밑으로 손가락을 넣어 흔들어본다. 아주 찔끔 움직인다. 판자를 들어 올리려 하니 끄덕도 하지 않는다. 헤닝은 몸을 살짝 앞으로 숙이고 무릎에 잔뜩 힘을 준 채 무거운 판자를 들어 올린다. 정말로 판자가 몇 센티미터 들린다. 헤닝이 다시 놓자 판자가 탕 소리를 내며 원위치로 돌아간다. 굉음이 메아리가 되어 땅 밑에서 계속 울리니 정원 전체를 휘감을 듯하다. 괴물 소리 같다. 루나는 겁에 질려 몸이 굳었다. 휘둥그레진 눈이 헤

189

닝에게 무슨 일이냐고 묻는다.

"우린 할 수 있어. 여기서 기다려." 헤닝이 말한다.

이제는 콘크리트 바닥을 자신 있게 걷는다. 헤닝에겐 계획이 있다. 그는 무엇을 해야 하는지 안다. 엄마와 아빠를 끌어 올릴 거다. 그러면 다시 네 식구가 하얀색 오펠에 앉아 길가에 서 있는 다른 아이들에게 손을 흔들 수 있을 거다. 헤닝은 정원에서 아기 머리만 한 적당한 돌을 찾아낸다. 두 손으로 돌을 들어 가슴에 꼭 안고 간신히 구멍 있는 곳으로 간다. 루나가 바닥에 얌전히 쪼그리고 앉아 기다리고 있다. 헤닝은 루나가 또 놀라지 않도록 쿵 소리를 내지 않으려고 조심조심 돌을 내려놓는다. 해가 뜨겁게 비치고 머리가 다시 아프기 시작한다. 해를 가리는 모자를 또 잊고 가져오지 않았지만 헤닝은 힘이 나는 것 같다.

"이젠 네가 도와줘야 돼." 헤닝이 루나에게 건축가의 목소리로 말한다. 함께 뭔가를 만들 때면 그는 루나에게 이런 식으로 말한다. 헤닝이 지시를 내리면 루나는 최선을 다해 오빠가 하라는 대로 한다. 그럼 헤닝은 크게 칭찬한다. 그래야 루나가 자신과 더 오래 놀 거라는 걸 알기 때문이다.

"나는 기중기고 너는 지게차야. 이걸 내가 들 테니까, 적당히 높이 올라가면 너는 그 밑으로 돌을 밀어 넣어."

루나가 확실히 알아들을 수 있도록 헤닝은 몇 번 더 루나의 말투로 설명한다. "짐 옮겨어어, 밀어어어!" 그리고 루나가 돌을 움직일 수 있는지 밀어보게 한다. 반반한 바닥에서는 어렵지 않다. 헤닝은 자기 자리로 가서 시작 신호를 준다.

"제자리에, 준비, 땅."

이번에 헤닝은 처음부터 무릎에 힘을 준다. 판자가 들린다. 돌이 모서리 밑으로 들어가려면 한 뼘이 모자란다. 헤닝의 몸이 덜덜 떨린다. 숨을 참는다. 피가 머리로 쏠리는 걸 느낀다. 이제 남은 몇 센티미터는 방금 전보다 더 힘들고 더 더뎌 보인다. 해낼수 없을 것 같다. 헤닝은 검은 물속에 앉아 있는 엄마를 생각한다. 그러다 마침내 해낸다.

"지금! 얼른!" 루나가 돌을 밀어 넣는다. 판자가 다시 살짝 내려왔다. 헤닝은 다시 한 번 있는 대로 힘을 주며 버틴다. "밀어!" 돌이 제대로 자리를 잡아서 헤닝은 판자를 놓아도 된다. 그의 팔이 고무줄처럼 늘어났다. 다시 줄어들어야 한다. 땀이 눈으로 들어가 따갑다. 입 안은 사포처럼 깔깔하다. 우물 뚜껑이 많이 열렸다. 헤닝은 바닥에 주저앉아 열린 틈으로 아래를 보려 한다. 하지만 머리를 판자 밑으로 들이밀고 싶지 않다. 아래를 보지는 못하지만, 냉기가 느껴진다. 찬 기운이 깊은 곳에서 올라와 이마를 식혀준다. 전혀 불쾌하지 않다.

"안녕!" 헤닝이 외친다. "엄마?"

메아리 때문에 자신의 목소리가 낯설게 들린다. 소리는 헤닝의 입에서 나오지 않고 찬 기운과 함께 구멍에서 올라오는 것 같다. 루나가 옆에 앉아 함께 소리친다.

"엄마아아! 엄마아아!"

191

대답이 없는데도 두 아이는 한참 동안 계속 외친다. 소리를 지르니 기분이 좋다. 심지어 메아리 소리를 들으니 재미까지 있다. 그러다 헤닝은 소리는 그만 지르고 하던 걸 계속해야 한다고 말한다.

"엄마 없어어어?"

"있어. 대답을 안 하는 거야. 왜냐하면…… 너무 힘이 없어서 그래. 아니면 괴물이 엄마 입을 막고 있는지도 몰라."

몸을 더 웅크리고 앉으면 판자 가장자리 밑으로 손바닥의 불룩한 부분을 넣을 수 있다. 그렇게 하면 힘을 더 줄 수 있어서 아까보다 낫다.

"이젠 너도 기중기야. 같이 잡는 거야. 판자를 높이 들어야 돼."

루나는 헤닝 옆에 서서 작은 손가락으로 판자 모서리를 감아쥔다.

"제자리에, 준비, 땅."

판자가 금방 들린다. 헤닝은 더 세게 들어 올린다. 아빠는 뭔가를 들어 올릴 때마다 힘은 다리에서 나와야 한다고 말하곤 했다. 지금 보니 그 말이 맞는다. 드디어 헤닝이 일어난다. 판자가 그의 가슴께에 와 있다. 무척 아프다. 루나는 모서리에 팔만 쭉 펴고 있다. 제대로 돕는 게 아니라 시늉만 한다.

"저기 짧은 쪽으로 가. 그래야 더 쉬워."

루나는 말귀를 알아듣고 판자에서 폭이 좁은 쪽을 잡는다. 헤닝의 두 발은 정확히 구멍 가장자리에 서 있다. 그는 자신이 신발을 신지 않은 것을 깨닫는다. 두 발로 나무를 꽉 잡고 매달려 있는 원숭이처럼, 헤닝의 발가락이 구멍 가장자리를 감아쥐었다. 몸이 움직이면서 작은 돌멩이들이 흩어져 구멍으로 떨어진다. 돌멩이들이 저 아래 깊은 물에 텀벙텀벙 떨어지는 소리가 들린다. 찬 기운이 올라와 헤닝의 다리와 배를 스치는 동안 해가 뜨겁게 그의 등을 달군다. 두 계절의 중간에 끼어 있는 느낌이다.

"이제 다 됐어." 루나에게 말하면서도 사실 헤닝은 뭘 해야 좋을지 모른다. 조금 더 들어 올려봤자 그것만으로는 판자를 뒤집기에 충분하지 않다. 판자가 뒤집히는 결정적인 순간에 도달하려면 헤닝은 몇 걸음 더 앞으로 나가야 한다. 하지만 앞은 구멍이다.

"우리 둘 다 옆쪽을 잡자. 나는 저기, 너는 거기." 헤닝이 말한다.

헤닝은 어떻게 해야 좋을지 아직도 잘 모르지만 그래도 일단 해보기로 한다. 그는 판자를 든 상태에서 조금씩 움직이다가 마침내 루나와 마주 보고 선다.

"내가 '지금'이라고 말하면 힘껏 밀어 올리는 거야."

루나는 벌써 시작했다. 힘을 꽉 주어 판자 모서리를 들어 올린다. 그러다 갑자기 미끄러진다.

"조심해!" 헤닝이 소리 지른다.

큼직한 돌 몇 개가 물에 텀벙 빠지는 순간, 루나의 두 다리가 허공을 딛는다. 루나는 판자 가장자리를 꼭 붙들고 있다가 떨어져 콘크리트 바닥에 자빠진다. 상체만 위로 나와 있고 다리는 판자 밑에 있으니 구멍이 루나를 집어삼키고 빨아들이려는 것처럼 보인다. 헤닝 혼자서는 판자를 들고 있을 수 없다. 그렇다고 놓을 수도 없다. 놓으면 루나를 짓뭉갤 거다.

그때 자동차가 한 대 올라온다. 헤닝에겐 자동차 소리가 들리지 않는다. 아니, 들린다.

"거기서 나와! 빨리!"

루나는 두 다리를 대고 누를 데가 없다. 콘크리트 바닥에도 손가락으로 잡을 곳이 없다. 그러나 루나는 영리한 아이다. 루나는 몸을 뱀처럼 움직여 바닥에서 야금야금 이동한다.

자동차가 다가온다. 페메스가 아니라 모래자갈길을 달리는 소리다. 헤닝은 그 소리를 듣는다. 아니, 듣지 못한다.

루나는 조금씩 몸을 밀어 구멍에서 멀어진다. 벌써 두 발이 바닥에 닿아 안전해진 순간, 기어서 더 멀리 간다.

"잘했어! 넌 최고야!"

헤닝의 가슴이 판자에 눌려 아프다.

"이제 다시 밀어 올리는 거야!"

루나가 일어나 다시 모서리를 잡는다. 자동차 문이 쾅 닫힌다. 헤닝은 고개를 들고 소리에 귀를 쫑긋한다. 착각한 게 틀림없다. 골짜기를 유령처럼 떠도는 메아리일 거다.

"밀어 올려!"

판자가 움직인다. 위로 들린다. 헤닝이 한 걸음 앞으로 내딛는다.

"올라? 올라!●"

남자 목소리다. 지금 이 광경에 어울리지 않는다. 목소리는 정원의 정적에 밀려난다. 판자가 미끄러지기 시작한다. 헤닝이 루나보다 훨씬 세게 밀어 올리는 바람에 판자가 구멍 위에서 대각선으로 기운다. 헤닝은 판자를 똑바로 들고 있을 수가 없다.

"노! 케 에스타이스 아시엔도? 노!!●●"

노아다. 그는 정원을 성큼성큼 뛰어 다가온다. 입이 크게 벌어졌다. 이제 헤닝은 노아가 외치는 소리를 듣는다. 판자가 미끄러지면서 루나를 구멍 쪽으로 당긴다. 그러나 루나는 판자를 놓지 않는다. 루나는 벌써 반쯤 허공에 매달려 있다.

"노!"

노아가 콘크리트 바닥으로 올라선다. 가까이 다가온다. 헤닝은 노아를 정확히 알아본다. 그가 누구인지 안다.

"놔, 루나! 놓으라고!"

루나는 판자를 놓을 수 없다. 잡고 있어야 할 게 필요하다. 판자가 조금 더 기운다. 헤닝은 균형을 잡으려고 절망적으로 사투

● 올라? 올라!(Hola? Hola!) : "안녕? 안녕!"이라는 뜻의 스페인어.
●● 노! 케 에스타이스 아시엔도? 노!!(No! Qué estáis haciendo? No!!) : "안 돼! 너희들 뭐 해? 안 돼!!"라는 뜻의 스페인어.

를 벌인다. 노아가 다가온다. 헤닝은 추악하게 찡그리고 일그러진 그의 얼굴을 본다. 그리고 깨닫는다. 괴물은 구멍 속에 있지 않다는 것을. 노아가 괴물이다. 노아는 엄마를 잡아먹으려고 덮쳤다. 나중에 다시 와서 부모님을 잡아갔다. 이제는 아이들까지 잡아가려 한다.

헤닝은 비명을 지르기 시작한다. 비명 소리가 헤닝의 머릿속과 가슴속에 가득하다. 그는 더는 판자를 들고 있을 수가 없다. 판자가 손가락에서 미끄러진다. 노아는 벌써 루나를 한 팔로 잡았다. 다른 팔로는 헤닝의 허리를 감싼다. 헤닝은 버둥거린다. 싫다고 몸부림치며 소리를 지른다. 판자가 떨어진다. 그 소리에 귀청이 터질 것 같다. 루나도 소리를 지른다. 괴물은 두 아이를 꼭 붙잡고 있다. 몸부림치는 헤닝은 자신이 졌다는 것을 안다. 그는 모든 것을 다 주었고, 뭐든지 다 했다. 그런데도 졌다. 이게 끝이다.

그는 구멍 언저리에 서서 아무것도 없는 곳을 응시한다. 판자는 뒤집어진 채 콘크리트 바닥에 놓여 있다. 아래에서 올라오는 서늘한 공기가 얼굴을 할퀴고, 높이 뜬 태양은 목덜미에서 작열한다. 밑에 있는 수면은 검은 유리처럼 매끈하다. 산이 흔들리듯 이따금 잔물결이 일렁인다.

"왜 그래요?"

헤닝은 달리기라도 한 듯 호흡이 가빠진다. 자신이 뭔가를 움켜쥐고 있다는 걸 알고 주먹을 펴보니, 그림이 그려진 돌 두 개를 양손에 하나씩 쥐고 있다. 왼손에 있는 돌에는 노래기가, 오른손에 있는 돌에는 풍뎅이가 그려져 있다. 헤닝은 깜짝 놀라 무슨 혐오스러운 물건이라도 되는 듯 돌을 내동댕이친다. 돌들은 구멍 속으로 빠져 물에 떨어진다. 텀벙 하는 소리가 허허롭게 메아리를 만든다. 동심원이 아주 잠깐 검은 물을 교란하다가 다시 잔잔해진다.

"미쳤어요? 그건 내가 가장 아끼던 거예요!"

리자가 다가오다가 본능적으로 구멍에서 조금 떨어진 곳에 멈춰 선다. 헤닝이 금방 무슨 미친 짓을 벌이기라도 할 듯이 그와도 거리를 두고 서 있다.

헤닝은 사과를 하고 싶지만, 끄윽끄윽 하고 건조한 소리만 나온다. 리자는 의심스러운 눈길로 그를 훑어본다. 헤닝은 그녀가 무엇을 보는지 분명하게 안다. 절망에 빠진 어린 소년이 아니라 성인이 된 남자다. 심하게 땀을 흘리고 가쁜 숨을 몰아쉬며 알히베를 노려보는 남자다. 헤닝이 그녀에게 다가가려 하자 리자가 두 손을 들고 막아서며 말한다.

"이젠 가보시는 게 좋겠군요."

리자는 집으로 돌아간다. 테라스를 지나 홀로 들어가 무거운 나무 문을 닫는다. 마치 집이 눈을 감는 것 같다.

페메스에서 내려오는 길은 황홀경이다. 지그재그 도로에서 몇 번 브레이크를 밟고 그다음엔 자전거가 알아서 달리게 놔둔다. 시속 70킬로미터로 달리다 80킬로미터로 올라간다. 달릴 때 불어오는 바람 때문에 눈에서 눈물이 나고 아무것도 보이지 않는다. 헤닝은 자전거가 좌우로 흔들리지 않게 똑바로 잡는 데에만 집중한다. 속력이 그를 집어삼킨다. 필름이 미친 속도로 거꾸로 돌아가면서 오르막길을 삭제하고, 긴장과 사투를 삭제하고, 흔들거리며 페달을 밟던 모습을 삭제하고, 1월 1일을 삭제한다. 배고픔과 갈증과 모든 생각을 삭제한다. 멀었던 거리가 사라지고 평지가 오그라든다. 눈물을 닦고 고개를 들어 바라보니 플라야 블랑카에 도착했다. 어디 밖에 멀리 나갔다 온 것 같지가 않다. 그저 갓 구운 빵을 사려고 잠시 자전거로 빵집을 다녀온 것만 같다.

헤닝은 숙소가 있는 펜션 단지 입구에서 한 발을 땅에 디디고 멈춰 선다. 그리고 휴대폰을 꺼내 옆구리 버튼을 누른다. 화면이 번쩍이며 켜진다. 배터리 상태가 84퍼센트로 나온다. 테레자의 최근 문자는 이틀 전에 보낸 것이다. "요구르트하고 누텔라 잼도 사다 줘."

정원에서는 세탁한 빨래가 건조대에서 나부낀다. 바람에 휘날리지만 건조대에서 날아가지는 않는다.

"여보, 어땠어?"

테레자가 집에서 나온다. 아이들이 아내보다 먼저 달려와 "아빠, 아빠, 우리가 연못 안에 성을 만들었어."라며 품에 안기고 그의 다리에 매달린다. 헤닝은 두 팔을 벌려 아이들과 테레자를 끌어안는다. "자전거 일주는 멋있었어?" 아내가 중얼거리듯 묻더니, 헤닝이 오른팔로는 그녀를, 왼팔로는 비비와 요나스를 힘껏 끌어안자 웃으며 말한다. "여보, 너무 숨 막히잖아!" 네 식구는 한동안 그렇게 다리가 여덟 개 달린 동물이 되어 서 있다.

무거운 짐을 끌고 칭얼거리는 아이들을 데리고 다시 독일로 돌아오자 계단실에서 담배 냄새가 난다.

"며칠만 있을 줄 알았는데." 테레자가 말한다.

헤닝이 가족과 함께 집에 돌아오기 전에 루나는 집에서 나가기로 이미 약속이 되어 있었다.

"홈 오피스를 써야 해." 테레자가 말한다. "그리고 리자가 위에서 담배 피우는 것도 싫어."

"내가 얘기해볼게." 헤닝이 말한다.

테레자는 무거운 트렁크 하나를 들고 계단을 올라간다. 헤닝이 도와주겠다는 것도 마다한다.

그날 저녁 아이들이 잠자리에 들자 헤닝은 계단을 지나 홈 오피스로 올라가 문을 두드린다. 루나가 금방 문을 연다. 손에는 타고 있는 담배가 들려 있다.

"오빠!"

루나가 헤닝의 품에 안긴다. 동생이 과연 살아 있기나 한지 의심이라도 했던 것처럼 헤닝도 기쁘다. 그는 루나를 꼭 껴안다가 다시 떼어놓고 얼굴을 들여다본다. 그 얼굴에서 어린 루나의 모습을 찾아본다. 커다란 눈과 동그스름한 뺨과 놀란 표정을 찾는다. 빠져버린 앞니를 찾는다. 그러나 그가 찾아낸 건 눈에 띄게 아름다운 여자의 냉소적인 표정이다. 어린 루나는 사라졌다.

"휴가 잘 다녀왔어?"

헤닝은 날씨와 경치와 일상의 자잘한 사건들을 얘기하면서 방을 치운다. 루나의 재떨이를 비우고, 접는 소파에 마련된 침구를 정리하고, 음식물이 말라붙은 그릇을 설거지하고, 여기저기 흩어진 옷가지들을 주워 모은다. 루나는 담배를 피우며 헤닝의 이야기를 듣는다. 헤닝은 끝으로 냉장고를 점검한다. 커피와 토스트 빵과 유리병에 든 토마토소스밖에 없다. 다음에 장을 볼 때는 루나를 위해 흑빵과 과일과 채소를 사 와야겠다고 생각한다.

"테레자는 네가 여기서 담배 피우는 걸 싫어해."

"테레자는 내가 여기에 있는 걸 싫어하지. 담배를 피우든 안 피우든."

헤닝은 동생과 옥신각신한다. 당연히 루나는 진작 떠나려고 했다. 그러나 한동안 잠자리 신세를 지려 했던 미카가 다시 여자 친구와 화해했고, 롤프의 집에 있는 소파에서는 자기 싫어서 지금은 조금 오래 머물 곳을 찾고 있다. 그리고 그런 곳이 곧 생길 예정이다. 그러니 앞으로 며칠, 2~3일이나 길어야 일주일만 여기에 있을 거다. 헤닝은 그건 곤란하다고 말한다. 그리고 제발 그 담배 좀 끄라고 한다.

"왜 그래, 오빠?"

헤닝은 창가로 가서 밖을 내다본다. 어둠이 내려앉은 뒤 또 한 번 눈이 왔다. 가로등 아래에 있는 자동차 지붕 위에서 사람의 손이 닿지 않은 하얀 눈이 반짝인다. 추위와 눈은 괴팅겐에서 흔치 않다. 뉴스에서는 비상사태라고 한다. 열차는 운행이 중단되고, 고속 도로는 통제되고, 사망자도 나왔다. 마침내 헤닝이 뒤돌아서서 묻고 싶었던 걸 묻는다.

"그때 찍은 사진이 있어." 루나가 대답한다.

그 순간 헤닝에게 떠오르는 게 있다. 초록색 인조 가죽 장정의 가족 앨범이다. 오래전 집을 나올 때 아무도 관심을 두지 않아 들고 나왔던 것이다. 헤닝은 홈 오피스에서 나와 계단을 내려간다. 좁은 지하실 창고에서 먼지 쌓인 자전거를 옆으로 치우고 낡은 잡동사니가 든 상자 쪽으로 다가간다. 물건들에서 곰팡내가 나고 쥐 냄새도 조금 풍긴다. 편지와 케케묵은 학교 신문과 양철 병정이 가득 든 여러 개의 통 사이에서 마침내 찾던 것을 발견한다. 헤닝은 옷소매로 표지를 닦은 뒤 앨범을 들고 지하실에서 지붕 바로 아래까지 계단을 걸어 올라간다. 홈 오피스에 들어와 앨범을 책상에 놓고 루나와 함께 고개를 숙이고 들여다본다.

앨범의 페이지들은 단단한 판지로 만들어졌고 페이지마다 투명지가 붙어 있다. 초등학교 입학 선물을 들고 있는 헤닝과 이 빠진 자리가 보이는 루나의 사진이 있다. 앞니가 빠진 사연은 어머니가 매번 들려주는 가족 전설의 작은 레퍼토리 중 하나다. 시립 공원에 산책을 나갔다가 어린 루나가 세발자전거를 타고 갑자기 언덕을 쏜살같이 달려 내려갔다. 두 다리를 치켜들고 환호성을 지르며 좌우로 비틀거렸다. 속도가 너무 빨라 어머니는 루나를 따라잡지 못했다. 자전거는 밑에 있는 작은 담벼락에 가서 충돌했고, 루나는 공중에 붕 떠서 담장 밑 화단으로 날아갔다. 불행하게도 입이 돌에 가서 부딪혔다. 헤닝은 루나가 이가 빠진 걸 얼마나 자랑스러워했는지 아직도 기억한다. 사진마다 이 빠진 자리를 드러내고 활짝 웃고 있다.

페이지를 넘길 때마다 아이들이 나이를 먹는다. 어른이 된 루나는 여전히 헤닝 옆에서 웃으며 사진을 하나하나 가리키면서 묻는다. "이거 기억나?" 어느 순간부터 사진이 없고 페이지가 텅 비었다. 헤닝이 앨범을 닫으려는 순간, 낱장으로 앨범 맨 뒤에 끼어 있던 작은 사진 뭉치가 떨어진다.

베르너가 정원 의자에 앉아 잠들어 있다. 머리카락과 콧수염이 까맣다. 오른손에는 다 타고 남은 대마초가 들려 있다. 어머니는 선글라스를 쓰고 디스코 머리를 하고 화려한 원피스를 입었다. 80년대 흰색 오펠 코르사에 베르너가 운전석에 앉아 있고 아이들은 뒷좌석에 앉아 손을 흔든다. 주택을 찍은 사진도 있다.

하얀 칠을 한 벽, 높은 지붕, 둥근 유리 지붕이 달린 아담한 탑이 있다. 야자수와 선인장과 부겐빌레아도 보인다. 헤닝과 루나를 찍은 사진이 있다. 발가벗은 채 하얀색 해 가리개 모자를 썼다. 두 아이는 검은 자갈 위에 쪼그리고 앉아 위에서 찍고 있는 카메라를 올려다본다. 루나가 입을 살짝 벌리고 있다. 윗니가 다 났다. 마지막으로 헤닝은 거미를 발견한다. 아주 가까이에서 찍은 사진이다. 셀 수 없이 많은 거미들이 섬뜩한 무늬를 만들며 다닥다닥 하얀 벽에 붙어 있다. 자연 사진을 담은 잡지에 나올 법한 근사한 모습이다.

헤닝은 사진을 내려놓고 지붕에 달린 천창으로 가서 창문을 열고 차가운 공기를 들이마신다. 겨울옷을 입은 세상이 달라져 보인다. 루나가 옆으로 다가와 슬그머니 팔짱을 낀다. 헤닝은 동생을 꼭 끌어안고 이야기를 들려준다. 루나는 아무 말 없이 듣기만 한다. 이따금 루나가 몸을 떠는 게 느껴진다.

이야기를 마치고 루나를 바라보자 루나가 커다란 눈으로 헤닝을 올려다본다. 그 순간 어린 동생의 모습이 보인다. 놀라는 표정에 어렸을 적 루나가 그대로 남아 있다.

"뭐 기억나는 거 없니?" 헤닝이 묻는다.

루나는 고개를 젓는다. 없는 게 당연하다. 그때 루나는 겨우 두 살이었으니까. 헤닝은 주머니에서 스마트폰을 꺼내 지나간 문자 목록을 보여준다. 스크롤바를 움직여 1월 1일 자 문자까지 거슬러 올라간다. 어머니와 친구 몇 명이 보낸 새해 인사가 있다.

새해가 되면 홈 오피스에 잠시만 와 있겠다고, 길어야 사흘 묵을 거라고 통보한 루나의 문자도 있다. 테레자로부터 받은 문자는 없다. 벌써 수십 번이나 헤닝이 확인했지만 아무것도 없다. 산에서 강한 햇빛에 눈이 부셔서 화면이 거의 보이지 않았었다. 태양과 바람에 자극받아 눈이 따끔거렸었다. 게다가 지치고 피곤하고 탈수 증상에 저혈당증까지 왔었다.

"문자가 왔다고 내가 착각했었나 보다." 헤닝이 말한다. "나머지 이야기도 마찬가지겠지."

"나도 그렇게 생각해." 루나가 말한다. "생각해봐. 그때 우리는 아주 꼬맹이들이었어. 비비와 요나스보다도 나이가 많지 않았어. 그 나이대 아이들을 아이들끼리만 두지는 않잖아."

헤닝은 과거의 기억이 흔히 사진이나 어디서 들은 이야기를 바탕으로 생성된다고 말한다. 심지어 성인에게 조작된 과거 사진을 보여주면 기억을 만들어낼 수도 있다. 그러면 그는 일어나지도 않은 일을 떠올린다. 루나는 헤닝이 잠재의식 속에 앨범 속의 사진들을 저장해두었다가 페메스의 주택을 본 순간 이야기 전체를 지어냈을 거라고 말한다. 헤닝과 루나는 오래도록 인간의 기억과 의식에 대해 대화를 나눈다. 현실은 사람들이 끊임없이 직접 주고받는 모든 이야기들의 합 이상인지에 대해서도 이야기를 나눈다. 헤닝과 루나의 담화가 이어진다. 헤닝이 다시 집으로 내려왔을 때 테레자는 벌써 자고 있다.

며칠이 흐른다. 휴가 뒤에 얻었던 감기가 나아간다. 아이들은 다시 유치원에 가고, 테레자와 헤닝은 직장에 나간다. 장을 보고, 빨래하고, 집 안을 정리한다. 테레자는 홈 오피스에 있는 루나에 대해 불평한다. 완전히 평범한 일상에 평범한 일과다. '그것'이 헤닝의 일상에 다시 똬리를 튼다. 휴가에서 돌아온 뒤부터 공격이 또 거세진다. 가끔 헤닝은 이러다 죽겠구나 하는 느낌뿐만 아니라 정말로 죽고 싶은 생각마저 든다.

어느 날 저녁 헤닝은 아이들이 잠자리에 들고 아내가 부엌에서 일할 때까지 기다렸다가 전화기를 들고 거실로 들어가 문을 닫는다. 전화벨이 한 번 울리자마자 어머니가 전화를 받는다. 어머니는 헤닝이 질문할 때까지 기다리지 않는다. 헤닝이 전화할 걸 예상했다고 한다. 그가 란사로테 섬으로 떠났을 때 앞으로 무슨 일이 벌어질지 알았다는 것이다.

헤닝은 거실 소파 옆에 서서 꺼놓은 텔레비전의 검은 화면을 응시한다. 어처구니가 없어서 말이 안 나온다. 어머니는 조금도 문제를 회피하거나 변명할 생각을 하지 않는다. 드디어 그 이야기를 할 수 있게 된 게 구원이라도 되는 양 신이 나서 말을 이어간다.

물론 어머니도 오랫동안 자책을 했지만 스스로 마음의 평화를 얻었다고 한다. 어차피 아무 일도 없었잖아. 정원사 이름이 뭐였더라?

"노아예요." 헤닝이 말한다.

그래, 맞아! 베르너는 그때 대마초를 정말 많이 피웠다. 한나절 내내 담장 옆에 앉아 대마초에 취해 있었고, 밤에 침대에서는 어머니에게 조금도 관심을 보이지 않았다. 그러다 그 구릿빛으로 그을린 반라의 남자가 정원으로 걸어 들어왔다.

헤닝은 그 얘기라면 듣고 싶지 않다. 그러면서도 반드시 듣고 싶다. 눈앞에 털이 무성한 남자의 등이 또 보인다. 그동안 어머니는 그날 밤 일어났던 끔찍한 부부 싸움 이야기를 들려준다.

"베르너가 미쳐 날뛰었어. 그가 나한테 쏟아낸 말들은 다시는 입에 담지 못할 수준이야. 갑자기 노아뿐만 아니라 다른 일들까지 전부 문제 삼았어."

어느 순간 베르너는 집 안을 돌아다니다 옷가지를 챙기고 지갑과 여권도 집어넣었다.

"나하고는 단 하루도 한 지붕 밑에서 보낼 수 없다더구나. 그는 공항에 가서 첫 비행기를 타고 독일로 갈 생각이었어."

처음에 어머니는 아버지가 차에 오르지 못하게 막다가 곧 자동차를 뒤따라갔다. 아버지를 저대로 가게 둘 수는 없었다. 그는 모든 걸 엉망으로 만들었다. 결국 어머니만 남겨지는 게 아니라 아이들도 문제였다. 아이들은 평화롭게 침대에서 자고 있었다. 한 명이 먼저 잠에서 깨어 부모에게 달려오는 경우는 극히 드물었다. 하필 오늘 그런 일이 일어날 것 같지는 같았다. 어머니는 베르너를 데려와 진정시키려 했다. 늦어도 두 시간 안에는 다시 돌아올 수 있겠다 싶었다.

어머니는 가파른 모래자갈길을 아주 똑똑히 기억한다. 아직 완전히 깜깜해지지는 않았지만, 샌들을 신은 어머니는 미끄러지고, 발을 헛디디고, 먼지 속에 넘어지고, 발목이 긁혀 상처가 나면서도 계속 달렸다. 렌터카에 탄 베르너는 빠르게 달렸다. 도로에 패인 곳도 무시하고, 차가 껑충 튀어 올랐다가 좌우로 흔들려도 개의치 않고, 아래쪽 마을의 아스팔트 도로에 도달할 때까지 엔진의 울부짖는 굉음과 함께 질주했다.

얼마 뒤 어머니도 페메스에 도착했다. 먼지를 뒤집어쓰고 다리를 조금 절뚝거렸다. 곳곳마다 집 앞에 사람들이 앉아 있었다. 아이들도 아직은 밖에 나와 돌아다녔다. 작은 슈퍼마켓 앞에 젊은 남자가 서서 담배를 피우고 있었고, 옆에는 낡은 오토바이가 있었다. 50마르크짜리 지폐를 가지고 있던 어머니는 그의 코앞에 돈을 들이밀었다. '아에로푸에르토●', 공항으로 당장 데려다달라고 했다. 몇 초 뒤 남자는 어머니를 의심의 눈으로 쳐다보다가 어깨를 으쓱하고 가게 쪽에 뭐라고 외치고는 돈을 날쌔게 잡아챈 뒤 오토바이에 올랐다. 어머니는 뒷좌석에 올라타 젊은이의 몸을 꽉 잡았다. 그가 계속 입에 물고 있던 담배는 마주 불어오는 바람에 날려갔다.

지그재그 내리막길에서 남자는 커브 안쪽으로 몸을 기울이고 힘차게 돌았다. 낯선 여자의 팔 안에서 질주하는 걸 즐기는 것 같았다. 그들은 플라야 블랑카 방향의 가파른 내리막길로 가지

● 아에로푸에르토(aeropuerto) : '공항'이라는 뜻의 스페인어.

않고 아레시페로 가는 조금 완만한 경사로를 달렸다. 오토바이는 무겁지 않았다. 엔진이 고음으로 노래를 불렀다. 그러나 놀라울 정도로 빨랐다. 바람이 머리카락을 세게 잡아당겼다. 어머니는 공항에서 베르너를 따라잡아 진정시킨 뒤 함께 렌터카가 있는 곳으로 가서 다시 숙소로 돌아오는 모습을 상상했다.

아레시페로 가는 고속 도로에 도착하기 직전, 급커브 길에서 자동차 한 대가 맞은편에서 역주행으로 달려왔다. 술에 취한 영국인이 좌측통행으로 착각하고 운전했던 모양이다. 도로의 한쪽 면은 암벽이어서 청년은 반대편으로 핸들을 꺾었다. 오토바이는 돌부스러기 자갈밭으로 달려 들어갔다가 갑작스럽게 화산암과 부딪히면서 멈췄다. 어머니는 공중을 날아 거칠게 바닥으로 떨어졌다. 눈앞이 캄캄했다.

"난 사흘 뒤에야 깨어났어. 테네리페 섬에 있는 병원에서. 사람들이 날 헬리콥터에 태워 그곳으로 데려갔어. 란사로테 섬에는 중환자 병동이 없었거든." 어머니가 말한다.

어머니는 신분증을 가지고 있지 않았다. 아무도 어머니의 이름을 몰랐고, 어머니가 란사로테 섬 어느 곳에 사는지, 어머니의 가족이 누구인지도 몰랐다. 병원에서는 어머니를 인위적 코마 상태에 빠뜨렸다. 이후 의사들은 어머니를 깨워도 위험하지 않다는 확신에 이르렀다. 경찰이 페메스의 숙소로 찾아왔을 때 헤닝과 루나는 그곳에 없었다. 아이들을 찾아내는 데는 오래 걸리지 않았다. 노아가 자신의 어머니에게 데리고 가 돌보게 한 것이다.

혜닝은 그 집이 보인다. 초토화된 부엌, 바닥에 널린 깨진 유리 조각들, 말라붙은 액체, 먹다 남은 음식이 보인다. 엉망이 되어버린 부모님 침실, 욕실에 있는 뒤집힌 수납장, 피범벅이 된 바닥이 보인다. 그가 밀치던 순간 루나의 놀란 눈빛이 보인다. 차에 치인 동물처럼 모래자갈길에 축 늘어져 있던 루나의 몸이 보인다. 혜닝은 어머니에게 변명하고 싶은 충동을 느낀다. 그리고 그 충동 때문에 화가 난다.

아이들은 비행기를 타고 테네리페 섬으로 날아갔다. 어머니는 아직 옮길 수 있는 상태가 아니었다. 혜닝과 루나는 병원에서 어머니 침대 옆에 깔개를 깔고 잠을 잤다. 어머니는 노아가 그 상황에 딱 맞는 올바른 일을 했으며, 혜닝과 루나는 그에게 큰 빚을 졌다고 말한다.

"다시 독일로 돌아온 뒤에는 무슨 일이 있었어요?"

"내가 이혼 소송을 제기했어."

혜닝한테서는 오래도록 그 사건의 상처를 엿볼 수 있었다고 한다. 그는 끊임없이 루나를 지나치게 염려하고, 밤에는 비명을 지르며 잠에서 깬 뒤 진정을 하지 못했다. 놀다가 어머니가 보이지 않으면 무섭게 성질을 냈다. 그러면 안아주어도 소용이 없었다. 소리를 지르고 또 질렀다.

"너희는 알히베에서 대체 뭘 했니?" 어머니가 묻는다. "듣자하니 그때 뚜껑을 열려고 했다던데. 난 너희들이 왜 그랬는지 아직도 모르겠어."

"어머니와 아버지를 구하려고 했어요. 괴물이 두 분을 땅 밑으로 끌고 들어갔다고 생각했거든요." 헤닝이 대답한다.

이어지는 침묵이 두 사람에게는 아프다. 통화를 끝낼 시간이다.

"어머니는 왜 그 얘기를 한 번도 하지 않으셨어요?" 헤닝이 묻는다.

어머니는 다 들리도록 숨을 들이마셨다 내뱉는다.

"나는 망각이 은총이라고 생각했어." 어머니는 이렇게 말하고 전화를 끊는다.

헤닝은 집에서 나와 마흔두 개의 계단을 걸어 홈 오피스로 올라간다. 이제 그는 안다. 자신은 트라우마에 시달린 거다. 혹독하게 시달린 거다. 정신과 의사라면 누구나 확인해줄 거다. 그는 30년간 지하 물탱크 위에서 살았다. 동굴 위에서 살았다. 사람이 빠질 수 있는 그 구멍을 보지 않으려고 필사적으로 몸부림쳤다. 첫 번째 층계참에서 그는 생각한다. 이젠 모든 게 달라질 거라고. 매듭이 확 풀렸다. 어둠 속으로 빛이 들어왔다. 괴물이 짐을 싸서 나갔다. '그것'은 헤닝에게 두 번 다시 나타나지 않을 거다. 헤닝은 더할 수 없이 행복하다. 이젠 자유로워질 거다. 아이들을 사랑할 거고 자신의 일을 할 거다. 좋은 날도 있고 궂은 날도 있을 거다. 이젠 감기와 돈 걱정과 아내와의 다툼 같은 아주 평범한 일로만 괴로워할 거다. 때론 하룻밤 잠 못 이룰 때도 있겠지만, 큰 문제는 아닐 거다. '그것'은 곧 추억이 될 거다. 그러면

211

그게 어떤 느낌이었는지 거의 기억도 못 하겠지. 어쩌면 그의 과
도한 상상력이 문제를 크게 키웠고, '그것'은 사실 심각하지 않
았다고 생각하게 될 거다. 언젠가 친구들에게 이야기를 들려준
다면, 아이들이 태어난 뒤 처음 몇 년은 정말 힘들게 살았다고,
힘든 시절이었다고 말하겠지. 다행히 그 시절은 지나갔다고. 모
든 걸 극복했다고.

목구멍에서 웃음이 올라온다. 헤닝은 계속 한 번에 계단 두
개씩 올라간다. 말 그대로 건물 꼭대기 층까지 날아간다. 곧 심
장이 불규칙하게 뛴다. 심장 박동의 간격이 지금처럼 처음엔 길
다가 짧아진 적이 없다. 헤닝은 층계 난간을 붙잡고 서서 숨을
헐떡인다. 몇 초 만에 등이 땀에 젖었다. 계단실 구석에 웅크리
고 있고 싶은 충동을 몰아낸다. 그리고 계속 한 발 한 발 앞으로
내딛는다. 호흡을 조절하고 폐 속의 공기를 남김없이 비워내려고
애쓴다. 들이쉬고, 들이쉬고, 내쉬고, 내쉰다.

문을 두드리자 루나가 금방 연다.

"어머니와 통화했어?" 루나가 묻는다.

헤닝이 고개를 끄덕인다.

"그랬더니?"

"내가 말한 대로였어." 헤닝이 대답한다.

두 사람은 마주 보고 서 있다. 루나는 헤닝이 몸을 떠는 것을
본다. 땀이 목으로 흘러내린다. 헤닝은 루나의 머리 너머로 홈 오
피스를 들여다본다. 그 어느 때보다 너저분하다. 루나의 물건이

사방에 흩어져 있다. 헤닝은 눈을 감고 동생의 머리카락 냄새를 맡아보려 하지만 루나는 너무 멀리 서 있다. 루나는 금방이라도 울 듯한 표정이다. 헤닝은 빠르게 한 걸음 앞으로 내딛고 루나를 끌어안는다. 이제 루나는 가까이 서 있다. 헤닝은 마음이 아프 도록 루나를 사랑한다. 세상에서 가장 소중한 어린 루나를 사랑 한다. 다시는 놓고 싶지 않다. 영원히 꼭 붙들고 있다가 동생과 하나의 존재로 녹아들고 싶다. 루나를 구해야 한다. 루나와 헤닝 자신을 구해야 한다. 그러려면 어떻게 해야 하는지 그는 불현듯 깨닫는다. 방법은 하나밖에 없다.

헤닝은 루나를 떼어놓고 바닥에서 옷가지들을 주워 루나의 여행 배낭에 쑤셔 넣는다. '그것'이 잡고 있던 손을 푼다. 욕실 에 가서는 루나의 세면도구를 가져온다. 그리고 배낭을 문 앞으 로 옮긴다.

"뭐 하는 거야?" 루나가 묻는다.

"가라." 헤닝이 말한다.

두 사람은 서로 얼굴을 바라본다. 루나의 눈이 놀라서 휘둥 그레진다.

"당장." 헤닝이 말한다. "떠나."

루나는 순순히 따른다. 헤닝은 창가로 다가간다. 루나가 홈 오피스에서 나가는 소리가 들린다. 뒤따라가 데려오지 않으려 고 헤닝은 두 손으로 창턱을 꽉 잡는다. 문이 쾅 닫힌다. 헤닝은 루나가 이해할 거라고 생각하지만 이게 잘한 일인지는 잘 모르겠다. 심장이 진정되었다. 호흡만 아직 빠를 뿐이다. 날이 차다. 눈이 내리기 시작했다. 헤닝은 어지럽게 휘날리며 내리는 눈송이를 바라본다. 경이롭도록 느리게 내린다. 밑에서 루나가 건물을 빠져나간다. 성인이 된 여자다. 노란 가로등 불빛에 비친 루나가 낯설어 보인다. 루나는 어디로 가야 할지 결심을 하지 못한 듯 양쪽 방향을 번갈아 바라본다. 이윽고 역으로 가는 길을 택한다. 그곳에서 루나는 다른 사람들 틈에 섞여들 것이다. 루나의 그림자가 장난치는 강아지처럼 그녀를 따라가다 멈춰 서고 다시 추월한다. 입고 있는 재킷이 너무 얇아 감기에 걸릴 것 같다. 헤닝은 창문을 연다. 그러나 루나를 부르지 않는다. 그는 담배 냄새를 빼낸다.

새해

초판 1쇄 발행 2019년 12월 17일 원작 NEUJAHR

지은이 율리 체 옮긴이 이기숙 발행인 도영 편집 하서린, 김미숙

표지 디자인 onmypaper 정해진, 전지현 표지 일러스트 조정희 내지 디자인 손은실

발행처 그러나 등록 2016-000257 주소 서울시 마포구 동교로 142, 5층(서교동)

전화 02)909-5517 Fax 0505)300-9348 이메일 gruna@naver.com

표지 일러스트 ⓒ 조정희

ISBN 978-89-98120-63-4

* 이 도서의 국립중앙도서관 출판예정도서목록(CIP)은 서지정보유통지원시스템 홈페이지
  (http://seoji.nl.go.kr)와 국가자료공동목록시스템(http://www.nl.go.kr/kolisnet)에서
  이용하실 수 있습니다.(CIP제어번호: CIP2019050220)